我的天地國親師

我的天地国亲师

李零 著

生活·讀書·新知 三联书店
生活書店出版有限公司

本作品版权由生活书店出版有限公司所有。未经许可，不得翻印。
Copyright © 2023 by Life Bookstore Publishing Co., Ltd. All Rights Reserved.

图书在版编目（CIP）数据

我的天地国亲师 / 李零著. —北京：生活
书店出版有限公司, 2023.1
ISBN 978-7-80768-384-1

Ⅰ.①我… Ⅱ.①李… Ⅲ.①回忆录－作品集
－中国－当代 Ⅳ.① I251

中国版本图书馆 CIP 数据核字（2022）第 122548 号

我的天地国亲师

著　者　李　零
责任编辑　李方晴
装帧设计　李猛工作室
制　作　丁文亚
责任印制　孙　明

出版发行　**生活書店**出版有限公司
　　　　　（北京市东城区美术馆东街 22 号）
邮　编　100010
经　销　新华书店
印　刷　北京博海升彩色印刷有限公司
版　次　2023 年 1 月北京第 1 版
　　　　　2023 年 1 月北京第 1 次印刷
开　本　889 毫米 ×1194 毫米　1/32
印　张　9.5
字　数　198 千字
印　数　0,001—8,000 册
定　价　58.00 元

印装查询：010-64052066
邮购查询：010-84010542

写在前面

杂文的特点是"杂",不用板着面孔用学术讲话,我喜欢。

古之所谓"杂"有双重含义:一是兼收并蓄,什么都包括,如《吕览》之"杂";二是无法归类,内篇不收,外篇不入,最后剩下的话,如《庄子》分内、外、杂篇之"杂"。前者不以学科、门派、家法划界,后者是"多余的话"。

我的杂文写于不同时期,随作随辍,难免杂乱无章,但编成集子,还是要分分类。

我写杂文,大约始于上世纪80年代,最初用笔名(吴欣)。我写过一篇小文,《服丧未尽的余哀》,刊于《东方纪事》1989年1期。谁来约稿,我已记不清。当时,没人知道我是谁,使用笔名,就更没法知道。杂志介绍作者,说我是"理论家",真逗——"理论家"就是无法归类的家!

从那个时代起,我拉拉杂杂写过不少文章,前后编过四个集子:

1.《放虎归山》,辽宁教育出版社,1996年8月。2008年,山西人民出版社出过此书的增订本,所谓"增订",主要是加了

i

"近作十篇"。

2.《花间一壶酒》，同心出版社，2005年。2010年和2013年，山西人民出版社再版，先出平装本，后出精装本。

3.《何枝可依》，生活·读书·新知三联书店，2009年。

4.《鸟儿歌唱——二十世纪猛回头》，北京大学出版社，2014年。2015年，香港中文大学出版社出过此书的繁体版。

上述四集多讲"当下感受"，等于个人眼中的"现代史"，即古之所谓"私史"。读者不难看出，前两个集子，喜怒笑骂，语多嘲讽，后两个集子，越写越严肃。风格不同，时代使然。我的每个集子各有主题，为了突出主题，后出的集子有时会酌收早先收过的文章，现在搁一块儿出，当然不合适。

这次汇集旧作，除上述四集，又加了两个集子，《我的天地国亲师》和《蟋蟀在堂》。责编李方晴跟我反复商讨，对所有文章做重新调整。旧集，凡重出之作，尽量删除，只保留最初出现的文章，唯一例外，我把怀念父母老师亲友的文章从各集中抽出，编入《我的天地国亲师》。这活儿挺烦人，我很感谢她的耐心和细心。

另外，与杂文创作有关，我还有两个集子，顺便提一下。

2013年，生活·读书·新知三联书店出版过我的自序集《小字白劳》（孟繁之编）。这些自序是我的另一类杂文，特点也是讲"当下感受"，搁笔之际的"当下感受"。

2014年，我还出过一个杂文选，题目作《大刀阔斧绣花针》，强调文体改造。此书是应北岛、李陀之邀，先刊于《今天》2014

年秋季号《视野：李零特别专辑》，后作为"视野丛书"之一，由香港中文大学出版社出版。2015年，"活字文化"在中信出版社出过大陆简体版。此书所收几乎全是旧集中的旧作，没什么新鲜玩意儿。同年三晋出版社出版的《回家》也是。

上述六个集子，不包括《大刀》《小字》中的文字。

上面说了，我的杂文多是记录眼前发生的"一刹那"，包括自序。多少年过去，回头一看，这不就是"今天"刚变"昨天"、学者叫作"历史"的东西吗，一幕一幕，历历在目。

考古学家讲"历史"，喜欢用"过去"一词，如"阅读过去"。

"历史"就是"过去"，过去的就让它过去吧，逝者如斯，不可能推倒重来。我的文章肯定有不少错，一下笔，白纸黑字，追悔莫及。我爱截句，截句也有截过头、标点太碎的毛病。错字病句应该改，可以改，但历史不能改，不可能改，想改也改不了。

这次重出的旧作，凡旧作按出版社要求"自我纠正"因而以省略号隐去的地方，请参看旧作。旧作还保留着历史原貌，包括我的各种错误。新作，有些不便讲的，咱们也撤掉。

文天祥《正气歌》有这样两句，"在齐太史简，在晋董狐笔"。

董狐是山西人，我敬佩的山西人。我想尊重历史，尽量保存历史原貌。

2022年8月14日写于北京蓝旗营寓所

自　序

利玛窦初入中国，最想弄清一件事，中国人最看重什么。这事，扎根中国多少年，他总算看清楚想明白了，中国人最重礼。但礼是什么？它是宗教吗？这个问题，他最关心，也最困惑。为了吸引中国精英入教，跟罗马教廷有个交代，他宁愿相信，中国的礼并非宗教，但罗马教廷内部，反对者大有人在。

中国的礼与"三才"有关。《荀子·礼论》有言："礼有三本：天地者，生之本也；先祖者，类之本也；君师者，治之本也。无天地恶生？无先祖恶出？无君师恶治？三者偏亡，焉无安人。故礼，上事天，下事地，尊先祖而隆君师，是礼之三本也。""三才"天地人，天、地合在一起，算一类；人三分，先祖是死人，算一类；君、师是活人，合在一起，算一类。学者多认为，这是"天地君亲师"的源头。

鲁迅《我的第一个师父》："我家的正屋的中央，供着一块牌位，用金字写着必须绝对尊敬和服从的五位：'天地君亲师'。""天地君亲师"是把"三本"拆开，解构为"五位"。这种

天地君亲师牌位　　　　　天地国亲师牌位

牌位打什么时候才有？据考，是明以来。[1]

出土发现，还有一种牌位，上面有八个字，"天地日月国王父母"，含义与上相近。[2] 这种牌位，例作龟趺驮碑式，类似形制的出土物有海云禅师墓志和昭惠灵显真君（二郎神）牌位。[3] 上述牌位主要流行于元代。"天地日月"相当"天地"，"国王"相当"君"，"父母"相当"亲"，唯独没有"师"。为什么没有"师"？蒙元的帝师是道士或和尚（如丘处机、海云法师、八思巴）。

---

[1] 徐梓：《"天地君亲师"源流考》，《北京师范大学学报》（社会科学版）2006年2期。
[2] 赵立波、李冀洁：《元代"天地日月国王父母"考》，《北方民族考古》第4辑。案：文中列举出土文物八例，还可补充者：呼和浩特博物馆藏铜牌位（土默特左旗征集）。
[3] 海云禅师墓志，1955年北京西长安街庆寿寺海云禅师塔出土。墓志刻于1257年，相当南宋宝祐五年。昭惠灵显真君牌位，北京鼓楼大街出土。二者均藏首都博物馆。

天地日月国王父母牌位　　　海云禅师墓志牌位　　　昭惠灵显真君牌位

"天地君亲师"最能代表中国的"礼"。

"天地"是个虚拟领导，在"君"之上，或许有宗教意味，但更主要是政治符号，代表政权合法性，未必等于日月山川大自然，也未必相当西方的上帝。古人云，"天道远，人道迩"（《左传》昭公十八年）。历代统治者拿这玩意儿吓唬老百姓，也吓唬自己，有非常现实的考虑。老百姓造反，他们也会说，"老天爷你塌了吧"，即以其人之道，还治其人之身，这叫"替天行道"，同样有非常现实的考虑。

"君亲师"，这三个字都是人，不是神。君是国君，亲是父母，师是老师。君是代表国家，父母的父母是祖先，老师的老师是孔子。

中国，只有国家大一统，没有宗教大一统，与西方相反。这条很重要。不懂这条，读不懂中国。

民国，帝制被推翻，中国南方多把"天地君亲师"换成"天地国亲师"，印在纸上，贴在墙上。一字之易，改天换地，只有亲、师换不了。天还是中国的天，地还是中国的地，人还是中国的人。没有"君"，还有"国"。

我们的"国"是中华民族"五族共和"的国。

我们的"国"是靠人民的力量，推翻帝国主义及其走狗，再造统一，自立于世界民族之林的国。[1]

敬畏天地、忠诚国家、孝养父母、尊重老师仍是中国人强调的美德。这五个字，普普通通，实实在在。

我这一辈子，当然离不开这五个字。

我有我的"天地国亲师"。

2021 年 3 月 19 日写于北京蓝旗营寓所

---

[1] 老北京是五族杂居。"五族共和"不是汉族提出来的，而是满族、蒙古族提出来的。

目录

写在前面 i
自　序 v

第一辑

读《少年先锋》 3
大山中的妇女解放 14
母也天只（短札三则） 18
黄泉路上蝶纷飞 23
　　——怀念我敬爱的傅懋勣先生
天地悠悠（上） 35
天地悠悠（下） 55

第二辑

三位贵人 75
　　——程德清、侯大谦、常任侠
我的老师梦 80
赶紧读书 89
　　——读《张政烺文史论集》

成人一愿，胜造七级浮屠 ⋯⋯⋯⋯⋯⋯⋯⋯⋯⋯⋯⋯ 99
　　——我的老师和我的老师梦

第三辑
写在前面的话（《四海为家》）⋯⋯⋯⋯⋯⋯⋯⋯⋯ 107
我心中的张光直先生 ⋯⋯⋯⋯⋯⋯⋯⋯⋯⋯⋯⋯⋯ 110

第四辑
最后的电话 ⋯⋯⋯⋯⋯⋯⋯⋯⋯⋯⋯⋯⋯⋯⋯⋯⋯ 135
第一推动力 ⋯⋯⋯⋯⋯⋯⋯⋯⋯⋯⋯⋯⋯⋯⋯⋯⋯ 141
　　——怀念俞伟超老师（摘录）
持诚以恒，终无愧悔 ⋯⋯⋯⋯⋯⋯⋯⋯⋯⋯⋯⋯⋯ 168
　　——从高明老师的书读到和想到的
《高明先生九秩华诞庆寿论文集》献辞 ⋯⋯⋯⋯⋯ 189
我认识的李学勤先生 ⋯⋯⋯⋯⋯⋯⋯⋯⋯⋯⋯⋯⋯ 195

第五辑
维铮先生二三事 ⋯⋯⋯⋯⋯⋯⋯⋯⋯⋯⋯⋯⋯⋯⋯ 211
纪念齐思和先生 ⋯⋯⋯⋯⋯⋯⋯⋯⋯⋯⋯⋯⋯⋯⋯ 215
　　——写给齐思和先生诞辰一百一十一周年纪念会暨欧洲史博士生论坛
上海有个陈建敏 ⋯⋯⋯⋯⋯⋯⋯⋯⋯⋯⋯⋯⋯⋯⋯ 221
留住时光，与你同在 ⋯⋯⋯⋯⋯⋯⋯⋯⋯⋯⋯⋯⋯ 231

给食指 240
——PPT：为郭路生七十周岁生日
纪念吉德炜教授 244
悼念魏立德 247

附 篇
何以解忧，唯有读书 249
——李零先生谈求学之路与为学之道
有病不求药，无聊才读书 279

第一辑

读《少年先锋》

我的父亲是个八十九岁的老人。关于他的前半生,我知之甚少。他现在的孩子全是四十岁以后所得,不可能知道这些。虽然小时候,零星偶尔地,我也会听他讲起一点往事,但他对各种"忆旧"却从来不感兴趣。他讨厌战争,特别是电影中的哭哭啼啼,也腻味做官,认为开会和看文件全是浪费时间,虽然他打过二十多年仗,又当过二十多年干部。相反,他喜欢的是科普文章(而且要求我们严格按这样的"科学"办事),幻想的是做一名学者。1966—1978年,他的悠久的党龄和曲折的历史使他吃尽苦头,也使他迷上三件事:古史、沁州方言和汉语双拼方案。这三件事都未成功:"文革"期间,他写了一些关于古史方面的文章,但结果被我后来认识的一位专家予以否定;研究沁州方言,我和我岳父都帮过他,但未能克竟其事;双拼方案,国内有不少同道,但因为文改会的政策不允许,这类发明后来全都转向了电脑系统的汉字化方面。但平反后,他再也不想工作,恢复工作后,曾一度调到文改会,负责筹建那里的领导班子。但去了不久就被另一位领导弹劾，说他不愿当领导，非要搞研究，并且违反文改的既定方针。他一气之下离开，调到国务院参事室。换了单位，很快又提出退休（虽然在他那个专门养老的单位还从未有人退休），从此一门心思只在社会办学上面。

前不久，我父亲说，他父母一共生了七个孩子（他有四个姐妹，两个兄弟），现在活着的只剩他一人（他最后的兄弟姐妹，我二叔和三姑，近些年刚刚去世），清明了，没人上坟了，他一定要给自己的父母扫一回墓，所以不顾大家劝阻（他刚刚被一辆自行车撞伤），独自一人回老家去了（老家那边有人接）。回来时，他带回不少东西，家乡的小米、水果、鸡蛋，两束塑料花（因为捐款兴教，县里人送的），几乎全是北京都有、根本没有必要往回拿的东西。不过，在他的行囊中，有一样东西引起了我的注意，这就是一部包括上下两卷的《高沐鸿诗文集》。这本书，他还根本没看，被我拿去乱翻。我发现，集中有一部近十万字的小说，叫《少年先锋》（写于1929年，北平：震东印书馆，1931年出版），故事的主人公没有名字，只称为"我们的战士"，他的原型竟是我的父亲。

作者高沐鸿先生是我父亲的一位挚友。他是1900年生人，比我父亲年长。研究中国现代文学史的人大概都知道，20年代曾有一个带无政府色彩的文学团体，叫"狂飙社"。这个文学团体有三个人都姓高而且是山西人，一个是鲁迅在《奔月》中比作"逢蒙"的高长虹（他到过延安，后来死于东北），一个是高长虹的弟弟高歌，还有一个就是高沐鸿。前两位是盂县人，后一位是武

《少年先锋》封面

《少年先锋》扉页

乡人。另外社中还有写过长篇小说《预谋》，当过金日成的老师，后来成为历史学家的尚钺，以及向培良等人。我父亲说他也参加过狂飙社的活动，并且写过一个短篇。只不过，他说，他已经记不清自己写了些什么和登在了什么地方〔案：在《少年先锋》中，有一处提到"是的，他还是一位文士呢！但自他从军以来，这生活便隔绝了"，还有一处提到"虽然他好像平素是已经久久不致力于文学了"，似可印证这一点〕。

小时候，我常听父亲说起这位"高伯伯"，知道他从1957年被打成"右派"，二十多年里，受尽侮辱和苦难（我插队那阵儿，他们全家都被遣送回乡）。他的平反昭雪是到1978年，并于两年

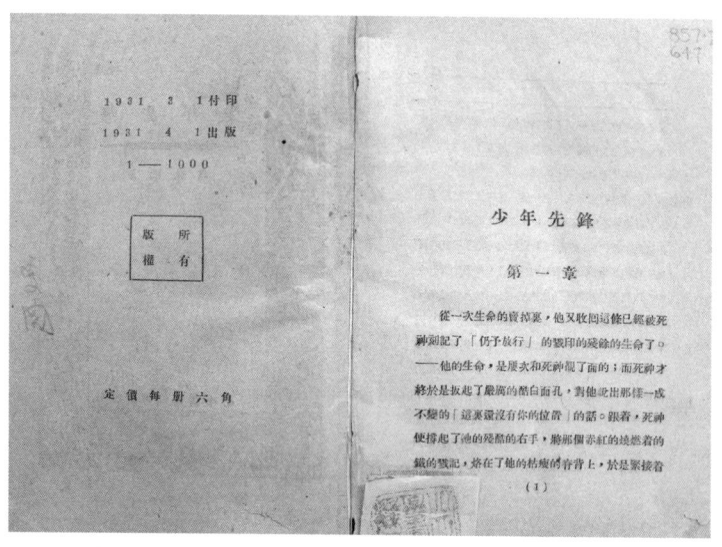

《少年先锋》内页

后去世。虽然我父亲同他一直有来往，但可惜的是，我却从来没有见过他。

关于《少年先锋》，据曹平安写的采访记《狂飙社及其他》（文集下卷所附），高沐鸿先生说：

这本书是在真人真事的基础上写成的。我有个老乡叫李逸三，他的年龄比我小几岁。北伐时期，他就在太原国民师范上学，后来参加了北伐军。1927年12月广州起义失败以后，李逸三回到自己的家乡，在共产党的领导下，组织起了青少年，进行革命斗争。我写的《少年

李逸三（1930年摄于湖北监利）

先锋》基本上就是这一史实的忠实记载。这本书，1931年在北京出版。

可见这基本上是一部写实性的小说〔案：但小说并未讲到他广州起义以前和他回乡以后的"革命斗争"〕。

《少年先锋》，内容主要是写1927年底到1928年初我父亲生活经历的一个小片段。1927年，我父亲在黄埔军校的武汉分校学习。"四一二"之后，他参加军官教导团，平息夏斗寅叛变，然后驰援南昌。南昌起义后，又长驱千里，赶到广州，参加广州起义，结果在战斗中负伤。小说所述，就是他从广州逃到上海，又从上海回到家乡的经历。它包括三部分：

（一）逃出广州（第一至六章）。主人公在广州起义中负伤，子弹从鬓间射入，从鼻梁顶角、两眼之间穿出，他被战友救出，大难不死，先藏身于一家洋人办的医院，后藏身于一农妇家中，最后在四处追杀的恐怖下逃出广州。这位"战士"是一位来自北方，因为反叛家庭，撇下父母妻子，到南方投身革命的热血青年。尽管他心冷似铁，但面对一位救他性命的老妈妈（她说"革命要革到甚么样子呢，都把孩子们杀尽了"，有着菩萨一样的心肠），也不禁"引动了久蛰在心下的他对母亲的想念"。

（二）彷徨上海（第七至十三章）。主人公乘船来到上海，四处寻找他的"领袖"和"战友"，结果一无所获，好不容易碰到几个"他乡"的"故知"吧，他们也都"埋头隐迹地为了糊口"，"吃着敌人的饭，坐着敌国的小交椅"。寂寞苦闷之中，他一幕幕回想着他离家出走的经过，不禁热泪滚滚，动了乡思和归意。五天后，他终于写信给他在家乡的一位"诗人老友"〔案：应即作者本人〕，告诉他明天就要启程回乡。

（三）回到故乡（第十四至二十章）。半个月后，主人公回到家中，他的父亲，一个守旧的乡绅，仍然不依不饶，责问他既然不要这家，有本事闯荡天下，还回来干什么，骂他"共产共妻"，不可救药。而他也毫不退让，反唇相讥。父子都说对方的话全是"狗屁"，吵得不可开交。结果，父亲一气病倒。当他听说这孩子又要离去，难免伤心不已。母亲把父亲的病情告诉他，他也暗自难过，但失望和自尊仍然促他离去。最后，拿着母亲给的盘缠

8

（他只肯要母亲的钱），在乡党邻里的笑骂声中，他又毅然上路，到县城中找他的朋友们（梅横枝和齐川）〔案：梅横枝应即作者本人〕去了。

正如作者所说，20年代"是现代中国革命的新思潮和历史的旧思潮被卷入了一个纷扰的漩涡，开始决斗和交旋的时节"，而主人公的家庭冲突"也足见大浪翻天的一斑"。

对这部小说进行评论或褒贬，无论是从文学还是历史的角度，这都不是应该由我去做的事情。我对这部小说感兴趣，纯粹是因为它写到我父亲一家，我的爷爷、奶奶和妈妈，因为它触及我一直隐隐约约感到但又说不清道不明的家族隐秘。1971年至1975年，我在山西老家待过整整五年，从此我才知道在这个小小的山村中，埋藏着很多很多历史，一个我不能选择而只能接受的"根"。

读《少年先锋》，我会想起，在太行深处，漳河之滨，有一个属于我的——大概只有中国人才会如此珍视的——老家。我的老家是个相当古老的村子，南距汉代涅氏古城（今名故城镇）只有十三里。村中有一块高地，高地上有一座庙宇。庙宇虽破旧不堪，但五彩的琉璃屋脊却十分美丽。据庙上残存的元代碑记，这是元大德癸卯年间那次著名地震（赵城大地震）后重建，屋脊上也有年号：大元泰定元年（据老人说，庙上原来还有许多碑刻，包括宋碑，都被用来盖房修桥，毁掉了），原来的建筑是什么样呢？唯一的劫后余存就是庙旁那座两人高、形态优美的北齐菩萨像（省重点文物，当地人呼为"石爷爷"，作为祈雨求子的偶像）。我听村里人说，原来庙上还有另外两座造像，抗战前被一伙军人劫走，剩下的这座太大，才得以幸存。当时拳房的小伙子（我三叔也在拳房）曾试图夺回，但赤手不敌，被开枪打伤。1974年，由省里拨款，我和几个朋友给这尊造像盖了所保护建筑，从废墟中挖出很多东西，其中包括一通古碑，它记载着这寺原来叫"梁侯寺"。由此我才明白，我们这个村子为什么叫"北良侯村"，它旁边的村子为什么叫"东良侯村""西良侯村"，我妈妈那个村子为什么叫"石人底村"。

这村子还有一眼清泉。泉水从一个石雕的螭口流出，一年四季，喷涌不绝。泉水泻成一片大湖，湖中有许多鱼鳖。村中还有许多果树，桃、李、杏、苹果、梨、核桃。我父亲的家就坐落在这样一个环境之中，两进的院落虽已倾圮（只有正房、西楼和一眼窑洞还在），门上的匾额也弃置楼上，但原来当是一个不错的所在。

每当天黑下来，村里的闲人就会聚在庙上（学校兼大队接待室）聊天，昏暗的灯光照着吞云吐雾的一张张黑脸，我常常会从他们口中听到我们家的各种往事。这些话，有不少是神话，比如他们说我家风水好，儿孙们在老爷爷的"脚跟底"一顺排下去，自西向东，正对着远山上的一棵大树；还说我爷爷"圪扇"，我爸爸也"圪扇"（他们的头和手好发抖），这也是我们家的福气。但是这些故事还是充满了许多我所不知道的，然而看来是真实的细节。比如他们说，我的老爷爷（曾祖父）是个武秀才，为了中举，把地都卖了，到我爷爷时已家道中衰，院子里丢满了习武的器具。我爷爷没走这条路，只在家中经营他的土地和果树（村中最大的核桃树都是他的）。他一心想让我父亲做一个医生，所以买了很多医书。但我父亲不读这些，只是一味暴戾恣睢，又是捣毁神像，又是被学校开除，二十岁就跑到南方革命（先参加国民党，后参加共产党），一去不归。剩下那些书都被我一个堂叔拿去，后来他反而成了一个医生。

我父亲离家出走时间很长，北伐和十年内战时期的前段，即二十岁至二十六岁，他曾长期在南方（洪湖和上海）。回到老家一年多，又住了四年监狱，撇下我妈一人在家，让她受了很多苦，为此她很憎恨我父亲一家，特别是我从未见过面的那个奶奶。只是到1937年，他才带我妈妈出来抗战。说实话，在我印象里，除了少年时代，我父亲在家中好像根本就没待过几天。但奇怪的是，他的生活习惯却完全是老家的一套：菜必葱蒜，饭必面条，乡亲一定要热情招待，水电一定要点滴节约，最恨的是浪费钱财、暴殄天物。读《少年先锋》，我会觉得，我眼中的父亲和书中的主人公好像判若两人。书中的主人公是个冲冲杀杀、桀骜不驯的人，而我眼中的父亲却是个逆来顺受、与世无争的人。

也许因为他坐过太多的国民党监狱（前后两次，累计六年），在共产党的历次运动中也老是挨整，洪湖肃反他是幸存者（因在上海），太岳整风他差点儿被枪毙，"文革"也遭关押和批斗，直到"文革"结束都不能平反，他特别同情被整的人。只有为这些人平反，他才会大声疾呼。新中国成立后，他手中只有不大的一点权力，但他却为反右和"反右倾"运动的受害者以及许多

"特务"或"反革命"嫌疑的平反出过很大力。每当有关负责人面有难色时，他会气愤地大喊："你去蹲上几年监狱试试看，你就懂得什么叫'等等看'了。"所以尽管因为我从小就不听他的话，又是明显的"母党"，我们之间不大说话，一说就吵架，但我打心眼里敬佩他的为人（虽然有人说他傻——连三岁的孩子都不如）。

在《少年先锋》中，我最为吃惊的是书中以戏剧形式描写的那四幕，即主人公同他的家庭再起冲突的那一段。小说中的"父亲"，也就是我的爷爷，小时候在北京我还见过他。我只记得他长着很长的白胡子，拿着一点吃的只给我，不给我姐姐和妹妹。当时我还不领情，骂过他是"臭爷爷"。五岁那年，我爷爷死了，爸爸妈妈带了我和我二姐回山西奔丧。我只记得铁路两旁的山是五颜六色，老家的路特别难走，夜也特别黑，送葬那天，看见许多纸人纸马，因为到处乱跑，有只大狗冲我叫。后来妈妈说，你爸爸哭得好伤心呀。

近些年，我的父母明显地老了，妈妈开始认不得门也认不得人（她今年八十七岁），爸爸也变得少言寡语。我突然意识到，我们之间已经有了一个很大的距离，一个由时间造成而无法用言语沟通的距离。每次我去看他们，大家都只是吃饭，几乎没有一句话。妈妈总是劝我吃这吃那，带这带那，爸爸也只是问我看过最近的报纸没有。他常常会把他剪下的报纸送我，要我一定照着办（大多是卫生小常识一类）。一切都几乎是下意识的。我几乎不能相信这个现在枯坐终日，只剩下看报乐趣的人，也就是那个似乎不久之前还喜欢花鸟虫鱼、下象棋，带着我们到处郊游的父亲（那时北京的郊外多空旷啊）。

今年，我父亲的年龄和我爷爷去世时的年龄已经同样大，但他的身体仍很硬朗，头脑也很清晰。我不知道，当他再一次登上那个埋葬着他父亲的高塬，他的心中究竟在想着什么。

1995年8月16日写于美国西雅图
（原载《放虎归山》，太原：山西人民出版社，2008年）

大山中的妇女解放

我的老家在山西武乡县，属于晋东南。这个县，左太岳、右太行，恰好位于两座大山之间（东西相距150公里）。我爸我妈都姓李，两村相隔七八里。那里解放得早，比全国各地都早。韩丁《翻身》讲潞城张庄，就在晋东南。上党战役后，晋东南是共产党的天下。1945年8月27日，我们县就解放了。

人，妇女占一半。妇女不翻身，等于没解放。赵树理的《小二黑结婚》、阮章竞的《漳河水》都是讲妇女解放，背景就是晋东南。

1949年的《妇女自由歌》，当年唱响布达佩斯，那是周巍峙用祁太秧歌《苦伶仃》《割荞麦》《买烧土》《大挑菜》的曲调拼凑，阮章竞填的词。郭兰英唱得真好。

旧社会　好比是　黑咕洞洞的苦井万丈深
井底下压着咱们老百姓　妇女在最底层
看不见那太阳　看不见天
数不清的日月　数不清的年

做不完的牛马　受不尽的苦
谁来搭救咱
…………

我很佩服阮章竞。他,一个广东人,到山西抗战,居然能用最土最土的山西话创作,语言十分地道。最近,中华书局影印了他的《太行山笔记手稿四种》(2017年),我读过。想不到他的采风是如此深入,小本中记满了山西话。歌中有这样两句:"国家大事咱也能管哪嗯唉呦""翻身不能翻一半来哼嗨",真是抓住了妇女解放的关键。

我妈是从大山中走出,怎么看怎么像农村妇女。她裹过脚,赶上放足,脚已经变形。她只上过小学,文化就这么高。西方那些高妙的理论,她从没听说过,但她参加过抗战。1937年,全面抗战一开始就参加了。她能干,好强,一辈子最恨男女不平等。我说她是个男女平权的拥护者,一点不为过。

很多老干部,反"包办婚姻",逃婚出走,另择革命伴侣,主要是革"发妻"的命。《少年先锋》讲婚姻革命,不脱这个思路。然而,我爸却没能将这个"革命"进行到底。1950年《婚姻法》公布,多少老干部都换了配偶,我爸没换。

我爸反叛家庭,主要是反他爸,他跟他妈感情很深。我妈正好相反,她最恨她婆婆。我爸革命,一走了之,我妈怎么办?

妇女受歧视,那是全方位,不光被男人歧视,也被女人歧视,更多是被女人歧视。长得不好,白眼;嫁不出去,白眼;生不出孩子，白眼。尤其是最后一条。

婆婆是女性，但代表的是男性，代表男性的传宗接代。千百年来，男性的歧视是靠女性传递。可怜媳妇熬成婆，又拿媳妇来出气。

我妈能干，什么活都能干。老宅楼下原来有她的纺车织机，我见过。她手巧，但一辈子干活，手很粗糙，关节肿胀，好像鸡爪（做黄米糕，她直接用手搋滚烫的面）。我爸到南方革命，打仗，蹲监狱，颠沛流离，哪儿来的孩子。我妈说，她婆婆总是骂她"短三十"，诅咒她活不到三十岁。骂她的时候，想必还不到三十。所以，她的最大愿望也是出走，走出那个我爸爸的家（谐音"枷"）。

我读过《玩偶之家》，参观过易卜生故居（在奥斯陆）。鲁迅写过《伤逝》和《娜拉走后怎样》。

娜拉出走，除了沦为风尘女子，只有两条路，一条是上新学堂，一条是参加革命（与老师、同学或首长、战友重组家庭）。

其实，我妈走出我爸的家，还是靠了我爸。革命让她走出这个家。

我妈是贫农出身。我爸呢，他说他家是富裕中农。什么富裕中农？地主——每次我妈都抢白他。村里人也说，我家有很多果树，属我家的核桃树最好，地是土改前我爸劝我爷爷卖了。

我妈说，领导让她当县长，被我爸拦了。我爸说，你就好好在家带孩子吧，生生断了她追求"进步"的念想。新中国成立后，评级，我爸又说，你没文化，别跟那些领导夫人争，把她的级别定得很低。

她一辈子都生我爸的气,一辈子都与我爸作对。

我们就是在他们的吵吵闹闹中长大。

2021年3月16日写于北京蓝旗营寓所

[附记]

3月29日,二姐来信指出,我妈原名"爱子",1908年生,参加抗战时才二十九岁,我爸给她改名"年久",谐音"廿九",她很喜欢《妇女自由歌》,经常唱。

母也天只（短札三则）

最早的记忆

2001年5月2日，早晨5点30分，单单打电话，他说，请你千万别难过，奶奶走了。

想不到已经出院的她，还是无法抗拒衰老。单单说，奶奶睡着了，九十四岁的她，安静地停止了呼吸。

我躺在床上，泪流满面，想，拼命想，追寻记忆中的母亲。

现在算起来，妈妈整整大我四十岁，她是1908年生，我是1948年生。妈妈说她有过七个孩子，和爸爸的兄弟姐妹一样多，可惜前面的四个男孩都夭折了。第一个孩子死，她很伤心。她说，现在回想，恐怕是得了大脑炎。第二个孩子，是受飞机轰炸惊吓，也死得可怜。后来，她从沁源领养了大姐，视同己出。大姐长我五岁。妈妈特别疼大姐。后来，解放军进京途中，有了二姐，有了我。

我今生最早的记忆，有个坐标，是妹妹的出生。那是我对妈妈最早的记忆。爸爸带我到医院看妈妈，买了苹果。她躺在床上，我说，妈妈吃苹果，妈妈说，俺孩吃。这种声音对我有强烈刺激。小时候，她给我念小人儿书，也是这种声音。在武乡，我也听到过这种声音，带着乡土气息的爱，动物式的爱。她用一把水果刀，慢慢地削苹果。因为妹妹比我小两岁，那肯定是1950年9月15日后的几天，我两岁零三个月。

后来，我们不断搬家。妈妈说，最初我们住先农坛，那时，我还不记事。有点记忆的家在拈花寺。

小时候，妈妈总是叮嘱我，不许说假话，不许拿别人的东西，出门一定告诉她我到哪儿去了。我很害怕，因我不在，让她担心。现在，我不在她身边，她走了。她已痴呆多年，她不知道我到哪里去了。

2001年5月2日写于香港城市大学中国文化中心

一把银勺

一把银勺，陪我七十多年，普普通通，平平常常，每天吃饭，从筷笼中掏出，吃完，洗净，再插回去，不知多少回。

这把勺子并不起眼儿，一点儿都不起眼儿，因为从一侧入嘴，一天一天，一年一年，年头久了，勺口左侧被磨损，变薄，缩进去一块儿，好像不太圆满的月亮，细长的勺柄，后端有只线刻的蝴蝶，因为过于简化，好像一只小蛾子。银器，长期不用，早晚会氧化变黑，我这件不同，每天用，颜色虽不够鲜亮，有点灰不溜秋，称为银灰色，总还说得过去。

妈妈说，小时候，我脖子上挂副银锁。她把银锁拿去化了，打了些小玩意儿，手镯和勺子。小时候，我不爱穿带扣子的衣裳，上衣拉锁的拉头挂个兽头状的小铃铛，就是那副银锁剩下的玩意儿。最后，什么都没了，只有勺子留下来。妈妈就是拿这把勺子喂我，看我一天天长大。

我们都是吃"妈妈饭"长大，擦圪蚪、抿圪蚪、和子饭（一种小米、杂面、红薯、山药蛋混合的食物）、苦累（也叫傀儡、不烂子、蒸菜）、黄煎（一种用鏊子烙的玉米饼）、砍三刀（一种黄米面油炸的东西）……那种味道，你一辈子忘不了。

枕边，妈妈给我念书，印象最深是《西游记》，柔声细气，抑扬顿挫，好像山西版的孙敬修〔"那个孙（乡音sōng）悟空呀"〕。苏联动画片，变成小人儿书，有《一朵小红花》《金羚羊》……那种声音，你一辈子忘不了。

有时，妈妈会哭，有时为我，有时为她自己，更多不知为什么。她走的时候，我心中蹦出一句诗，"梦里依稀慈母泪"，那是鲁迅的句子。

妈妈不在了，只有这把勺子还在。

有一天，我突然感到这把勺子的珍贵——对我珍贵，只对我珍贵。我请朋友给它做个囊匣，准备把它供起来，不再用它吃饭。她把勺子用纸包了包，揣进兜里。

这一去，等呀等，好久没消息。

有一天，朋友来了，拿出个漂亮的盒子，里面放着一套银餐具，雪白锃亮，她说，憋了很久，真不好意思跟你说，那把勺子找不到了，我买了这个……

我一时无语。

郁闷归郁闷，没辙还是没辙。我跟她说，算了，那是件无法替代的东西，无法赔偿也无需赔偿，你还是把它拿回去吧。

启功临走时还惦着他的画。他说，"物能留下，人留不下呀"（允丽《外家纪闻——启功先生外祖家的事》，北京：文物出版社，2012年，6—13页）。

其实，物也会消失，经常是莫名其妙地消失，掉进记忆的黑洞，永远回不来。

2021年3月13日写于北京蓝旗营寓所

母也天只

《诗·鄘风·柏舟》有此语，毛传："母也天也，天谓父也"。汉儒旧说，以父为天，听上去，很男权，然而先母后父者何，马瑞辰说，那是为了押韵。朱熹的解释不同，他说："母之于我，覆育之恩，如天罔极……不及父者，疑时独母在。"（《诗集传》）说母恩大如天，与父无关，喊妈的时候，他可能早不在了。

呼母吁天，咏叹之辞。西人惊呼，恒曰"My God"，那意思有点像我们的"天呀"或"我的老天爷呀"。东北人不同，直接喊的是"哎哟我的妈"。喊妈比喊天嘴顺。

很多人临死,想到的是妈,口中念念有词,念的是妈。

2021年3月16日写于北京蓝旗营寓所

黄泉路上蝶纷飞
——怀念我敬爱的傅懋勣先生

那是1972年的冬天,有个叫傅云起的女子出现在我的生活中。她带我到她在民族学院的家,我第一次见到傅懋勣先生。

我记得,他身穿一件洗得发灰的中山装,像个烧锅炉的,说话非常客气,慈眉善目,和蔼可亲。每当我回忆起生活中的这一幕,常常会想起另一位老先生,邵循正先生。当年,我和张进京到他家做客,还是个中学生,他一点架子都没有,对我们这些毛头小子,和大人没两样,居然推心置腹,跟我们谈历史,还从书架上抽书,拿书给我们看。

他们那一辈的老先生,我见过的人,往往如此,学问越大,人越谦和。在我们朝夕相处的那些日子里,傅先生永远是这样一副模样,甚至客气地向我"请教"。

傅先生的脾气真是太好,什么事都不急不恼,这是优点。但人太老实,老实到几乎逆来顺受,则容易被人欺,我想,这也许是他唯一的缺点。

日坛公园，离她的新家不远。银杏树下，有一张长椅，日已西斜，天气很冷，我跟云起说，咱们结婚吧，她说不行。我问为什么，她说别问为什么。

回到永安南里，我终于忍不住，眼泪哗哗。我起身离去，下楼没走多远，迎面碰见傅先生。他说，怎么，你要走啊？别走别走，你看，我刚买了一条鱼，吃完饭再走。

但我还是赌气走了。

当时，我在山西插队，一介农夫，我爸是个长期挂起来的"黑帮"，没人管，没人理。他穷极无聊，变成读书人，经常去图书馆，整天胡思乱想。我家挤进两户人，该搬的搬，该卖的卖，要什么没什么，特别是钱。

傅先生在永安南里10号楼的房很小（很晚，他才搬到7号楼），两屋，大屋一张床，小屋一张床，上下铺，他买了几个柜子和躺箱，堆放杂物，生活很艰苦。"文革"中，他受过很多罪，但从未听到他为任何事抱怨。

我们没办婚礼，领完证，只是买了点枕套被面，两家坐一块儿，吃了顿饺子。大姐和姐夫送了个半导体，熊猫牌的。多少年过去，这东西还在。有一次，清明扫墓，云起把它的开关打开，放在戏曲波段，留在了傅先生的墓前。他喜欢听京剧，自己还拉京胡（他说，此物可用来定音）。云起说，让爸爸听听京剧吧。

当时，我爸爸迷上三件事：戎狄史、双拼方案和沁州方言。

晋东南是赤狄活动的中心。他老说，他是戎狄的后代。双拼

李零和傅懋勣先生

方案，他一直在鼓捣，周围有一伙人。傅先生参与过汉语拼音方案的设计，并不同意以拼音做文字，但仍然帮他梳理思路。沁州方言是他的家乡话，傅先生也帮他用国际音标记音，对这个业余爱好者很有耐心。

他管我父母叫大哥大嫂，一直这么叫。

我最怀念那段贫贱相守、苦中作乐的日子。

傅先生爱我，爱我是个读书种子。我的早期研究，无论《孙子兵法》，还是楚帛书，都得到他的关心与支持。

我记得，有一次，我在《文物》杂志上读到任继愈先生的文章，是关于银雀山汉简《孙膑兵法》的。我跟他说起，他马上说：任先生是我的同学。我带你去看他，你可以当面向他请教。当时任先生住中关园。

我手头的那本《银雀山汉墓竹简》〔壹〕，就是他特意买了送我的。

1983年，为我离开考古所的事，他还找过夏鼐先生。

他曾教我国际音标，一个音标一个音标念，我录了音。他还想教我学纳西文，我说，光我们那点儿甲骨、金文、简牍，已经够累了，您饶了我吧。

他并不怪我。

中国民族古文字学会，他是第一任会长。有一次，他跟我说，你们那个中国古文字研究会名字不对，我们这个学会才是中国古文字研究会。

他们在民族文化宫办过一个民族古文字展，我去看过，很棒。

他用纳西文给我们写过一幅字，看不懂，最后有段话，大义是"云起、晓风，善体其中未雨绸缪之义，勿临渴而掘井"，可惜现在找不到了。

傅先生的一生，我知之不多，但有一首诗，我一直记在心里。他去世时，盛成先生写了这首诗，八句话，似可概括他的一生：

齐州自古产奇材，登降红楼负笈来。
问字通儒终入室，留英桥校远寻梅。

东巴经释成名作，民族语标出总裁。

桃李长辞先我去，奈何孤鉴对灵台。

让我试着解释一下吧。

第一句，"齐州"，古代指中国。盛先生说，中国自古就出人才，不是一般的人才，而是奇才。傅先生是奇才，1911年生于山东。山东自古出学者。管、晏，山东人；孔、孟，山东人；孙武、孙膑，山东人。先秦诸子，多半是山东人。当代大学者，季羡林、任继愈、张政烺，他们也是山东人。傅先生是聊城人。聊城出了个傅斯年。过去有人说，傅先生是傅斯年的亲戚，这是误传。我问过他，他说：不对，聊城有两个傅，孟真师出状元傅（傅以渐之后，出自江西），我家出御史傅（傅光宅之后，出自山西），不是一支，我家贫寒。现在，台湾史语所还保存着这两位傅先生的通信。

第二句，是讲傅先生上大学。他是1935年进北京大学中文系，即我现在的单位。但那时的北大在沙滩红楼。这之前，他上过师范，教过小学。有一回，张政烺先生跟我说，傅先生比他岁数大，但家境不好，入学反而晚。我们系的阴法鲁先生和傅先生是同学。傅先生的墓碑，就是请阴先生写的。抗战爆发，傅先生随校南迁，他是在昆明毕业。1939年，他考入北大文科研究所，跟李方桂、罗常培等名师读研究生，机会难得。但为了弟弟上学，他决定放弃学业。傅斯年先生说，不行，我每个月给你50块大洋，你给我继续学。他没接受。但此事让他铭感终生。

第三句，是讲傅先生的师承。他学语言文字是师从罗常培先生。当年，吴晓铃先生跟我们说，你罗爷爷（云起她们一直这样叫）学问大，脾气也大。罗爷爷的学问，全让你爸爸继承了，我继承的是骂人，谁骂人也骂不过我。我想，"问字通儒"一定就是这位"罗爷爷"。

第四句，是讲傅先生到海外留学。1948年，傅先生到英国留学，在剑桥大学。1950年获博士学位后，他本有机会在剑桥任教，但毅然返国。当时，新中国刚刚成立，让大家充满希望。

第五句，是讲傅先生的成名作。抗战期间，他在西南搞田野调查，下过很大功夫，特别是对纳西文和彝文。《丽江么些象形文〈古事记〉研究》（武昌：华中大学复印本，1948年）是他的成名作。这书是华中大学出版。他在华中大学中文系当过教授和系主任。1996年，于省吾先生百年诞辰，我在吉林大学开古文字会，姚孝遂先生问，傅先生身体如何，我说，他不在了。是吗？怎么没通知，什么消息都没有，姚先生沉默了一会儿，眼里闪着泪花说，我是傅先生的学生。

第六句，是讲新中国成立后。他回国后，先回华中，后调北京，先在语言所，后到民族所。当时，民族所分两摊，翁独健先生负责民族史，他负责民族语言。他的确是中国民族语言研究的三军之帅，不仅对民族语文的调查研究有大贡献，写过很多专书和论文，还为民族文字的改进、创制和规范做过大量工作。从西南到西北，兄弟民族忘不了他。不过，话说回来，他付出的代价也太大。行政工作和社会工作，夺去了他太多的学术生命。不然，他会为我们留下更多的作品。比如，他的另一本研究纳西文的专书，《纳西族图画文字〈白蝙蝠取经记〉研究》（日本东京外国语大学亚非语言文化研究所出版，上册出版于1981年，下册出版于1984年），就是他在日本访问期间写的。新中国成立那么多年，这是他唯一闲下来的一段。

最后两句是写伤悼之情。盛先生比傅先生大十二岁。傅先生只活了七十七岁，先他而去，他不胜惋惜。

盛先生是一位传奇人物。他用法文写过一本小书，《我的母亲》。这书，写他的母亲，写他的家乡，轰动法国。1985年，法国把法国荣誉军团骑士勋章授给他。国内获此殊荣者还有巴金先生。他的回忆录《旧世新书》也很有意思。他是个见过大世面的人。从中国的"二七大罢工"到法国的"五月风暴"，很多重大事件，他都是当事人。这本书的引言，一上来就说，"我是中国人，我是中国土地上的人"。

柳下惠为官三黜，有人劝他，你干吗不离开自己的国家。他说："直道而事人，焉往而不三黜？枉道而事人，何必去父母之邦？"（《论语·微子》）。杨绛先生说，她和钱锺书回到中国，再也没离开中国。他们都是"不去父母之邦"。

古诗，写离别最多。生离和死别差不多。

孔子去鲁，回首国门，不忍离去，丢下一句话，"迟迟吾行也，去父母国之道也"（《孟子·万章下》）。

这样的话，今人很难理解。

盛先生说，"1947年我出国，回来是1978年，在外三十一年"。当他一过罗湖桥，踏上中国大陆的土地，他说"我握住解放军战士的手，眼泪滚滚而下"。

他们那一代人，不管学问多大，差不多都如此。

盛先生如此，傅先生也如此。

傅先生不爱运动，身体比较弱（"文革"中被拷打，恐怕也是原因）。晚年，他走路有点蹒跚，眼睛有点混浊，听觉也不太好。

1987年，他终于病倒，先在中日友好医院看，说是肠胃出了问题，吃中药。

他开始每天到日坛跟人学打拳，希望有助于恢复，可惜晚了。

后来，他到协和医院看，确诊为癌症，但说不清什么癌，到死也没查清。

1988年，他住进协和医院，一进去，就再也没有出来。

他们每天查这查那，做各种实验，做记录，不像看病，更像研究病。

西医，回天乏术，让家属很无奈。

于是，各种气功师出现了。

那一阵儿，我还记得，气功热真是如火如荼，一会儿说某某山某某洞，里面坐一人，指甲长得可以绕身好几圈，一会儿说某某高人可以搬银行里的钱，拿出来，再放回去。还有人说，他可千里发功，叫你心脏骤停，甚至呼风唤雨，灭森林大火。王朔有篇小说，主人公忽然说，他开了天眼，自称能隔着衣服透视诊病，把办公室里的女同志吓得乱跑；后来飘飘欲仙，拔脚飞升，干脆从楼上跳下去。种种传说，让我想起《列仙传》《神仙传》，好像回到东汉。

装神弄鬼，我从不信，但有人信，很多人都信，即便原先不信，到了鬼门关，也不由你不信。病笃乱投医，乃人之常情，至少是心理安慰吧，我这么想。

傅先生在医院，非常虚弱，只能听人摆布。

先头，他还能说话，后来就不行了，表情很痛苦。

当时，家中请了各种高人，高薪聘请，车来车送，还得管饭，一来一大拨。

这些人去医院发功，协和不让进。他们跟医院较劲：我不排斥你，你为啥排斥我？你就说，还有多少天吧，我保证超过你。

但一架将要坠落的飞机，机头拉不起来，多飞一会儿再扎下去，有意义吗？人只是多受罪，我想。

反正西医也没辙。护士跟他们说，好了好了，你们爱干啥干啥，我们就当没看见。

有一次，这批气功师来家，我在一边看书，看的是《马王堆汉墓帛书》〔肆〕，属于医书部分。他们凑过来一瞧，别提多兴奋，大呼，哎呀，这么古的书，里面肯定有古人留下的气。

眼看不行，云起飞回来了。

云起找到一位国防科工委负责气功组织的人，家住黄庄，很客气。他说，别哭别哭，你们的心情，我理解。当时我在场，印象很深。

此人介绍说，北京的气功师分三个层次。强身健体，只是最低层次。比这层高，是可以治病的。但这种气功师，看病不看人，就病医病，治不了大病。治大病的高人，反过来，看人不看病，同样的病，你的病，我能治，他的病，对不起，因人而异。看病先要相一相，只有上升到这一步，才能治癌症，但这也就是通常说的迷信了，你信不信？现在吗，有本事的大气功师，已经给外宾和中央首长分配完毕，只有一个电话，你试试吧。

后来，云起按他给的号码打过去，通了。对方问，病人叫什么呀？云起说，傅懋勣。对方问，病人是干什么的呀？云起说，普通知识分子。对方说，对不起，我还有外宾和首长要看，抽不出身。

第二天，傅先生就不行了。

那是一个漆黑的夜晚。病人都睡了，只有床头的小灯开着，惨白。

我和云起守在病房。

傅先生的病房是在地下，房间又高又大，里面有一大堆病床，简直像个候车室。任继愈先生回忆，他去看傅先生，竟然是六人一间。他愤怒地说，像傅先生这样的大学者，为什么就不能安排一个单间。其实他看到的病房还是在楼上，比地下病房不知强多少。后来，医生说，楼上不如楼下方便，他又被搬回地下。有个气功师说，也好，这样可以接地气。

傅先生骨瘦如柴，我抱过他，分量轻得难以想象。我一想到病床会硌着他，心里就像过电，嗖地一扎。他的所有感官已无法与外界交流，中间隔着无声的黑暗。

云起出去找大夫。弥留之际，只有我在身边。我把他干枯的手轻轻握在手里，手是他唯一连接这个世界的地方。

我是眼睁睁看他离去，气如游丝，被黑暗吞噬。

我出来跟云起说，爸爸走了，把泣不成声的云起搂在怀里，医生、护士冲了进去。

火化那天，安琪和我坐在一个小天井里，静静等候。

空气中有一种特殊的味道。

他说，唉，多少种外语，多少种民族语言，一切的一切，全都烟消云散，说没就没了。

我仿佛看见，他说的东西，像一只只蝴蝶，从炉膛中飞走。

当时我没哭，

但回到家，夜深人静，泪如雨下。

2011年10月28日写于北京蓝旗营寓所

（原刊《读书》2012年1期）

[附记]

　　这篇短文是为傅懋勣先生百年诞辰而作。感谢云起、东起、京起、安琪，是他们帮我回忆，订正了不少失误，并反复核对，提出修改建议。

天地悠悠（上）

我的老家在山西武乡，那是我的祖籍。我是在父母进京的路上出生。我有个朋友叫"郭路生"，还有个朋友叫"张进京"，他们与我同龄（1948年生），一听名字就知道，全是"解放孩"。"解放孩"，取名多带"小"字。我们家的孩子，我二叔、三叔家的孩子，全都是"晓"字辈。"晓"是谐音"小"字，写法不同，那是取"东方欲晓"之意，天快亮了。

两张老照片

八路军东渡黄河，从陕西进山西，解放军翻太行山，从山西进河北，跟当年的李自成一样，那是奔北京去的。北京是个边塞城市，从地理位置看，有点像德黑兰在伊朗。[1]

从长治地区去河北，要从黎城走，出东阳关，经涉县、武

---

[1] 德黑兰在伊朗北部，北有厄尔布尔士山，好像燕山，西有扎格罗斯山，好像太行山。北方民族南下，他们也修长城。

爸爸抱着二姐，妈妈扶着大姐，改花姐立于左　　爸爸抱着我，妈妈抱着二姐，大姐立于左
（1947年6月21日摄于河北武安）　　　　　　　（1948年9月12日摄于河北邢台）

安，出滏口陉，奔邯郸。邯郸在河北南头。这条路，现在有长邯铁路、长邯高速。

我手头有两张老照片，都是我家从山西进河北后拍的。我爸我妈跟着北方大学，从潞城经武安到邢台。1948年8月，北方大学并入华北大学。投身革命的知识分子，很多都在这所大学，也就是后来的人民大学。

第一张（上）：我爸坐中间，翘着右腿，怀中抱着二姐，改花姐（三姑的女儿）立于左，我妈立于右，前边是大姐。爸爸在照片下方写了一行字，"1947.6.21.河北武安"。二姐是1947年1

邢台：北方大学礼堂

月14日生，算一下，五个多月，当时还没有我。

第二张（下）：我爸坐中间，翘着右腿，怀中抱个婴儿，那是我，大姐立于左，我妈立于右，怀中抱着二姐。爸爸在照片下方写了一行字，"1948.9.12. 河北邢台"。我是6月12日生，算一下，刚三个月，当时还没有妹妹。

我是邢台出生。当时住哪儿，不知道。网上查了一下，北方大学是1946年1月5日在邢台市西关正式成立，校址位于邢台市西关中华基督教会旧址（现邢台市新西街东口邢台市委和邢台军分区院内）和市西郊"新兵营"（现邢台市一中、邢台市气象局一带），校部设在今邢台市委北院。我去过邢台，主要是看文物古迹，没有查访过这些地方。

正定：华北大学礼堂

有个热心读者拿我当邢台人，给我寄过内丘县石辟邪的照片。若论出生地，我确实是河北人。

从正定去北平

北方大学并入华北大学后不久（1949年9月12日以后），我家到了正定。正定在河北中部，我去过多次，多半是去看古迹（隆兴寺、开元寺、广惠寺）。过去一直不知道，我家住什么地方。

2016年4月,我去过华北大学旧址,想不到就在隆兴寺隔壁(左侧)。那里从前是天主堂,现在是二五六医院。进医院大门,正对教堂,当年是华大礼堂,大门右侧立柱上有块铜牌,说1948年8月24—27日华大曾在此举行开学典礼,1949年2月华大各部陆续前往北平。院里有不少传教士留下的石刻。

我爸在他的自传中说,我家是1949年3月进北平。9月21日,北平改北京。10月1日,开国大典。

新中国成立,我才一岁多。从此,我成了北京人。

北京的家

我这一辈子,除了去内蒙古插队(两年),除了回老家(五年),主要在北京度过。十岁以前主要住城里(1949—1958年),十岁以后主要住城外(1958年到现在)。城里,搬来搬去,主要在东城区转悠。城外,搬来搬去,主要在海淀区转悠。

刚进北京,我家住先农坛。后来,搬海运仓,搬拈花寺,搬东四六条,搬铁一号(铁狮子胡同1号),几乎全在鼓楼以东、东单以北这一片。

先农坛,其实在城外,挨着天桥。妈妈说,刚进北京有纪律,不许单独去天桥,天桥很乱,容易上当受骗。大姐回忆说,先农坛里有很多解放军的大炮。

我记得,爸爸带我到天安门看放花,好像很早。小时候,他特别喜欢放炮放花(晚年反而写提案禁放烟花爆竹)。他看放花,

前排从左到右：二姐、我、妹妹；中排从左到右:爸爸、妈妈；最后一排从左到右:秀清表姐、大姐（1950年代，摄于北京拈花寺）

甭提多高兴，我却被嗖地蹿上天空突然炸响噼噼啪啪的火树银花吓得号啕大哭，哭着闹着非要回家。我记得，天安门四下站岗的解放军全都戴着钢盔。那是我最早的记忆之一，但没有时间坐标，无法确定年代。

拈花寺

先农坛、海运仓，年纪太小，没印象。我印象最早的家是拈花寺。

拈花寺的家，有一张全家福。爸、妈并排坐。前排，从左到右是二姐、我、妹妹。最后一排，从左到右是秀清表姐（我姨家的表姐）和大姐。照片没标年代，因为有妹妹，肯定在1950年之后。

这个家，我有两个印象。

印象一，两个姐姐跟我在殿里玩捉迷藏。她俩突然消失，我四下张望，蓦然回首，被巨大的神像吓坏，[1]号啕大哭。

印象二，我把家中的椅子、凳子摆成一溜儿，坐在前面，假装开公共汽车（注意：不叫公交车），我说，长大我一定要当司机，我特别喜欢闻汽油味。

2017年3月30日，王军陪我去过拈花寺。鼓楼西大街有个小八道湾胡同，进胡同，一直往北走，就是拈花寺，现在是大石桥胡同61号，北京市文物保护单位。周志辅《几礼居杂著》卷二《燕京忆旧》讲拈花寺，对寺中的和尚和景物有介绍。[2]

这座庙是明万历九年（1581）建，原名千佛寺，清雍正十二年（1734）重修，才叫拈花寺，进去转一圈，破败不堪，天王殿还在，大雄宝殿已拆，盖了工厂，现在连工厂也废了。

西路有个院子，很像我梦中的家，照片上的家。

---

[1] 天王殿中有天王像，大雄宝殿有十八罗汉和二十四天像，不知是哪个殿哪个像。
[2] 周志辅：《几礼居杂著》卷二《燕京忆旧·记北京两名刹及其住持》，西雅图：周肇良书馆，1984年，C11-14页。小八道湾胡同，周氏作九道湾胡同，恐是误记。

蓑衣胡同（1952—1953年）

小时候，我大姐上华北小学，我二姐上香山慈幼院（后上人大保育院），我和妹妹上人大保育院（注意：不叫幼儿园）。华北小学在西直门内大街的崇元观旧址，是个干部子弟学校。香山慈幼院在白堆子。人大保育院在蓑衣胡同（明代叫袭衣寺胡同）。

保育院三年，我只上过小班、中班（1952—1953年），没上过大班。原因是，人大组织游颐和园，排云殿火道口（冬天烧地暖用的）的盖板断裂，我一脚踩空，掉进火道口，把脑骨摔裂。大班时（1954年），我在家养病，自个儿跟自个儿玩。妈妈有一副骨牌，被我拿来搭积木，如同现在的乐高。

我记得，保育院的阿姨很厉害。有个D阿姨，熄灯过后，会来查看我们是否入睡。大家睡不着，全都蒙着头在被窝里打"火石"（一种白色的石头，擦打时，有煳味儿），外面黑咕隆咚，里面火光四溅。她一来，我们就鸦雀无声。因为一旦被发现，会罚站戳脑门。我们都很怕她，但有一天，小孩互相传告，D阿姨死了。据说，她是个业余运动员，骑摩托出车祸，死了。

有一天，有个孩子说，咱们后院关着个大老虎。是吗？大家都很兴奋。到后院一看，原来关着我们的大师傅。1952年，三反五反"打老虎"。他是这种老虎。说起"打老虎"，我会想起那时的儿歌，"一二三四五，上山打老虎，老虎不吃人，专吃杜鲁门"，"李承晚，不要脸，光着屁股打朝鲜"，那是抗美援朝（1950—1953年）时的儿歌。

还有一天，忽然所有阿姨号啕大哭，原来斯大林死了（1953年3月5日），她们呼喊着他的名字，泪流满面。我们都很奇怪，小孩打架，只有打不过才哭。阿姨最厉害，怎么会哭呢？

我们吃得很好。大家一致认为，最好吃的东西是"洋点心"（那种方块的奶油点心）。我们排队进饭厅，在饭厅外等着。听说要吃"洋点心"，有个孩子溜了，捷足先登，一人连吃好几块，被阿姨收拾。

东四六条（1954—1956年）

东四六条是人大校部，办公和宿舍在一块儿。我家，先在38号，后在65号。38号在路北，65号在路南。

老38号是今63、65号（从东往西数），崇礼故居，国保单位。崇礼是光绪时候的大学士。这个宅子在胡同里占了好长一段，我家住65号。吴老（吴玉章，人大老校长）和李培之（王若飞的夫人，人大副校长）住隔壁，在它西边，现在是67号，我爸带我去过。

我记得，院里有假山，有个大屋，可以放电影。新中国的第一部彩色影片，《梁山伯与祝英台》，就是在这儿看的。那天，前排留着位子，吴老也来看。此片是1954年8月24日上映，这是个时间坐标。1956年，我爸做过一次寿，五十大寿，他喝醉了。此后，他一直没有做过寿。

老65号是今甲44号，也很大。我家住东头一个小院，日式建筑，大拉门，木地板，坐西朝东。

这两地儿，我一直想看。有一年去了，老38号（今63号、65号）成了轻工部宿舍，不让进，老65号（今甲44号），门上没人管，进去向左拐，找着地儿了，想不到，那座日本房子已经拆了。

2017年3月30日，王军陪我故地重游，今65号和63号，里里外外全都看了。我家住今65号，梦中的家好像在北边。冈村宁次住今63号，也看了。今67号变成一饭馆，关门装修，进不去。今甲44号，现在不让进（幼儿园、学校，现在很敏感，早先没这事儿）。新门脸儿，右边一行字，"北京第一六六中学"，左边一行字，"原贝满女中，女十二中"。我大姐上过的女十二中在灯市口。

据说，当年六条是日本人占着，他们在胡同里养牛（奶牛），很臭。

白米斜街：人大附小头三年（1955—1958年）

小学六年，我上的是人大附小，前三年，在白米斜街甲2号（今7号）。白米斜街，在什刹海南岸，街名可能与漕运白米泊岸售卖有关（或云因白米寺得名，未必可靠）。张之洞的宅子在这条胡同。据说，大门口原有文襄公自书联"白云青山，图开大米；斜风细雨，春满天街"，"白""米""斜""街"四字嵌于二句首尾。[1]

我们小学在胡同东口,现在是7号,西边挨着11号。11号是张之洞的府邸,7号是他的花园。他们那边跟我们是隔开的。

我们这边,古色古香,非常漂亮。我记得,进门是影壁,门房坐着打铃伯伯。左手一排倒座房是老师办公的地方,西头有饭厅。穿垂花门,中路头一进,院子比较大,地上有拼花石子路。西边是男生宿舍,背后是厨房。北边是女生宿舍,门前有藤萝架、大水缸,背后有澡堂,右手有洗衣房。第二进院子是教室。第三进院子,最后是个小楼,上下两层,也是男生宿舍,楼前有海棠树。院子东侧,影壁后面是小山坡、假山和树,它的北边有一道墙,墙上有月亮门、什锦窗。穿月亮门,南面是厕所,北面是操场。操场上有秋千、滑梯、平衡木等器械。操场北边有后门,一直关着。西路,小楼西边的跨院是许老师住,也有海棠树。我印象里,这所小学好像没有男老师,只有女老师,还有阿姨。那是我们的"大观园"。

北京是个边塞城市,大有胡气,我在门口见过卧着的骆驼。

小学背后是什刹海,[2] 湖边有套圈、打枪、耍猴等各种游戏,很热闹。有一回,猴窜进我们院,大闹我们院,让我对"孙悟空

---

[1] 靳麟:《漫谈后门大街》,收入文安主编《名街踏迹》,北京:中国文史出版社,2005年,79—108页;朱家溍:《什刹海梦忆录》,收入文安主编《园林雅趣》,北京:中国文史出版社,2005年,125—132页。"图开大米",米芾为大米,米有仁为小米。

[2] 什刹海,或云以寺得名。但张之洞称之为"石闸海"(《立秋后二日同谢麟伯、朱肯甫、吴清卿、王廉生至石闸海上游泛舟》)。

大闹天宫"有了真实感受。我在《十二生肖中国年》讲过这事儿。白米斜街,出胡同口是地安门大街,[1]前面的桥叫后门桥,[2]再前面是鼓楼,鼓楼背后是钟楼。鼓楼那边有算命的。

我们这帮孩子,很多都是保育院就认识,三个年级,谁都认识谁。二姐是全院最好的孩子,我是全院最坏的孩子。有一回,老师让二姐朗诵诗,不知谁写的,写给卢森堡夫妇。美国冷战,他俩是坐电椅被电死(1953年6月19日),听上去,很可怕。二姐念着念着,泣不成声。

1950年代,外国电影很多,苏联最多,如1953年上映的《萨特阔》《海军上将乌沙可夫》,我还有印象。英、法、美、日也有。当时,小男孩看过《勇士的奇遇》(法国片,1956年在中国上映),全都用铁丝窝把剑,从前院打到后院,模仿钱拉·菲利普(他见过周恩来)演的郁金香方方,说什么"两座小山,中间有条河,我想到河里去摸鱼"。

---

[1] 北京城,坐北朝南、左东右西。皇城南门是天安门,北门是地安门。天安门是皇城的前门,地安门是皇城的后门(1954年拆除)。地安门大街即鼓楼前南北向的大街。

[2] 后门桥,也叫地安桥,元代叫海子桥、万宁桥,始建于元世祖至元四年(1267)。据说桥下原有线刻子鼠和"北京"二字的石桩,与正阳桥下出土的石马构成子午线。参看1934年张江载《燕京访古录》(见陈宗蕃《燕都丛考》,北京:北京古籍出版社,1991年,383页引)、1934年徐国枢《燕都杂咏》(见文安主编《名街踏迹》,北京:中国文史出版社,2005年,79—108页引)、王同祯《北京的桥》(北京:北京燕山出版社,2000年,66页)、靳麟《漫谈后门大街》。靳麟更称,1950年什刹海清淤,他曾目睹桥下出土线刻子鼠和"北京"二字的方柱形石桩。案:此桥以北有万宁寺(草场胡同12号),始建于元成宗大德九年(1305),比此桥晚三十八年。

我们住校，只有周六洗完澡、换完衣服才能回家。阿姨带女生洗澡，我们会躲在大玻璃窗下，猫着腰突然冲过去，引起一片尖叫。

当时，小男孩经常讨论一个问题：咱们是打哪儿来的？当然，大家都知道，此事与妈妈的肚子有关，但妈妈的肚子好像还不是终极答案。有一个猜测可能最接近终极答案：我们是大人跳舞跳出来的——因为他们有身体接触呀。那阵儿有跳舞风，但我从未见我爸我妈跳过舞。

晚上有晚自习，先做完作业的喝梨水，后做完的只有萝卜水。有时还有花生会，一人一帽子花生，听阿姨讲故事。

学校伙食已经很好，但大家总想找更好吃的东西。有个孩子说，我发现辣萝卜干特别好吃。另一个孩子说，不，还有一种东西更好吃，据说叫"桂皮"。我们打发一个孩子悄悄溜出大门买桂皮，回来分享，一人一小块，确实不一般。糟糕的是，有个走读生带来一把蓖麻子（那阵儿提倡种蓖麻），说是味道奇特，我一口气吃完，夜里上吐下泻，全是白沫，阿姨罚我洗衣服、洗被褥。

我是什么时候离开白米斜街去西郊？估计是1958年下半年。因为上半年，我们还在白米斜街"除四害"，站在房顶上轰麻雀。"除四害"是1958年2月展开。

北海公园把我们的假山搬走，为了搬假山，把带月亮门的墙拆了。老师让我们在前院种了苹果树。后来，我一直幻想，当我再次跨进这个院子时，树上一定结着大苹果。然而，多少年后，等你真的到了，你才发现，除后院的小楼破破烂烂，一切的一切全都拆光，哪还有什么苹果，眼前只有私搭乱建密密麻麻的小砖房，过道仅可容身。

隆福寺

小时候，我爸经常带我逛公园，甚至带我开会，把我丢在汽车里，跟司机打架。城里的公园主要是北海公园，中山公园有花房，他喜欢养花、养金鱼，常去。一进玻璃房，有一种奇怪的气味儿。听戏，看曲艺，看杂技（我在中山公园看过"炮打真人"），他兴致盎然，我很烦。我更爱看电影。

我妈喜欢逛商场，主要逛人民市场（全名叫东四人民市场），偶尔逛东安市场。百货大楼是1955年才有，之前主要逛这两个市场。

人民市场，据说是由东单大地旧货市场搬迁，安置于隆福寺旧址，[1]1952年开业。隆福寺是东城大寺，与西城护国寺并称。两寺庙会最热闹。所谓市场，里面全是地摊。一个摊子接一个摊子，一个铺子接一个铺子，好吃好玩的东西很多，但我妈没兴趣，总是拽着我进出卖布卖衣服的地方，让我一辈子都讨厌逛商店，况且我还经常憋尿，她总是劝我忍一忍。

---

[1] 隆福寺，1901年毁于大火，藻井绝妙，现存北京古代建筑博物馆（在先农坛太岁殿）。

隆福寺一带，除了人民市场，蟾宫电影院是我最爱（还有一个看电影的地方是交道口电影院）。有个匈牙利电影《魔椅》（1954年）让我笑得前仰后合，逢人就拉着人讲。还有个苏联电影《银灰色的粉末》（1954年），讲美国发明的什么杀人武器，红光一闪一闪，有个做实验的猴子，上蹿下跳，大声尖叫，把我吓得够呛。

铁一号（1957—1958年）

北京建筑史，背后有很多接收故事。二战后，全世界都在接收。张恨水《五子登科》讲战后接收，房子是"五子"之一。

铁一号是铁狮子胡同1号的简称，现在是张自忠路3号。这地儿是国保单位，早先是九贝子府、和亲王府、清陆军部和海军部、袁世凯总统府和国务院、段祺瑞执政府（三一八惨案发生地）、日本华北驻军总司令部、国民党十一战区长官司令部和北平警备司令部，最后落人大手里。今平安大街路北，西边挨着和敬公主府（张自忠路7号），再往西走是孙中山行馆（张自忠路23号），孙中山死在那儿。

1957年，"反右"那年，我家搬铁一号。人大在主楼西侧的低地盖了红一、红二、红三楼。楼是曲尺形，五层，甲乙丙丁戊，从东往西数，五个门洞。我家在红一楼最西边，戊组顶层，对门住着个日本人。戊组背后，有些平房，好像是个吃饭的地点。我第一次吃多纳圈就在那儿。

脑海中有个镜头，我从主楼前，往大门走，看见怀特（William White）。怀特是个黑人，美国大兵，朝鲜战场的俘虏，当时是人大的学生。我听说，他打棒球，一球冲天本垒打，功夫十分了得。他有个中国老婆，可能是组织撮合。夏天，他在北戴河疗养（人大在北戴河有疗养院），躺在沙滩上睡觉，醒来发现，被一大圈人围观，很生气。那时，外国人就少见，黑人更少见。后来，他回美国了。[1] 前不久，我从抗美援朝的电视节目中又看到他，当然是老镜头。

人大三大右派，我都见过。葛佩琦住我家楼下，可能是三层。当年穿个红皮鞋，经常上我家。学生贴大字报，不仅在楼道贴，还往家里贴。有一天，我见葛佩琦双手撑门，不让学生进，大喊"杀头吧，杀头吧"，我爸下来，把学生劝退。许孟雄也住我们楼，好像是中间哪个门洞。有一回，有个孩子，手里拿个墩布，跟院里的孩子打架。院里的孩子说，那就是许孟雄的儿子。当时，林希翎是学生，在西郊。1958年，我在人大教工食堂前的那条路上看见她走过，路人指指点点，窃窃私语，说那就是林希翎。多少年后，他们从监狱出来，我都见过。

我的老同学方虹，她家好像住红三楼。我上过她家。他爸方

---

[1] 网上说，1953年末至1954年初的那个冬天，有二十一名在朝鲜战争中被中国军队捕获的美军战俘，选择在中国居住而不是回到美国。他们的行为在当时引起了极大的轰动，许多美国人指责他们是叛国者，就连他们的家人也不理解。怀特学习了中文，并在北京获得了国际法学士学位。1965年，他与中国妻子和两个孩子回到了美国，后来在纽约北部的一个农场里工作。

华是科尔沁王爷的后代,妈妈是满族。隔壁的和敬公主府就是他们家的老宅。[1]

西　郊

小时候,城里城外,区别很明显。

城里走电车,有轨电车,叮叮当当,汽车少,小车尤少,经常摁喇叭(现在禁止)。儿歌:"小汽车,嘀嘀嘀,里面坐着毛主席。"小车只有首长才有(苏联生产:吉斯、吉姆、伏尔加、莫斯科人等牌)。大车,多半有头,有头的是美国大道奇T234,抗战的援华物资;[2]没头的是捷克的斯柯达和匈牙利的依卡路斯(1951年引进),小孩儿在路上见了,会大呼"捷克斯洛伐克——捷克斯洛伐克……",认为这是最先进的汽车。

逛公园,城里逛北海、中山公园;城外,逛动物园、颐和园。卧佛寺、香山是学校组织春游的地方。大卡车,装一车孩子,花红柳绿,春风扑面,颇有"风乎舞雩"的味道。有一回,改游紫竹院,带上大锅,野炊(现在不允许)。野外吃饭好像特别香。

当时,我们说出城,多半指出西直门。一出西直门,我们叫西郊(如动物园,1950—1955年叫西郊公园)。当时有海淀区,

---

[1] 方华,蒙古科尔沁部辅国公色布腾巴勒珠尔之后,原名包儒,参加革命后改名,人民大学教授。乾隆嫁女于色布腾巴勒珠尔,是为和敬公主。
[2] 小时候还能看到美国奶粉、花生酱,美国兵的牛奶锅、餐刀,学校里盛行打垒球。

但我们很少说海淀区，一说海淀，就是指海淀镇。海淀区的区政府就在这个镇上。今海淀区，南边那一片（公主坟、五棵松一带），军事机关多，我们叫"新北京"。北边这一片，除清华、北大，新中国成立前就有（北大校园是前燕大校园），添了人民大学。学院，除八大学院，[1]还有工业学院、民族学院、外语学院。海淀以东、清华园车站以西、中关园以南、黄庄以北，好大一片是中国科学院，这是个文化区。

西郊的概念与32路（今332路）有关。那是个传统的郊游路线。新中国成立前，踏春，奔三山五园，[2]一定得走这条道。当时，出城只有一条公共汽车线。这条线分三段。一段在城里走，东华门发车，穿故宫、景山之间和中南海、北海之间，经西四、新街口，到西直门。一段出西直门，经万牲园（也叫三贝子花园，今动物园）、白石桥（旧有地名曰白石庄），朝北走，经魏公村、双榆树、黄庄、海淀、燕大西门（今北大西门），从圆明园南边的小石桥（今101中学门口的小石桥）左拐，去颐和园。一段从颐和园东门，穿右手那条胡同（胡同口有个浮雕的孙中山小像），左拐，经北宫门，过青龙桥，沿玉泉山、万安公墓，去卧佛寺、碧云寺、香山。后来，掐头去尾，变成西直门到颐和园，

---

[1] 八大学院：北京医学院（今北京大学医学部）、北京钢铁学院（今北京科技大学）、北京石油学院（今中国石油大学）、北京农业机械化学院（今中国农业大学东校区）、北京航空学院（今北京航空航天大学）、北京地质学院（今中国地质大学）、北京矿业学院（今中国矿业大学）、北京林学院（今北京林业大学）。

[2] 海淀的特点是海子多，泉水、溪流多，皇家园林多。三山：香山、万寿山、玉泉山。五园：静宜园、清漪园（颐和园）、静明园、畅春园和圆明园。

1956年起叫32路，1972年改332路。

动物园一带，变化很大。

1954年，苏联展览馆落成。建筑正面有苏联和十六个加盟共和国的国徽。第一次展览是苏联展，我去了，印象最深的是绘有俄罗斯童话人物的小盒（当时最迷苏联动画片）。"苏联展览馆"改"北京展览馆"是1958年。后来把下面一排小国徽撤了，再后来把上面的大国徽也撤了。这地方，后来常去，不是看展览，剧场也去得少，主要是去"老莫"（莫斯科餐厅）和电影厅。上海也有这种建筑。

1957年，北京天文馆开馆。三幅浮雕，左日（男神）右月（女神）是裸体，中间是青龙白虎、朱雀玄武。"文革"开始，裸体成为问题，拿语录遮了。当年，我爸带我去参加中秋晚会，孙敬修讲牛郎织女、嫦娥奔月一类故事。有个望远镜，排队看土星，轮到我，果然看见光环。

1958年，无轨电车成为西郊进城的主要线路，最初只有1路、2路、3路（今101、102和103路）。第一次试坐，觉得又快又稳，比有轨电车强多了。无轨电车动物园总站成为一个新的交通枢纽。旁边盖了商场和饭馆。过去，我没吃过广东菜。广东菜太贵，头回在这儿吃，囊中羞涩，只敢点蚝油生菜。

1968年，在动物园西侧建首都体育馆。动物园西墙外本来有条斜道，道旁有个大水泡子，我在那儿游过泳，后来给填了。

1969年，拆西直门，发现元大都和义门（我还有印象），也拆了,现在是立交桥。32路改从动物园发车,不走斜道,改从紫竹院门口过。这条南北大道,早先是双车道,两边种树,中间是沟,一到晚上,黑咕隆咚。现在的小孩儿已经听不懂侯宝林的《夜行记》(打着灯笼骑自行车)。[1]路,不光走汽车,马车也走。我上初中,还在这条道上捡马粪(过去有劳动课)。马路叫马路,本来就是走马车的。

小时候,我爸带我出城,去香山,去十三陵,山在天际,光秃秃,地是一马平川,满目苍凉。今白颐路两边,当年坟头密布,旷野中有龟趺驮着的大碑。

[补记]

2021年4月1日,二姐来信说,她"在正定开始有短时记忆,曾在一个类似洋房的地方玩过。在二楼的小洋房的阳台上。当时父亲在和他人说话,我的皮球从阳台围栏间隔空隙掉出,父亲在楼下捡起来,给我扔回阳台上"。那时,她也只有两岁多。

2021年4月7日,王军陪我去蓑衣胡同查访,我觉得13号院和13号院旁门最像我记忆中的人大保育院。住户说,《贫嘴张大民的幸福生活》就是跟这儿拍的。我记忆中,人大保育院有个院子,北面是女生住,南面是男生住,东面是饭厅,男生宿舍的南边有个场子。

---

[1] 社科院考古所的钟少林跟侯宝林很熟,他跟侯宝林说,最好改一改。

天地悠悠（下）

西郊人大（1958—1964年）

我家搬西郊人大是1958年。这个校区建在一片荒地上，树多草多，人少房少，跟城里大不一样。草丛中小虫出没，蛐蛐儿、油葫芦、蝈蝈、螳螂、瓜达板儿，到处都是我的"百草园"。

人大西郊校园一带，大门朝东，马路对面是片庄稼地，现在叫双榆树小区。我记得，早先有解放军在那块儿养猪。后门朝西，门外有个大合作社。那一片叫万泉庄，有条万泉河流过（我游泳的地方之一）。附近有三建公司，他们那儿的孩子常到我们院看电影。我们院的孩子怕他们。早先，商店多称合作社。

人大南面是苏联专家招待所（今友谊宾馆），主楼是大屋顶，所谓新古典，周围全是苏式建筑（人大东门外沿街的建筑也是）。招待所对面，今四通桥东南角是双榆树合作社，平房，原先是为苏联专家开的，后来拆了，盖了高楼大厦。过去我还以为，双榆树就是这个合作社。其实，双榆树，旧名桑榆墅，据考，是清代著名词人纳兰性德家的别墅，在今人大校园内。纳兰性德有五言古诗《桑榆墅同梁汾夜望》。

人大有革命传统，提倡简朴，长期不盖楼。早先以灰砖平房居多，楼很少，也很矮（不超五层），跟清华、北大比，显得很土。

这个大院，可以今汇贤路分为南北两大块。路北今综合服务中心是过去的教工食堂，东头有澡堂，西头是小灶（今水穿石）。前几年，维兰西餐厅在房子的中间开了个分店，名字叫"1958"，包间里有很多人大的老照片，环境和菜都很不错，后来被校方收回去，改成办公的地方。路南，原先有合作社和书店。

东南：东门是正门，中间隔个花坛（原来是篮球场），正对办公楼（今求是楼）。花坛北面，三座红楼，是学生宿舍（也有教工住）。办公楼北侧是露天看电影的地方，大家拿凳子占地，很多老电影，包括很多外国电影，我都是在这儿看的。场子西侧有个戏台。早先提倡文艺团体到各单位巡演，很多名角都会出现，拆了。老图书馆，东边是个舞池（1950年代有跳舞风），西边是个松柏围成方圈的墓地，有石碑、石像生，后来是校医院。那是高中时代我跟一个姓王的朋友发奋读古书的地方，每天下午去。墓地背后是个操场，有各种运动器械。这些都不在了。

东北：主要是林园。林园是1958年才有，盖在坟地上。最初只有1号楼和2号楼（后改5号、6号），胡锡奎、邹鲁风（两位副校长）在1号楼（后改5号楼），我家在2号楼（后改6号楼）。1号楼左前有个大烟囱。后来，2号楼后面盖了3号楼，东面盖了4—7号楼（今1—4号楼）。再后来，西面也盖了楼。最后成了东边四座楼（1—4号），中间四座楼（5—8号），西边四座楼（9—12

号）。现在，除东边四座楼和西边最后一座楼，都已拆掉，盖了图书馆。当年，有俩淘气孩子从紫竹院附近偷了条狗，取名莱伊卡（1957年苏联卫星送入太空的狗叫这个名），养在1号楼前。小狗狂吠不止，引起抗议，放出来成了流浪狗，最后被食堂大师傅吃了。

西北：林园西面，原来是个办公区，一处、二处、三处，都是平房，后来拆了，盖了静园。平房西面，有北五楼、南五楼和四处、五处、六处。1958年，北五楼西边挖了个人工湖，我学游泳、滑冰，都在这个湖。后来湖填了，楼拆了。

西南：有墅园宿舍楼，不知是否与桑榆墅有关。楼前有靶场，我在那儿打过靶。靶场前有足球场，我经常在那儿踢球。

人大附小后三年（1958—1961年）

1958—1961年，家和学校都在院里，不再住校。新校址在林园后面，食堂东面，靠近北墙。东边是人大幼儿园，北边隔一条马路，与人大附中比邻，两边有小门相通。

1958年，"共产风""浮夸风"。有人说，以后吃食堂，小孩不再归父母管，一切交国家管，我心里好难过，幸亏只是"风"，刮完就完了。

那一年，我有深刻印象。

第一，诗画满墙，我参加了。我们小学，原来在西边，只有三四座平房。附近有个大食堂，有马和马车。老师让我在南教室的北墙画了一幅挺大的画，人骑飞马，象征大跃进。我记得，人大办公楼的北边有座平房，东墙上有一幅《中国人民大学的明天》，画中建筑，楼顶停着飞机。[1]这画一直留着，1980年代还在。我的作品毁得早，房子早就拆了。

第二，种高产小麦，我也参加了。当时提倡深耕密植，[2]学校在校舍东边的菜地挖了一个坑，长宽深各一丈，一层土一层肥，狂撒种子，先头看着还挺不错，后来纷乱如麻，连种子都没收回来。

第三，大炼钢铁是大人的事，我没参加，但跟同学捡过废铜烂铁。妈妈把家里的铜脸盆捐了。我记得，大家在红一楼前砸废铁，我发现一颗子弹，因排除隐患，受到老师表扬。当时，我们班有个刻印运动，很多人到共青桥（在西边）捡白云石做章料，打磨成型后擦上蓖麻油，跟木纹一样，非常漂亮。许老师说，你们这是破坏大炼钢铁，白云石是工人叔叔做耐火砖的材料，必须全部上交。没想到，炼钢的叔叔把东西送回来了，说谁家的小孩刻得这么好，还是还给人家吧。他说的小孩叫张木生，为了奖励张木生，许老师送给他一块岫岩玉的章料，让我好生羡慕。他们都歇了，我反而去共青桥捡石头，回来大刻特刻。这个叫共青桥地方，好像在西边，只有一座没有水的矮桥，旁边扔着很多白云石。我迷篆刻就是打这儿开始，一发而不可收。我学古文字是

---

[1] 我记得，中关村北区的南墙也有这种画，玉米地里有飞机穿行。
[2] "农业八字宪法"：土、肥、水、种、密、保、管、工，其中有"密"字。

受惠于此。

1959年1月1日，古巴革命胜利。书店卖《历史将宣判我无罪》（卡斯特罗著）。这一年，北展有摄影展。前面展示巴蒂斯塔暴行，革命者遭杀害，一张张面部特写，血淋呼啦很恐怖；后面展示革命胜利，少女穿着暴露，上街狂欢，好像嘉年华。

国庆十周年，北京有十大建筑，[1]多在长安街一线。当年，我最喜欢看历博、革博和军博。军博有抗美援朝馆和社会主义建设时期馆，里面有美国兵的裸女扑克牌、美蒋特务留下的手枪、匕首，对小孩最有吸引力。

人大会堂，过年有联欢，游戏大观园，我只得过三等奖，奖品是一根中华铅笔或一块"高级糖"。困难时期，糖和点心很贵，人称"高级点心高级糖，高级老头上茅房"。

农展馆有个《我来了》雕像。《我来了》是一首民歌。[2]那种豪言壮语的诗歌收进一本书，叫《红旗歌谣》。

北京火车站，附近有徐悲鸿故居（东受禄街16号，在今北京站东街），我去过一回，真美，可惜1966年修地铁给拆了。

三年困难时期（1959—1961年）。人大院里开荒，东校门内的篮球场种了庄稼。我爸在楼下种菜，在家里养小球藻，一屋子

---

[1] 十大建筑：人民大会堂、中国历史博物馆与中国革命博物馆、中国人民革命军事博物馆、民族文化宫、民族饭店、钓鱼台国宾馆、华侨大厦、北京火车站、全国农业展览馆和北京工人体育场。
[2] 原诗是"天上没有玉皇，地上没有龙王，我就是玉皇，我就是龙王，喝令三山五岭开道，我来了"。

盆盆罐罐。我在阳台上养兔子。食堂的米饭，掺水用盒蒸，窝头里面有树叶。

人大附中头三年（1961—1964年）

人大附中，现在是全国名校，前身是工农速成中学（1950—1963年）。

校区：大门朝东，与人大一顺儿。进门，左手篮球场，右手初中楼。篮球场左侧有通人大的小门，小门左侧是老师住的小楼，旁边修过游泳池。往前走是花坛，左手办公楼，右手图书馆、食堂。再往前走是高中楼，楼后是足球场。足球场，左手校工厂，右手教师宿舍（二层楼）。最后是学生的宿舍楼。

工农速成中学创办于1950年，招生对象是工农兵的优秀分子，如劳动模范、战斗英雄，目的是帮他们补习文化上大学。如高玉宝、郝建秀就上过这所中学，[1] 我听过他们的报告（好像在人大附小听的）。这所学校是中央督办，师资好（有些是大学老师）、设备好、伙食好，一直办到1963年。真正的人大附中是从1956年才开始办，最初只有高中，跟速成中学混在一起，我大姐就上过人大附中的高中班。

---

[1] 高玉宝（1927—2019），山东黄县（今龙口市）人，战斗英雄（立过六次大功），名作：《我要读书》《半夜鸡叫》，曾入选小学课本。郝建秀（1935—　），山东青岛人，纺织女工出身，著名劳动模范，当过纺织部部长、中央委员和中央书记处书记。他俩是1954—1958年的校友。

人大附中办初中是从1960年开始，生员来自北京的干部子弟学校（如育才、育英、五一、六一、八一、十一），很多是冲人大附中的伙食来的，他们住校，能打能闹。我二姐1960年入学，叫63级（四个班）。我1961年入学，叫64级（六个班）。她是63级最好的学生，我是64级4班最坏的学生（同年级还有不少，不光我一人）。我们上学那阵儿，工农兵老大哥还在。比如屈银华。[1] 我经常跟他打篮球。他是1960年首登珠峰的四人之一，十个脚趾头全部冻掉，只能远投，无法跑跳。

中关村（1964—1981年）

1964年夏，我爸调离人大，到中国科学院植物所当书记和副所长（所长是钱崇澍）。[2] 他喜欢莳花弄草，1964—1966年，他经常到全国各地，看花看草，别提多高兴。我家搬到中关村，头两年是他一辈子最开心的一段，但好景不长。

中关村是中科院的宿舍区，有些所（如化学所、动物所、数学所、电工所）也分布在这一带。范围大体在海淀镇以东（今白颐路以东），清华园车站（今轻轨线）以西，清华大学以南（今成府路以南，但不包括北大中关园），黄庄以北（今知春路以北，过

---

[1] 屈银华（1935—2016），四川云阳人（今重庆云阳人），登山运动员，从北坡首登珠峰。他可能是工农速成中学最后的校友。
[2] 植物所旧址在动物园内的陆谟克堂，植物园旧址在卧佛寺南。现在，植物所搬到植物园旧址，植物园搬到卧佛寺里，陆谟克堂划归古脊椎动物和古人类研究所。

去不通车)。这一大片分南北两区,中间隔一条马路,路两边是钻天杨。后来修四环,马路被拓宽,向东延伸。

中科院的顶级科学家,包括"两弹一星"功勋,大多住北区。如郭永怀、李佩夫妇住13号楼,钱三强、何泽慧夫妇住14号楼。北区楼群都是苏式灰楼,一般三层或四层。大门朝南开,进门正对花坛。花坛以北是14号楼,楼前有警卫。它后面是10号楼,我家住10号楼1门301号,楼上有秦仁昌(1955年院士),楼下有钱人元(1980年院士)、苏子蘅。方心芳(1980年院士)住一层。10号楼和14号楼之间本来是块空地。

我家在这儿住了十七年。我爸从"文革"一开始就遭关押批斗,第一次批斗就在我家楼下。他当了十二年"黑帮",1978年才解放。带人斗我爸的是他的司机。我家住进两家,一家是植物所的,一家是电工所的。

10号楼前有条路,往东走,有个侧门,北边是影剧院,南边是福利楼(18号楼)。福利楼有饭馆和茶点部。茶点部的点心很有名。我曾在这个茶点部听俞伟超老师讲他的"三大发现"。马路对过,今中科院图书馆那块地儿原来有一排平房,有粮店和新华书店,背后有体育场。化学所那边,有个小门通中关园。中关园是北大宿舍。

北区西侧,12号楼前有条小路,俞伟超老师曾住在小路北侧的小砖房,后来拆了。从这条小路往出走,是北京大学的东南角。斜对过有一片麦地,往南走的32路车站就在麦地旁。

南区,过去去得少,只记得最南边有个医院,我带我妈在那儿看病，腹水抢救，诊断为肺癌，说几个星期的事，想不到她活了九十四岁。多少年后。中科院在南区盖了院士楼，北区完全衰落。

现在的中关村北区是个大杂院，旧楼间的空地盖了许多新楼（多为红砖六层）和随意搭建的平房，各种人租住于此，曾经是个办假证、刻公章、卖盗版光盘的地方，好像城乡接合部，破旧、拥挤、杂乱无章。

人们似乎已经忘记，这里曾是新中国的科学圣地。

1992年，钱三强去世后，何泽慧一直住14号楼，不肯搬。2011年，何泽慧走了。

1968年，郭永怀去世后，李佩一直住13号楼，不肯搬。2017年，李佩也走了。

我想起一首古诗，"昔人已乘黄鹤去，此地空余黄鹤楼"（崔颢《黄鹤楼》）。

人大附中后三年（1964—1967年）

高中，我在人大附中67级5班。这四年有很多故事，有些不便讲，不讲了。我只讲两件事。

一、我有个同班同学叫黄志宏。原来是64级5班的，初中就在我们学校。大家都说他会武功。确实，他能在椅子上竖蜻蜓。我俩课桌挨着。他说，他从不跟北方人交朋友，我跟他抬杠，大吹北方出了谁谁谁，南方如何不如北方。后来，他反而拿我当朋友。有一天，他突然消失，不知所终，类似的孩子还有几个。老师说，别打听。多年后，他来看我，依旧吹他的武功。再后来，他女儿来看我，说他爸爸有心脏病，猝然离世，这我才知道，他是马共领导人的孩子。他确实是南方人，非常南。他女儿说，他上过越南战场。

二、1967年，"复课闹革命"，学校军训，我不参加。我们在北京郊区到处玩，如上方山云水洞、潭柘寺、鹫峰、十三陵、沟崖。北京的大好河山，总算看了个够。齐白石墓也是那时候发现的，原来在魏公村的一片麦地里。我明明记得，墓石是花岗岩的，多少年后再去看，居然是水泥的，保护等级很低，只是个区保（海淀区文物保护单位），周围盖了楼，环境很差。最近上网搜，更加想不到的是，就连这么个乱七八糟的地儿也早就没了，2013年迁葬金山陵园，已经八年了。据说，周围越来越乱，随地大小便，实在没辙，只好搬地方。

插队（1968—1975年）

我有七年不在北京。1968年中秋去内蒙古临河县（今巴彦淖尔市），插队两年。1970年底回老家，插队五年。只有冬天回来一下。每次回北京，就一个印象，人脸特别白，屋里的墙特别白。

离开北京前，大家到颐和园小聚，我不喝酒，他们全都喝醉了，有人笑，有人哭，有人躺在地上。

车站送行，郭路生的诗写得真好，《这是四点零八分的北京》。

小时候，我们经常步行，穿西苑稻田，去颐和园划船、游泳，对它的每个角落都非常熟悉。那时，佛香阁上，天风扑面，你能看到景山、故宫、天安门。

…………

1969年冬，回北京。老友袁彬索诗，苦无对，我凑了这样几句：

北风吹雪过寒城，万恨峥嵘作此声。
山色推窗排闼入，间阎扑地向天横。
繁华羞对齐梁景，消歇倦听牛李争。
恰是江郎才尽日，枕边厕上苦难成。

还有哪一年，忘了。雪后，我们骑自行车去香山，路很滑，忽忽悠悠。我们爬到西山晴雪碑处，碰到李小丁（李新的儿子）。大家极目远眺。

这就是我的北京。

考古所（1977—1983年）

1975年底困退回京。1976年是多事之秋，在家待业一年。1977年入中国社会科学院考古研究所工作，每天乘32路公共汽车，到动物园换103路无轨电车，往来于中关村和美术馆之间。

挤车是个力气活。车，半天不来，来了不是停前边儿，就是停后边儿，甚至不停，疾驰而过。人，呼啦啦跑过来又跑过去，成心涮你。排队根本没用，我得翻栏杆，追车跑，双手扒门，拿肚子往里拱。每天早上，我的老板王仲殊也在这儿排队等车，总也上不去。当时他是副所长，没有专车。

考古所在王府井大街27号。这个院子，早先是黎元洪花园。大门朝东，门口右手有个传达室，进门可见社科院图书馆和右手的日本楼，早先是日本人的东方研究所，后来是史语所明清史料整理处。考古所在这个院子的南半。东墙一排房，南墙一排房，围成曲尺形。夏鼐先生办公的地方是个小四合院，他在正房，两旁有耳房，东南角有澡堂。南门正对着资料室。东墙上开个月亮门，出来有竹林，东边有个新盖的房子是政工处和研究生的办公室。绕到小院背后是图书室。图书室右手是个小山坡，编辑室在这个小山上。实验室、陈列室、技术室、食堂在西边。我走后，东墙一排房拆了，盖了科研综合楼和社科博源宾馆，南墙一排房拆了，盖了小白楼，只留下夏先生办公的北房。考古所门口原来有个报栏，翠花胡同门口原来有个卖月票的窗口。1980年代初，大冬天排长队买"一块砖"也在这地方。所谓"一块砖"者，卡式录音机，搭两盒磁带。这玩意儿，形如砖头，可以学英语，"Going Abroad"（当时有个英语课本叫这个名字），我叫"勾魂砖"，现在算是文物了。

城市改造，有个口号，"大拆促大建，大建促大变"。2017年，社科院图书馆拆了，向东扩，盖了嘉德拍卖公司北京总部。2019年，考古所搬家，并入社科院中国历史研究院（北京市朝阳区国家体育场北路1号院1号楼），只留一座小白楼，留给科技考古中心，考古学家很伤心，我也很伤心。

我把美术馆一带叫"金三角"。文物局、文物出版社在其西，科学出版社、人民出版社在其东，考古所、商务印书馆、中华书局在其南。对我来说，这是圣地。我的学术生涯是从这儿开始。后来，三联书店也搬过来了，在美术馆旁边。

当时，我经常跑各大图书馆。考古所图书室，专业书最全。社科院图书馆就在院里，也很方便。所里给我办了个北图借书证（据说副研才给，我不是），文津街、柏林寺常去。实在查不着，还去版本图书馆。中关村科学院图书馆跟我们院的社科院图书馆原本是一家，共用一个证，我也去。北大也查过书。

劲松（1981—1985年）

我爸解放后，我家搬到劲松一区120号楼，十字街的东北角，斜对过有个商店，西侧有个邮局。社科院历史所的陈绍棣、王宇信、吴树平和中华书局的王文锦住我们楼。李学勤先生住马路对过偏东的一座楼。

劲松，旧名架松坟。北京叫"架松"的地方很多。"架松"改"劲松"，是根据毛主席诗词《七绝·为李进同志题所摄庐山仙人洞照》，年份是1981年。

我在考古所上班，天天接送孩子。早上送他去学校。中午接他到考古所吃饭、午睡（学校嫌他闹，中午不让他在学校），然后再把他送回学校，下班再去接他回家。日复一日。

重回人大（1985—1987年）

我是老人大，保育院—人大附小—人大附中，一路走来，除了没上人大。

1985年，我调北大，爱人出国，临走前，她把小孩从景山学校转学到人大附小，希望搬回西郊。我妈也闹着回人大，我家搬回人大。小孩回来跟我说，"爸，老师说了，想不到你就是他的儿子呀"。我很惭愧。

蓟门里（1987—2001年）

1987年，妹妹回北京，代替我照顾父母。我搬到蓟门里10号楼1门601号，带着儿子过，后来儿子也走了。"改开"有如大浪淘沙，把我老婆孩子都卷走了，剩下我当沙。

蓟门里小区在今蓟门桥的西北角。楼下有南北向两条道，中间是元大都的西墙（俗称西土城），墙外是护城河。燕京八景的"蓟门烟树"碑就耸立在土城上，[1] 现在是个小公园。公园里是个跳舞的地方。

---

[1] 燕京八景：太液秋风（在中南海）、琼岛春阴（在北海）、金台夕照（在朝外关东店南的苗家地）、蓟门烟树（在蓟门里）、西山晴雪（在香山）、玉泉趵突（在玉泉山）、卢沟晓月（在卢沟桥）、居庸叠翠（在居庸关）。

马路对过是北影厂和电影学院。从窗户往下看，常有人在土城上拍广告、拍电影。有一回还在我们院里拍。警察全副武装、牵着大狗，举枪瞄准，对着旁边一座楼，我还以为出了什么事儿。

蓝旗营（2001— ）

鲁迅有诗，"有病不求药，无聊才读书"（《赠邬其山》）。我说，"何以解忧，唯有读书"。

书是我的药，治心病的药。我不是藏书家，书多是平常书，没有善本。书越积越多，读不完也读不动。读完的等于药渣，没读的还有很多。

2001年搬蓝旗营，是新世纪的开始。读书人，最后下场是处理书，或捐或卖。我将老死于此，丢下一堆书。这恐怕是读书人的宿命。

浮生若梦

人生，前边慢，后边快，越走越快。

古迹难免成废墟，很正常。陈子昂《登幽州台歌》："前不见古人，后不见来者，念天地之悠悠，独怆然而涕下。"怀旧的感受大抵如此。

俗话说，"千里搭长棚，没有不散的宴席"。《红楼梦》里有这话，很多明清小说也有这话。家，总是要散的。《红楼梦》的主题是败家史。不管文败家，还是武败家，这是《金瓶梅》以来，言情小说的共同主题。

语云：身体发肤，受之父母。爸爸送我一件礼物，震颤。妈妈送我一件礼物，过敏。父母所赐，无论好坏，你都无法拒绝。

我有一本小书，收入我对内蒙古插队和山西老家的回忆，书名叫《回家》。

我说：

我在临河两年，在武乡五年，刻骨铭心，终生难忘。
天地悠悠，回家的路很长，每一次在梦中。

人，都是白天明白，晚上糊涂。五岁时，我把脑袋摔坏，发烧生病，经常做噩梦、说胡话，阴魂和阳魂打架。

梦把生活变成荒诞，但荒诞之中也有真实。

我一次次回家，回到我梦中的家，每一个家，爸爸妈妈还在，笑眯眯，不说话。

有一个反复出现的画面，黑云滚滚，电闪雷鸣，我拿个凳子往上爬，想摘掉上面两扇窗户的挂钩，再摘掉下面两扇窗户的挂钩，赶紧把窗户关上，别让雨水溿进来。

第二天，一睁眼，天又亮了。

2021年3月27日写于北京蓝旗营寓所

[附记]

有一张1950年的照片，上面有爷爷、爸、妈、大姐、二姐和我。还有一张照片摄于拈花寺，其中有妹妹（见第40页）。

3月29日，二姐来信，说前一张照片上的妈妈，肚子里正怀着妹妹。她说，1958年我妈捐献的铜脸盆是她的嫁妆，她的嫁妆还包括一副银锁和一把牛角梳子。银锁打成银勺，原来有两把，一把在中关村就丢了。

3月30日，二姐来信，指出我的遗漏：

前排从左到右：我、大姐、二姐；后排从左到右：妈妈（怀着妹妹）、爷爷、爸爸（1950年摄于北京，地点不详）

我们家曾经在西郊人大校址上住过一段时间，那是在二处五排或六排靠西头的三套房子里，最西头是爸爸的办公室，西头第二套是我们的家，第三套是爷爷住过的一间房子。每次爷爷要把爸妈给他的吃的给你的时候，你总是管他叫臭爷爷，然后跑掉。当时爸爸是预科主任。秀清姐姐在那里带小晨，后来考上人大。二处的西边隔着大操场，是灰五楼。秀清姐后来上学就在其中的一座楼里住过。那是我考上小学之前的事情。我印象中，拈花寺是那之后的事了。现在我不理解的是，我们怎么在那么短的时间里，搬了那么多次家，平均一个地方住不到一年。从城里到西郊，我们一共折腾了三次。爷爷去世是1953年吗？那个时候，爷爷还在。什么时候送回去的，我记不得了。反正爷爷去世，就咱俩回去过。

我爸负责人大预科是1951年，我爷爷去世是1953年。她说的这一段，估计在1951年或1952年。

第二辑

三位贵人
——程德清、侯大谦、常任侠

过去，算命的有一种说法，叫"命犯小人"，相反的说法则是"命中有贵人相助"。1975年底，我回到北京。第二年，没工作，在家待业。我爸是"黑帮"，挂起来已经九年，也无事可做。我俩都是"无聊才读书"，靠读书打发日子。这一年，有三位贵人相助，让我铭感终身。

我要感谢的第一位"贵人"是程德清程叔叔。

程叔叔，山西霍州人，我爸的老朋友。他上过齐鲁大学，当过山西民族革命大学四分校教师，晋冀鲁豫边区太岳区建设处研究员、边区政府教育厅编委会委员，华北大学图书馆副馆长，1949年加入中国共产党。新中国成立后，他当过中国人民大学图书馆馆长，中国图书馆学会第一届、第二届常务理事。华北大学移交北京图书馆的《赵城金藏》，就是由他从山西解放区押送到北京的。1970年，人民大学停办，他当了首都图书馆馆长。

那时，首图在国子监。我经常陪我爸去国子监看书。当时，他迷赤狄史、沁州方言和文字改革，我迷银雀山汉简《孙子兵法》。银雀山汉简《孙子兵法》是1972年发现，1974年出简报，1975年出线装大字本，1976年出普及本，1985年出精装本。1975年本，我就是在国子监读的。

程叔叔跟我说，一般的古书和工具书，我办公室有，你随时来查，比较专门的书，我介绍你到参考部查。当时，手续很严，参考部要介绍信。他跟参考部说，这个年轻人是这位老先生的助手。他要什么书，你们帮他找。

我在首图读过不少书，还帮吴晓铃先生查过《半可集》。

有一回，我跟我爸说，我想看《金瓶梅》，你帮我借借看。我跟我爸去借。当时，这种书，太敏感，人家面有难色。程叔叔说，这位老先生是研究方言的，《金瓶梅》中有方言资料，你们就借给他吧。我们居然把线装全本《金瓶梅》借回家。

我要感谢的第二位"贵人"是侯大谦侯叔叔。他是人民大学农经系的教员，1957年打成"右派"。我不太清楚他的经历，只知道他是农工民主党的。"文革"期间，他东躲西藏，害怕被人打杀。我爸爸同情他，他是我家的常客。我家的常客，不是达官显贵，很多是普通教员，特别是挨整受委屈的人。

说起侯叔叔，很多人可能不知道，但说起他女儿，大家都知道。他女儿是广东电视台的著名主持人，叫侯玉婷。1978年，我父亲解放，补发工资，在长征食堂请客，就是侯叔叔安排的。他让他女儿招待我们。她是那儿的服务员。

1979年，侯玉婷被广东电视台聘用，她爸爸"右派"平反，当上教授，喜上加喜。女儿买了烟酒，打算在广州相聚，不想父亲出了车祸。他骑个自行车，被一辆军车撞了。我和我爸爸去他家吊唁。

他欣赏我，认为我是个人才，把我推荐给常任侠常先生。常先生是他在农工民主党时的老朋友。我是通过他，认识常先生。

好人呀，可惜走得早。

我要感谢的第三位"贵人"是常任侠先生。常先生是名人，侠骨刚肠，人如其名。

我从农村回来，很想在文物部门谋个差事，干什么都行。

常先生是国务院古籍整理出版规划小组顾问，国家文物鉴定委员会委员，中国考古学会第一届、第二届理事会理事，在考古文物界熟人很多。

常先生看过我的文章。冬天，下雪，他七十二岁，拄着拐杖，亲自带我去沙滩。那是我头一回去红楼。他说，商承祚先生在红楼整理组。我踩着嘎吱嘎吱响的木楼梯，上三楼，心里怦怦跳。见到商老，他老人家说，他要去看戏，让我跟他的助手曾宪通谈。

谈完，在门口搭103路无轨电车，在车上碰见史树青先生。常先生说我对《孙子兵法》很有研究，史先生考我，问我《汉志》著录的两种《孙子兵法》各有多少篇、图多少卷。这是我头一回见史先生。

后来，他还带我见谢辰生、叶清谷……到处向人推荐。

虽然我没找到工作，但我非常感谢他。

常先生很幽默。他说：我有一位老熟人，官当大了，居然牛哄哄，对我爱搭不理，结果怎么样，"文革"倒大霉，尽人皆知，再次相见在澡堂，我跟他说，怎么样，脱光了，还不都一样。

1979年，我的《关于银雀山简本〈孙子〉研究的商榷》在《文史》发表。我把稿费送给妈妈。后来，我把文章抽印本寄给常先生和程叔叔，感谢他们对我的帮助。可惜侯叔叔已经走了。

1982年，常先生给我来信，两纸：

第一纸：

李零同志：

惠函及大作两篇敬悉。发现人才，为之推荐揄扬，此吾平生乐事。如获有成果，更得大乐。在社会卓有声誉者，殆不止一二，甚望努力奋进，为此学更多述作，则所愿也。去年夏去吉林，秋去北戴河，冬季复去喀什、吐鲁番，未获一谈为憾。敬复。

即祝

新年多福

常任侠

一九八二年一月十九日

第二纸:

  由西安飞乌鲁木齐机中作

  曾闻古德别长安,沙碛茫茫道路难。
  且喜鹏程追日月,欲将凤纸写河山。
  东南王气沉幽冢,西北浮云隐玉关。
  空际朗吟飞锡去,天池下望碧团团。

  在西安观秦俑馆、汉唐陵墓,东南王气,随历史而泯灭矣。
  李零同志纪念

常任侠
一九八二年七月十九日

  每年清明到万安公墓给傅先生扫墓,我会到常先生的墓上看一下。
  "生不用封万户侯,但愿一识韩荆州。"(李白《与韩荆州书》)
  知遇之恩,永生难忘。

  2021 年 3 月 30 日写于北京蓝旗营寓所

我的老师梦

我想当个好老师,因为我是坏孩子。

假如时光倒转,我又回到人大附中(以下简称"人大附"),老师命题作文,要我写"我的理想",我敢说,我的想法他猜不着。因为那时的我总是一肚子怨愤,就像出身卑贱的于连跟贵族呕气、一心想当拿破仑。我想当的什么都不是,只是我最痛恨的老师。我真想像有个苏联电影里演的那个和蔼可亲、催人泪下的女老师,把爱的阳光洒满世界,特别是坏孩子待着的角落,让他们知道只有我还疼着惦着他们……

我是坏孩子,父母疼爱娇惯坏了的那种,脆弱敏感,受不了一点儿委屈。是个朋友就想肝胆相照,话不投机又拳脚相加,老师越说我是耗子屎,我越要坏他一锅汤。为什么我想当老师呢?说实话,我是想向别人证明,我根本就不是坏孩子,就像三岛由纪夫笔下的那只老鼠,为了证明自己是猫,不惜以死明志,一头扎进大水缸。

现在回想起来，我上学那阵儿，人大附还算不上什么好学校。因为海淀一带，凡是有点出息的孩子，全让清华附中、一〇一他们给搂走了。你千万别把现在的人大附当成了我们那阵儿的人大附。

人大附，前身是作为人大预科的工农速成中学。这所中学本来是培养战斗英雄、劳动模范像高玉宝、郝建秀他们的地方。人大附办普通高中是在1956年，最初跟工农速成中学混在一起办。我大姐比我大五岁，就在人大附上的高中。初中办得晚，1960年才有，我二姐是初中第一届，叫六三级；我比她晚一年，叫六四级。

这个学校，论师资，论设备，都是一流，不行是不行在生源。我们那两届的初中生，大多来自干部子弟学校，如五一、六一、七一、八一、十一、育才、育英。他们是冲着"人大附伙食好"而来。人大附确实吃得好，每月伙食费才十块钱，什么都有。六三一班和六三二班的孩子，尽是些自行车后面夹个篮球的主儿。打架一块儿上，一块儿受处分。难怪"文革"期间，我们这儿成了打手云集的地方。破"四旧"、打"流氓"、斗老师、斗"反动学生"、欺负所谓"出身不好"的同学，血战三司、冲公安部、反中央"文革"，特别能折腾。

说实话，在这样的学校里，我真算不上"坏"，可谁让我摊上六四四班呢。我们班是优秀班集体，在全年级甚至全校都相当优秀。它让我像毛遂自荐，脱颖而出。别的不说，光我在教室中的位置就很说明问题。老师安排，眼神差的坐前边，好的坐后边，左右隔一阵儿一换，这不挺好。但为了班集体的荣誉，他们非让视力绝佳的我到前排就座，前边老师，后边好孩子，左边、右边也是好孩子，无论怎么换行倒排，总有三个小美人包围我，监视我，数落我。还有，班上有个记事本，老师说了，请大家一人一天，把每天的好人好事、坏人坏事全都记下来。他们真行，不管轮到谁，每天的坏人坏事，全归我一人，很有"春秋笔法"。我想证明我能力有限，但什么也证明不了。好一点的孩子疾我如仇，差一点的也佯装不识。最可气的是，即使臭味相投、近我者黑的落后分子，见了面也嬉皮笑脸一收，居然板起面孔教训我。老师领着大家集体给我造越位，天罗地网撒到一切角落，我就跟印度的首陀罗一样，属于种姓低下的"不可接触者"。我连同学家都去不了。他们说，老师早跟家长打过招呼，不让他们跟我玩。当今世界的军事围堵、经济制裁，联手打造"共同价值观"，我早就深有体会。

初中，我学习还不错，比拔尖的女孩不足，比一般的男孩有余，但品行不成，是个人都起码得良，我却年年是中，甚至受了处分。

这是一场噩梦。有一天，教室里阳光灿烂（或者灯光灿烂），我在写作业，有个女孩飘然而至，好像是个组长，她的嘴一张一翕，两只手不停比画，正在历数我的罪状。我的头像破鼓乱人捶，嗡嗡作响，挥手她不走，臭骂也不去，竟然把我的墨水瓶打翻，洒满我的课本和作业。我勃然大怒，抄起墨水瓶就砸过去。血从她的额头流下来……我闯了大祸。按罪量刑，教导处向全体同学宣布，为了严肃校纪，他们要处分我，但不是马上。他们说，他们有足够的耐心"以观后效"，全看我的下一步表现。他们宁肯把刀悬我头上。

我想，我得忍。可结果没忍住。我终于因再次打架受了处分。

初三，我忍了一年，多读书，少说话，少跟人来往，终于把帽子摘掉。帽子摘了，人也变了，蔫蔫的，好像换了一个人。

我可以保证，十五岁以后我没打过架，这得感谢书。读书好。读书不仅可以帮我消愁解闷，治病疗伤，还可以遏制暴力倾向。我说，我是这样走上学术之路。

初中，我只有一个感觉，动辄得咎。

记得有一回，有个同学抱住我往黑板上撞，我的背把三块黑板的中间一块挤裂，老师不让他赔，非让我赔，因为他相信，坏事只能由坏孩子干，一赔赔三块儿，而且按五倍赔。那是好大一笔钱呀。

那时，我只有一个朋友，另一个班的坏孩子。他在玩气枪。我跟他说了这件倒霉事。他说走，我带你去个地方。星期天没人，噔噔噔，我们上了教学楼三楼。那儿在装修，窗户全都卸下来，摞在地上。他二话不说，砰砰砰把玻璃全部打碎。

老师，只有一个叫王子华的老师对我特别好。他教历史，堂堂都是故事会，特受学生欢迎，而且考试也容易，五道填空题选三道，谁都能答上来。有一回，他讲了个故事，不知是哪个学校，有个学生被老师轰出课堂（小学，我曾被老师拖出过课堂），他从外面上把锁，把老师、同学锁在里面。我听了十分快意。

我很孤单。孤单特别适合读书，读书可以忘忧。我还背古诗，古诗让我灵魂出窍。我成立过诗社，拢共两人，那位还跟我分了手。他说他要入团，不再跟我堕落。

高中，我开始埋头读书，见人躲着走，整天不开口。我只有一个朋友，别的班的。每天下午，我们在人大墓地的小树林见面，一块儿讨论学问。我想，我一定得管住自己，不动不动，千万别动。我没有任何行动，这下总行了吧。但老师说我思想危险。

上课，我的书经常被老师没收（如《伊利亚特》）。老师说，你读的都是"课外书"，不是"为革命而学习"。好，那我就大读特读"革命书"。政治课上，我被提问，众目睽睽，我一声不吭，我不知老师在问什么。老师说，你在看什么。我说我在读马列。他不信，拿来一看，果然。

如果没有"文革"，我真不知道，我的下场会是怎样。

我想当老师，那可是刻骨铭心。初中毕业，我是两年优良奖章获得者，两年优良就算银质奖章。那年是保送制度最后一年。机会只有两个，一个是海淀师范，一个是红旗学校（刘少奇的半工半读试点学校）。我曾动心上海淀师范，被身边的人劝止。

"文革"前夕，毛主席说中小学负担太重，教育要改革。"十六条"(《中国共产党中央委员会关于无产阶级文化大革命的决定》)讲"斗批改"，我对"斗批"不感兴趣，兴趣在"改"。我想，既然"斗批"的结果是"改"，"改"的目标是把全国办成工农兵学商五位一体的"毛泽东思想大学校"，咱们何不早点动手，在终点站上等待这一结果呢？1966年的冬天，我和当年的老朋友拿着雍文涛（北京市委书记处书记）的介绍信去湖北，换湖北省委的介绍信去大别山。

那个冬天真冷。我在红安县招待所，烤炭盆中了煤气。我们下去，因为有省里的信，县里的干部居然掏出小本唰唰地记，听一个毛头小子做报告（就是上文所说那位玩气枪的主儿）。他说，我们要在鄂豫皖苏区的故地办一所毛泽东思想大学校。林场的工人很热情，带我们选址找房子。他们说他们从城里来到大山，刚来那阵儿，有些人成天哭，连枕头都哭湿了。上面有人来办学，让他们喜出望外。然而结果怎么样？上海"一月风暴"，工人阶级夺权，全国乱了，湖北也乱了。我们只好回北京。

我们被召回学校，接受军训。然后是上山下乡，接受"贫下中农再教育"。

这才是最后的"改"。

1968年，八月十五，皓月当空，我坐上西去的列车，一去就是七年，先内蒙（正确的说法是"内蒙古"），后山西。这七年，改革教育当个好老师的雄心壮志我是早就没了，但我万万想不到，正是在农村，我当起了老师，而且小学、初中、高中都教过，语文、算术、音乐、体育、美术、劳动，小孩子、大孩子，什么都教。记得我在内蒙那阵儿，当地农民喜欢说"灰话"，有丰富的性联想。他们的孩子也是这样。我第一次上课，开始学过去老师教我们的样子，向他们介绍自己，以为可以拉近我与他们的关系，可是刚一报上自己的姓名，他们马上给你编外号，接着哄堂大笑，如果是女老师，他们更不像话。我的同事说，咱们这儿的孩子就欠收拾，"制度制度，就是要制他的肚子"，你把他关上一阵儿，饿上一回，他就老实了。家长也说，该收拾收拾，给咱管上。

有一回，他们在课堂上沸反盈天，我说什么也听不见。这是一批大孩子，局面已完全失控，我登时想起我们的L老师。他手执教鞭，在课桌间踱来踱去，口中念念有词，表面谁都不看，走呀走呀，遛到他要收拾的学生背后，趁其不备，手起鞭落，"啪"一声巨响，重重打在课桌上，然后再一一数落他的"罪行"。当时我想，我需要的正是这种突如其来的震撼，所以也开始兜圈子，绕到最闹的那个大孩子背后，一把薅住他的脖领，朝前一搡，重重摔在地上，然后又拎起来，推出门外。这招果然奏效，教室里立刻鸦雀无声。

然而，就是那一刻，我发现，我的老师梦已彻底破碎。

我的气急败坏，只能证明我的无能。

1975年底，我怎么也想不到，我能从山西回北京，而且十年后，我会在北京大学的课堂上教书。

人大附，我回去过。一开始我还以为，我跟老师见面，他们会说，哟，原来是你，你这个坏小子，整出多少事。想不到的是，他们记住的是"好孩子"，我，没有印象，连我是谁都不知道。

我去看王子华老师，想不到他已去世。L老师，听说"文革"中吃了不少苦，被他的"好孩子"斗。我们学校初中的那帮孩子用木条钉上钉子打他。他很痛心，曾经自杀，幸亏抢救及时。"文革"，我没动过老师一指头。

校庆，L老师约我见面，等我没等到，让同学传话。他说，如果我还记仇放不下，他可以来看我。我很感动，特意去看他，在他家照了相。他说，你们那阵儿的"坏孩子"实在说不上"坏"。

记得当年，1966年，大家一窝蜂上北大看大字报，聂元梓的"第一张大字报"。看完之后，我到未名湖转了一圈。当时我很惊讶，天下怎么还有这等美丽的去处，比我熟悉的人大校园漂亮多了。假如有一天，我能……我不敢往下想。

而今天，我就站在这儿，不是上学，而是教学生，真是想不到。虽然我确实当了一名老师，但在梦中，什么都是假的：我还在为考试而抓耳挠腮，不是找不着纸笔，就是连卷子也不翼而飞。1987—1989年，我当过班主任，很失败。我发现我特别不会处世为人。老的小的都不懂该怎么处。

年纪大了，读《我的前半生》，读《红楼梦》，读很多明清小说，我才有点明白，"生于深宫之中，长于妇人之手"，绝不是好事。富贵人家的孩子，贾宝玉也好，薛蟠也好，"文败家""武败家"，都是败家。这种娇惯坏了的孩子：天真、任性，也许心眼儿不坏，一旦步入社会，会有社交障碍。弄不好，当了皇上，不是李后主，就是小暴君。还是当个普通人家的孩子更好。

因此，我很怀疑，我是否能当好老师。我想不行，恐怕不行。如果一定要当老师，也只能当个最没本事的教授，多管学问少管人。教小孩儿，还是要找最好最好的老师。因为中小学难教，确实难教，大学教授教不了。

现在我知道，我不是好老师，因为我发现，我毕竟是个没有改造好的坏孩子，但我心里还是有个梦，下一辈子吧。

2021年12月27日写于北京蓝旗营寓所

赶紧读书
——读《张政烺文史论集》

九十二岁高龄的张先生还躺在医院里。他的文集终于出版了。我们都松了一口气,虽然仍有遗憾。下面是我的一点感想。

前不久,参加中国社会科学院历史研究所和中华书局联合举

张政烺先生

办的《张政烺文史论集》出版座谈会，听很多前辈和师友发言，大家都说，张先生是个忠厚诚笃、襟怀坦荡、淡泊名利的人。这是普普通通的评价，也是很高很高的评价。因为在当今社会，做一个好人，非常不易，有时比做学问还难。几年前，为调查八主祠，我到过张先生的老家，山东荣成。胶东半岛，这是最东端，海天空阔，令人难忘。登临天尽头，天风扑面，让我想起林则徐的绝妙联语："海纳百川，有容乃大；壁立千仞，无欲则刚"，他是当得起这四句话的。

我佩服先生的学问，更佩服先生的为人。张先生不善言辞，常让我想起司马迁讲李将军的话，"悛悛如鄙人，口不能道辞"。他也是"桃李无言，下自成蹊"，立身正，自然赢得大家爱戴。高明先生说，古文字学家喜欢互相贬低，包括很多前辈，你们不要学，要说人品高尚，还是张先生。作为他的学生，我很自豪——他的为人比学问更让我自豪。

先生的文集，可以折射其为人，特点是博大精深，包容极广（不像很多精神残疾人，人既苛狭，文亦猥琐）。这么多内容，当然要从多角度阅读，我还读得不够。但我觉得，文集的最后两篇，《我在史语所的十年》和《我与古文字学》，是先生的自述，可当阅读全书的提纲。先生自己说，治古文字，他主要致力于四个方面，甲骨文、西周金文、东周金文和商周数字卦（用古文字材料治《周易》）。其他方面，先生只是一笔带过。他自己没说，还有个方面，是他对竹简帛书的研究。70年代，先生在红楼参加马王堆帛书和银雀山汉简的整理工作，四本大书出版，与有力焉。虽然那是集体工作（不署个人名），先生不愿提起，但作为古文字研究的重要侧面，我们不能忽略。

中国大陆，1949年以前的古文字学家，先生是硕果仅存。读先生的文集，有一点我想强调，他这一辈子，既做历史研究，也做古文献研究，还时刻注意考古学的最新发展，喜欢到处看文物，做调查研究，古文字研究是得益于熟读古书，历史研究是取证于考古发现，四个方面融会贯通，其实是一门学问。鲁迅说，读书分两种，一种是"职业的读书"，一种是"嗜好的读书"。前者是为饭碗而读书，和木匠磨斧头、裁缝理针线无异。后者手不释卷，全出自愿，就像真正爱打牌的人，不在赢钱，只在兴趣，乐在一张张摸起来，变化无穷（《读书杂谈》）。学者有境界高下，下者是跟着材料走，跟着学科走，上者是跟着问题走，跟着兴趣走。张先生是属于后一种。对他来说，古文字也好，古文献和考古也好，都是手段，不是目的，最终还是服务于历史研究。他是绍继罗王之学的传统，也是绍继史语所的传统。先生是一位古文字学家，但不仅是一位古文字学家，他更主要还是历史学家。

我记得，刚上研究生，先生教我们读书，参考书是两本，吕思勉的《先秦史》和马骕的《绎史》。吕思勉博通经史，马骕钞撮群书。我猜，他是希望我们在进入各种专题之前，先要对材料范围有个大致了解，登临绝顶，一览群山，或如王国维"三境界"说的第一界，"独上高楼，望尽天涯路"。他本人是于书无所不窥，掌故烂熟于胸，我们做不到。

先生脾气好，随和，美国汉学家呼为"大娃娃"。但对自己信从的观点，不管别人怎么看，他绝不随波逐流，既不与人争辩，也不强加于人。比如，作为史学家，他的观点是魏晋封建论。当年，为这事，他丢过北大的教职。尚钺先生也是这种观点，同样受过委屈。尚先生去世后，他女儿找先生，先生帮她联系出版尚先生的遗著，但对往事，他却一个字都不肯说。我记得，1979年、1980年前后，俞伟超先生和郑昌淦先生打算编写为魏晋封建论翻案的论集，北京的学界中坚，很多都写了文章，俞先生请先生作序，被先生谢绝，只好作罢，各自发表各自的文章。后来，我问先生，为什么他不肯出面支持俞先生，他说，这是他一生最伤心的事，他已发誓不再提起。在《我与古文字学》中，他只说"依我看中国古代封建社会是魏晋以下，至今我仍坚持这一看法"。从这段话，我们可以知道，他并没有后悔。同样，我们都知道，在甲骨卜辞的分期问题上，他也一再说，他不打算放弃自己的观点。观点对错，可以不论。从中，我们可以看出先生的性格特点，他是柔中有刚。

关于先生的贡献，我之所以要提到他的史学观点，目的并不是说，魏晋封建论是史学界最正确的观点，先生的看法就一定对。我不是这个意思。这里，我想说的只是，他的具体研究，特别是古文字研究，都是围绕着他时刻思考的史学问题。比如，大家称道的《古代中国的十进制氏族组织》，以及他讨论卜辞所见农事制度的一系列文章，这些文章，当然是用古文字说话，但同时也是史学研究。其他文章，也多半如此。他很少为识字而识字。先生在《我与古文字学》中讲得很清楚，不用我多说。我认为，要了解先生的想法，首先要从整体上去了解，从他的基本思路去了解。现在，史学界对古史分期问题已经不太关心，很多人都以为是过时之论、迂阔之论。这类问题是属于国情认识问题，西方学者不关心。过去的讨论有很多问题，但有一点不能否认，中国史学的现代化，这是题中之事。我们总要把中国放在世界范围里，找到它应有的位置。学界诸说，不管哪一种更为近真，或全部都错，对理解那一时期的史学演进，包括他们的具体研究，都是必要的思想背景。更何况，魏晋封建论最从世界史的角度讲话，也最从同期比较讲话。对前辈之研究，我们应设身处地，从当时的环境和他们的想法去理解。

先生的贡献在哪里，这里不可能做全面论述。方方面面，要大家来讨论。我的任务，只是就古文字而论，侧重说一下他致力的第四个方面，讲一下我个人的肤浅理解。

张先生用古文字材料研究《周易》，从材料上讲，包括商代和西周的甲骨文和金文，也包括战国楚简、马王堆帛书和双古堆汉简，还有敦煌卷子和传世文献，所有材料是围绕解决一个学术界的老大难问题，即宋人早已接触，近人反复讨论，长期以来困惑不解，我叫"奇字之谜"的问题。

我说张先生是跟着问题走，不是不要材料，而是问题带动材料。

记得当年，我刚到考古所不久，有一次，历史所请唐兰先生演讲。我们都赶去听讲。唐先生滔滔不绝，讲了很多问题，其中也包括这个问题。他老先生说，宋人的考释不对，郭沫若先生的族徽说也是猜测，这些"奇字"都是数字。他说，他写了文章，这是一种已经失传的少数民族文字。但这些少数民族干吗要用数字做文字，有人写信问他，他也说不清。他开玩笑说，那不成了电报吗。

张先生的研究是接续唐先生的研究。唐先生是张先生学古文字的老师。当年参加马王堆帛书和银雀山汉简整理的人都说，在唐先生面前，张先生总是毕恭毕敬。1978年底，中国古文字研究会在吉林长春开第一届年会，徐锡台先生介绍周原甲骨，上面有这些奇字，大家好奇，希望张先生能解答。他的新解是被大家逼出来的。那天散会，回到房间，先生想了很久，第二天拿出答案。他说，这些"奇字"是用数字组成的卦画。先生的发言博得一片喝彩。后来，大家都知道，张先生全面收集材料，系统讨论这个问题，在《考古学报》1980年4期上发表文章，就是收入该书的《试释周初青铜器铭文中的易卦》。这篇文章是"当仁不让于师"，它不仅对唐兰先生的考证是一大突破，而且对问题是一次彻底的解决。虽然，先生也承认，他的讨论，有些地方仍不免是假说，后来的学者，在材料上有补充，细节上有修正（我在《中国方术考》一书中对此有所总结，可参看），但今天看来，他的基本结论还是经受住了考验，至今颠扑不破。大家都同意，这是石破天惊的开创之作，不容忽略的经典之作。凡是读过这篇文章的人，都对先生的智慧非常佩服。比如美国的甲骨学家吉德炜（David Keightley）教授，他在《我和张政烺先生的五次会面》一文中说，他从1969年写博士论文起，一直对这些数字符号大伤脑筋，及见张先生文，才惊奇地发现，张先生把它讲了个"水落石出"（见《揅芬集》，25—26页）。当然，还应提到的是，该书收入的另外两篇文章，即《殷墟甲骨文中所见的一种筮卦》《易辨》，它们也是讨论同样的主题，对《试释周初青铜器铭文中的易卦》一文是重要补充。

这里，说到张先生对《周易》的探索研究，我想做一点说明。张先生的三篇文章虽然是以商周时期的甲骨铜器为主，但他更关心的还是今本《周易》的起源。他对早期卦画的研究实与他对马王堆帛书《周易》的研究有关，从年代顺序讲，甚至就是肇始于张先生在70年代参加的整理工作（参看收入该书的《帛书〈六十四卦〉跋》和《马王堆帛书〈周易·系辞〉校读》）。我们要知道，他有一个非常重要的考虑，就是认为，马王堆本、双古堆本，其阴阳爻作一、八，这种卦画是从十位数字卦派生，为今本阴阳爻的前身。这一看法和金景芳、李学勤两位先生的看法不一样。两种看法，谁对谁错，可以争论下去，但关键要看证据。截至目前，最新出土的材料，上博楚简《周易》、王家台秦简《归藏》，它们都证实，张先生的解释更为合理，相反的证据，至今没有发现。

最后，和《周易》的研究有关，我还想起一件事，不能不说。张先生住院前，身体和头脑还可以，有一次，他说，他这一辈子，有三件事想做，但一直没完成，一件是编《中国历史图谱》，一件是西周铜器和西周历法的研究，一件是马王堆帛书《周易》经传的研究。这三件事，第一件，历史所已重新启动，但先生已无法指导；第二件，将是永久遗憾，因为到目前为止，都找不到先生留下的东西；第三件，张先生希望能参考后来的考古发现（如上博楚简《周易》），把它整理出来，和他的其他论易之作，合为一编。这最后一方面，还可以弥补，他箧中仍有存稿，今后可以整理发表。

张先生一辈子都在读书。一直到很晚，他仍坚持外出买书，小书包总是套在脖子上，挂在胸前。但有一天，他终于感到老了，感到精力不行了。他叹气说，现在看电视，画面动得太快，眼睛老是跟不上；过去的人，生活条件太差，年纪轻轻就死了，现在的人，怎么活得这么长；我读北大时，教授都很年轻，和现在不一样；裘锡圭先生出名，怎么好像是昨天的事，一转眼，多少年就过去了……

我知道，先生是在感叹人生苦短。

上次座谈，很多人都说，先生腹笥深厚，肚子里的学问，还有很多没有写出来，写出来的东西恐怕不到十分之一，他把时间都花在帮助别人上了。对张先生的无私助人，大家都很感激，但这对他本人，说心里话，我认为，是极大困扰。在《我与古文字学》中，他说，"光阴飞逝，我从事历史与古文字学研究已六十余年。其间历经社会变革与动乱，这种时候不可能沉下心来治学。此外，多年来我还被许多事务缠身，其中最费时费力的是当评委，一年总有数十份申请职称的材料堆在案头，每份材料不管多少万字，都要认真阅读，写出意见，推荐优秀人才。这项工作每年要用一两个月的时间"。另外，每年，他还要拿出很多时间、很多精力，用于解答求教者的问题，包括替他们查找材料。

就我所知，先生虽慎言，不轻易发文章，但他绝不是提倡少写或不写，比如对学生，他就鼓励他们早发文章早出书，为之积极举荐，联系发表（我就受过张先生的推荐），甚至为学生手懒而着急，说"年纪不小，东西怎么这么少"。上次座谈，任继愈先生说，张先生的道德文章值得我们永远学习，但他留下的东西，跟他的学问相比，数量太少，这点你们不要学（大意）。我很赞同他的说法，而且以为，这是深知先生隐痛的肺腑之言。

研究学术史的应该思考，1949年以后，为什么很多著名学者都写不出东西？原因到底在哪里？"文革"前，当官、运动和审稿，是三个主要原因，张先生占了两个（后面两个）。"文革"后是什么？现在是课题热，有大笔大笔的钱烧着，劲头更大，虚张声势、名目繁多的各级评审（评级、评奖、评项目、评基地），仍在无端消耗着学者的生命，评者和被评者都在劫难逃。我也无法幸免。

我曾多次和朋友说起，张先生学问大，但不会主动跟学生讲什么，我跟先生太晚，问教不勤，学得太少，后悔也来不及了。但先生送我一句话，让我终身不忘。他说，我劝你们年轻人，趁着还没出名，赶紧读书，人一出名，就完蛋了。

零虽不敏，请事斯语。

2004年8月31日写于北京蓝旗营寓所

[补记]

顺便说一句，在《试释周初青铜器铭文中的易卦》一文中，张先生讨论齐家卜骨上的卦画，即编号为FQ6的一版，其背面有两行，右边一行是作"六九八一八六，九一一一六五"。这两个"九"字，其中第一字，简报的摹本不够准确，有点像是"八"字。这曾使我怀疑，张政烺先生把它释为"九"也许不对，但现在从照片看，他的释读完全正确，我很怀疑，他可能目验过原件，因此请曹玮先生提供了照片，希望能补入该书，作为佐证，但现在的书，没有收入，非常遗憾（傅学苓先生说，还有很多原文的插图被删掉，书前的照片也有遗漏）。另外，本书整理工作有多位学者参加，"出版说明"漏掉了一些人，如赵超先生和吴九龙先生，刘宗汉先生参加过早期的编辑整理工作，也应如实反映。

成人一愿，胜造七级浮屠
——我的老师和我的老师梦

明天是张先生的百年诞辰，大家想说的话一定很多。张先生学问大，不用我来评价。我只是张先生晚年的一个学生，很多前辈师长比我更了解先生，不用我来多嘴。作为他的学生，我只想讲点当学生的体会。

首先，我想说的是，小学和中学时代，我是个坏学生。正是因为坏，所以咬牙跺脚发毒誓，将来一定要当个好老师。我原来的梦想是当个小学老师或中学老师，但插队期间，我真的当了老师，感觉很失败。我没想到后来会当大学老师，更没想到会拜在名师的门下，做我一生最想做的事。

其次，老实交代，我根本没上过大学。小学、中学都教不好，怎么教大学？今天，我之所以能站在大学的讲堂上，在张先生执教过的大学教书，实在非常幸运。我要感谢所有曾经帮助过我的老师，特别是上世纪70年代，引领我走进学术之门的老师。比如俞伟超、李学勤、裘锡圭三位老师，他们都帮我改过文章。当时，俞老师给我鼓励最多，我叫"第一推动力"。我是在他的鼓励下，才报考研究生。当然，如果没有刘仰峤先生推荐和夏鼐先生安排，我也无缘于此。我当研究生是在1979年。最初，考古所是请唐兰先生当我的导师，但他突然去世，才请张先生当我的导师。张先生是个什么样的老师呢？大家都看到了，他可不是那种手把手、站不直了就拿脚踹的老师。那是戏班子的班主，不是我理想的老师。我的老师，天高任鸟飞，后面没有风筝线。古之所谓师，礼闻来学，不闻往教。他是不问不教，但有问必答。他自己惜墨如金，但鼓励我多读勤写早出成果。比如我的第一本学术著作，《长沙子弹库战国楚帛书研究》，就是由张先生推荐并题写书名，于1985年在中华书局出版。古人说，孔子学无常师。学无常师才能成其大。张先生是很多老师的老师，但他并不想当唯一的老师。我的老师不止一人。比如王世民老师、张长寿老师就是我在考古所的老师。我对张先生最最佩服的一点，说实话，是他没有门户之见，不传衣钵，不立山头，不拉队伍。学问越大，人越谦虚。人越谦虚，越能容人。桃李无言，下自成蹊。大家都愿意当他的学生。

第三，现在执教北大，我一直在想，老师到底是干什么的？我理解，老师是老师，学生是学生，学生并不是老师的私属。张先生在北大任教的年代，师生关系远比现在松散，凡是在校听课的人都是张先生的学生，张先生是大家的老师，不只是某几个人的老师，学术更有天下公器的味道。不像现在，老师拿学生当子弟兵或打工仔。学生靠老师出名，老师靠学生出名，拉拉扯扯，彼此都用得着。张先生绝不是这样的老师。我记得，2007年，我在芝加哥大学，有个教中文的老师跟他的美国学生说，你可别忘了呀,我们中国有句老话,"一日为师,终生父母",这个学生毫无反应。因为美国没有什么"终生父母"。父母管小孩,顶多十几年,孩子一大,就自谋生路。人家没有啃老族,也没有啃小族。我理解,老师不是爸爸,他的职责不是给学生找工作,甚至找媳妇。明清小说不是有句话吗,"救人一命,胜造七级浮屠"。我理解,老师就是帮助学生做梦的人,"成人一愿,胜造七级浮屠"。梦是学生的梦,不是老师的梦。学生传老师的道,受老师的业,那是精神的继承,不是名位的继承。名分并不重要。凡拿老师当老师的,他就是学生;凡不拿老师当老师的,他就不是学生。甭管本事多大,地位多高,就是登记在册,甚至登堂入室,也照样算不得学生。

第四,张先生为人木讷,不善言辞,很多听过张先生讲课的前辈都说,讲课效果不一定太好。他自己说,我这个人,吃饭很慢,走路很慢,说话也很慢。这以今天的标准看,似乎不太适合当老师。张先生不是如今那种口若悬河,讲课类似电视表演的老师。但子曰"古之学者为己,今之学者为人"(《论语·宪问》)。在我看来,他是个古风犹存的老师,他更像舞雩台下和学生散步、阙里宅中和学生聊天的夫子,授受是在不经意之间。他的宽厚诚笃和寝馈于学是个浑然一体的人格。他是用他的为人教育我们。

古之从学,都是从人学起。书,只是老师的遗教。

一个好老师,口才当然重要,但基础的基础是肚里有货。培养学者,尤其如此。他得首先是个合格的学者。

学而不厌，才能诲人不倦。不学无术，何以为师？

学者本色在于学：热爱学习，善于学习。不是一时半会儿，而是一辈子，永远在学，永远在问，永远在做学问。当学生是学，当老师还是学。

张先生正是这样的学者，他是我们大家的好老师。

2012年4月14日写于北京蓝旗营寓所

（原刊《中华读书报》2012年5月9日、《书品》2012年第4辑）

[附录　师母的嘱托[1]]

2005年，老师去世后，师母把一个大纸盒交给我，里面放着老师当年在沙滩红楼整理马王堆帛书《周易》经传的遗稿，命我整理。

2005年下半年和2006年上半年，我带我的学生整理这部遗稿，花了整整两学期。我把整理当一门课上，边读老师的手稿，边和学生讨论。我在北大讲《周易》，这是第一次，说是给学生上课，其实是给自己上课。

读老师的书，好像老师就在身边。

2008年4月，中华书局出版了大开本的《马王堆帛书〈周易〉经传》。此书是按张先生的手稿影印，排印本是放在《张政烺论易丛稿》中。后面这本书，早就交稿，中华书局腾出手，派石玉同志编，主要是去年的事。

---

[1] 摘自拙作《死生有命，富贵在天》。

稿虽粗具，但统稿、校稿、配图，很多事，旁人难以代劳，我只能自己干。

去年，师母住进医院，医生说，病很重，恐怕出不来了。我一直在赶这书，希望她能最后看上一眼。

11月10日，中华书局把封面的样图寄给我，我去医院，手捧笔记本电脑给她看，她虽口不能言，但睁着眼。

12月15日，书一出来，我赶紧打辆车，直奔医院，可是等我到了，已经来不及。眼前的她，双目紧闭，处于昏迷之中。我们之间，隔着无声的黑暗。

12月22日，师母走了。

今年4月1日，师母与老师合葬，我把书带到墓地。我只能用这本书祭奠两位老人。书前有篇读后感，是我对老师的怀念。

第三辑

写在前面的话（《四海为家》）

张光直教授离开我们已经一年多了。他走后，凡是跟他有过来往的人，大家都说，他为人厚道，学问了不起。可是没有见过他的人呢，他们除了读张先生的书，要想了解张先生这个人，就比较困难了。为此，我们编了这本纪念集，一方面寄托我们的哀思，一方面彰显他的业绩，让读者知道，不是作为一摞书，而是作为一个人，张先生的精神魅力究竟在哪里。

张先生这一辈子，从北京到台湾，从台湾到美国，然后又回北京和台湾，往来各地，沟通有无，胸襟博大，最少偏见，是真正可以称得上国际化的学者。但在张先生的回忆录中，我们发现，他还是一个乡情浓厚，再普通不过的中国人。用他自己的话说，他是个既会说"标准的京片子"，"也会说台湾话"，虽学过日文，但"从小就不喜欢日本人"，自认为是台湾人，但也是闽南人和中国人的"番薯人"。[1] 他对他的故土北京和台湾，对他的

---

[1] 文中"台湾话"指中国台湾省本省人说的闽南方言，"台湾人"是指其祖籍为中国台湾省。——编者注

父母、老师、同学和朋友，一直是深情怀念——诗一般的魂牵梦绕，中间夹着淡淡的哀伤。

有件事也许应该特别提到。80年代，张先生第一次回北京，回到他的出生地，他小时候待过的地方。在那里，他看望过一些"故人"，勾起难忘的回忆。后来，他以"吴襄"为笔名（我猜，此名应读"无乡"，正像他母亲易名"心乡"，是个寄托乡愁的名字）在《秋水》杂志上发表过三篇小说。小说中的人物，从角色类型讲，我们都很熟悉，但和张先生的记忆对比，反差太强烈。这些故事，有些就是张先生在《番薯人的故事》里当真人真事讲，其实是属于历史性质的东西。

张先生笔下的人物是20世纪上半叶那个特殊时代的产物，他们真诚、理想、舍身忘我，投身时代大潮，做殊死的搏斗。然而半个世纪过去了，结局又怎么样呢？他们的下场好像很惨，至少是命途多舛，让这个在北京饱受时代气氛感染而且在台湾蹲过监狱的他，有一种不知家在何处的悲凉。

第三篇小说的结尾，老张递给他的杂志，那个《万世师表》剧中的问题令人震撼：

> 将来若是你们的儿女——不论是用中文还是英文——问你说：爷爷，你在中国最艰苦的时候，给中国干了些什么事呢？请问你们如何回答？

这个问题让置身局外、独善其身的主人公"发怔半天,一时说不出话来"。

当我们读到这里,不禁又会想起张先生在《番薯人的故事》最后说的那段话。他说他是受了50年代以前的刺激,才去探讨"人之所以为人",但50年代以后的结论是什么呢,我们还在思考他的问题。

他既预言过"社会科学的二十一世纪应该是中国的世纪",他也批评过"1950年以前,中国考古学最主要的特征是民族主义"。

张先生是个四海为家的人类学家,但他心中还是有个属于他的家。

(原载《四海为家》,北京:生活·读书·新知三联书店,2002年)

我心中的张光直先生

今年1月初，我记不清是哪一天了，罗泰先生告我，几天前，即当月3号，张光直先生已经离开了我们。我赶到北大勺园七号楼，给张先生家发唁电，不知说什么好。发完唁电，我很难过，到罗泰房间谈了很久。除了追怀往事，我问罗泰，你是张先生的学生，你说，张先生这一辈子，他的贡献到底在哪里？我干吗要这么问呢？因为，我想不到的是，即使像他这样西化很深，而且在我看来，比很多华裔学者更恬淡冲虚，政治色彩和民族意识都不太强烈的人，在有些西方同行看来，怎么还是一个未能融入他们的"国际环境"，因而也未能摆脱中国人的"心理疾患"，其实并没有太大贡献的学者。所以我想，在张先生已经成为历史人物的今天，我们应该认真思考一下，心平气和地分析一下，看看他给我们留下的精神遗产到底是什么。

在给李卉先生的唁电中，我说，我对张先生的行事为人和学术成就非常佩服，特别是他的谦和待人，给我留下深刻印象。所以，在谈他的学问之前，我想先讲一下我对他的点滴印象（为写这些印象，我查看了我的日记和来往信件，并打电话问了一些有关当事人)。

我和张先生的接触非常有限,直接见面只有三次。从年龄讲,他是比我大一代的学者。我和他相遇是在他生命的最后十年。这是他心存高远、想干大事的十年,也是他身患重病、壮志难酬的十年。

我第一次见张先生,是1990年。在这之前,我只读过他的书,没见过他的面。70年代末80年代初,在社科院期间(考古所七年,农经所两年),我读过他的《中国青铜时代》和《考古学专题六讲》,理解不深,当时注意的是他讲商王庙号和古代饮食的文章。此外,我还留意过他用电脑分析青铜器形的工作,也读过他评何炳棣《东方的摇篮》的文章。这是那时的眼界和兴趣使然。1989年,我在美国西雅图华盛顿大学当访问学者,那是我第一次出国。我8月1日到,第二天来了个客人,我不认识的客人,他便是我后来的挚友,张先生的高足罗泰先生。11月2日至8日,我到斯坦福和伯克利演讲,和罗泰海阔天空,聊了很多,开始萌生拜谒张先生的想法。第二年1月28日,我给张先生写信,向他表达这个愿望。很快,张先生就回信,欢迎我去,要我定个时间。2月14日,我给张先生打电话,商量这事,他说他读过我的《长沙子弹库战国楚帛书研究》,觉得很有意思,如果愿意,他可推荐我参加4月26日至28日在华盛顿赛克勒美术馆召开的楚文化讨论会,届时会有文物展览,包括我早想一见的楚帛书。后来,我真的参加了这个会议,而且看到了楚帛书。这是我要感谢张先生的。在我们商定见面日期后,过了很久,8月21日,我终于到达哈佛。次日，在皮博迪博物馆（Peabody Museum），我见到张先生。张先生让我先看展览，然后带我上楼，参观他的书房。当时我的印象是，"他看上去身体不太好，但头脑清晰，说屋里书太多，要处理一些"（据日记）。我注意到，他屋里挂着的是我在考古所工作期间那几位领导的照片。在询问了我当时的研究（当时我在写式盘和房中术）后，他送我他的著作目录，并提醒我注意，台湾李建民先生写过一篇论日晷的文章，也和式盘有关，好像登在《大陆杂志》上。中午，他请我到一家中国餐馆吃饭。席间，他说，他最近看了《河殇》，对中国的多灾多难非常感动。并且他说，我听说李先生要回中国，这真了不起（其实我并没有

张光直、李零于哈佛大学皮博迪博物馆，1990 年

想过回家的理由,更没有把它当作壮举)。他甚至给我出主意,让我最好试一下,看看是不是可以办一个多次往返的签证。临走,他一定要送我到地铁,还要我向华盛顿大学的罗杰瑞、Jack Dull和陈学霖先生问好。我觉得,他真是一个非常礼貌也非常和蔼的人。这是我们的第一次见面。

从这以后直到1992年,我没见过张先生,但和罗泰接触很多,还是可以听到他的消息。1990年9月18日,我回中国,前我一天,罗泰也来了北京。他在考古所当访问学者有一年之久,我们隔三岔五,经常见面。有一天,罗泰拿了个漂亮的本子,说今年是张先生六十大寿,咱们给张先生写段话吧。当时在我家,冯时也在,我们各写了几个字。我的题词是"大象无形",字体是仿楚帛书,但有书无法,自己很惭愧。

1993年上半年,我去华盛顿赛克勒美术馆研究楚帛书。6月,去鲍登学院(Bowdoin College)开会,路过波士顿,听巫鸿先生讲,张先生得了帕金森症。他说,张先生是个坚强的人,他不希望别人看他生病的样子,我们自然不便打搅他。那年7月回北京,有一天,我接到罗泰从西安写来的信,他说,张先生要他转告,希望我去哈佛教书。这真让我大吃一惊。因为那年是我华盖年,我心绪不佳(两地分居八年,又有小人之厄),确实很想离开北大,或至少是中文系,但我从未想过离开中国。后来,我给张先生写信,寄去我的履历表,表示愿意考虑他的计划。但我说,对这么大的人生选择,我是犹豫再三:第一,我英文不好,恐难授课;第二,于西方学术,我知之甚少;第三,对中国学术,我依恋太深，希望还能来回跑。这件事，后来并没成功，我不以为憾。但令我感动的是，当张先生身患重病之际，他还在关心像我这样一个学无所守、心多旁骛、地位不高，名气也不大的学者。这是1993年的事。

1994—1997年，张先生一门心思全在商丘考古。1995年，张先生来北京操办此事，住在华侨大厦（他每次来北京都住这儿，因为就在考古所对门）。陈星灿打电话，说张先生要见我。那次见面，张先生已步履蹒跚。他说：我的身体全靠打针，说来真怪，早上打过针，就信心十足，觉得没有事情干不成；可是到了傍晚，药劲儿一过，我又灰心丧气，觉得什么事情都干不成。当时，张先生问我一个我不太愿意提起的问题，就是为什么我要离开考古所（在我们的关系学里，谁说自己倒霉，就是活该倒霉：此人肯定有问题）。当时，陈星灿出来打圆场，他说我们考古所有句话，"在的是条虫，出去是条龙"，我们所的高人都走了。我说，我不是高人，你们才是。我送我的小书《中国方术考》给张先生，他翻看图版，指着考古学家美其名为"祖"的玩意儿，问"这是什么"，我说就是明清小说讲的"角先生"呗。他说，这可跟美国成人商店卖的差不多。此外，我还记得，他特别问我，你读过罗泰的几篇新作没有？评论如何？我说，前不久，在洛杉矶，我刚和罗泰讨论过，我对他的《中国考古学的史学取向》有点意见，但深受刺激也深受启发。至于他写的两个百科词条"夏鼐"和"苏秉琦"，我觉得也有意思，对比色很强烈，有些说法想不到。他说罗泰还太年轻，对前辈议论要慎重（我发现，在礼貌问题上，他完全是中国做派，尽管罗泰并不是中国学生）。后来商丘队的车子来了，张先生到门口送别，我也告辞。这是我们的第二次见面。

我和张先生的最后一面是在1996年夏。有一天，我接到一个电话，录音机里的电话，口齿不太清楚，腔调像北京学生（这也同他的病情有关），大意是请我在某月某日某点到北大考古系见面，未留姓名。我很纳闷，这是谁呀？真猜不出来。所以，我给李伯谦先生拨了个电话。他说，这是张光直张先生啊。等那天，我到考古系，才知道是考古系和张先生会面。当时在场的有宿白、邹衡、李伯谦、李水城等几位先生。张先生送他的新书：《中国考古学论文集》和《考古人类学随笔》。他说他手不听使唤，写字全靠电脑，但还是坚持为所有人签字，字写得哆哆嗦嗦，难以辨认。当时，我很奇怪，在考古系的先生面前，他怎么那么客气，态度就像小学生。关于商丘考古，他是子入太庙每事问，句句都是请教。最后，他甚至说，挖来挖去，可能我认输，看来高科技打不过洛阳铲呀。中午吃饭，在长征食堂，张先生高兴，叫了二锅头。他说，80年代来北京，求夏先生把他调到考古所，夏先生不吭声；然后，又想来考古系，也没人答应。可见他是多么想来大陆考古。这次见面，大家聊得很开心，在诸位高人面前，我说话不多，喝酒不少。张先生说，我一看，李零就是能喝酒的。大家说，你怎么看出来的。他说，能不能喝，你只要看他酒杯碰嘴儿的样子就知道了（承他夸奖，其实我不爱喝酒，只是对酒精比较麻木罢了）。临走，他还特意买了两瓶二锅头，小瓶的。我看,这瓶里装的不是酒,而是他对北京的怀念。

在张先生的最后四年里,我很少听到张先生的消息。唯一听到的是,他是趴在地上敲电脑。我知道,张先生是个不愿人看见他痛苦,也不愿人提起他痛苦的人。除了每年春节或新年发个贺年片,我不知道该说什么好。

2000年春天在奥斯陆,我问罗泰,张先生怎么样了。罗泰说,张先生在医院,他不愿意让人看到他最后的样子,他已经不能说话,只是挥手,让人离开。当然可以告慰的是,他说,我们在Brill出版了纪念张先生的论文集(《东亚考古》第一期),就像 *Early China*(《古代中国》)第二十卷献给吉德炜教授。在这本书里,张先生不许提他的病。他不想把自己的痛苦传递给别人,学术当然是最好的纪念。

所以,在讲过我对张先生的点滴印象之后,我要说的是我对他的学术感想,主要是概括讲一下我对他学术成就的理解,一个晚辈非常粗浅的理解(为赶这篇文章,最近,我把手头可以找到的张先生的著作,都拿出来翻了一遍)。

现在,我们怎样评价张先生,在我看来,最好就是把他放进学术史,特别是近五十年的学术史里,包括中国和中国以外。仅仅一个国家、一个地区、一种学派、一种观点是不够的。因为他既北京又台湾,既中国又美国,有多种人生经历和学术背景,我们单挑哪一方面讲,可能都是片面的。

提起学术史,我们该从何说起?近一百年的事,当然要从"五大发现"(这"五大发现"是"殷墟甲骨文字""敦煌塞上及西域各地之简牍""敦煌千佛洞之六朝唐人所书卷轴""内阁大库之书籍档案""中国境内之古外族遗文")说起。因为庚子（1900年）前后，中国多难，出了不少东西，人们的眼界为之一变。它们当中，有三大发现是与"丝绸之路上的洋鬼子"有关（汉晋简牍、敦煌手卷和外族文书），大库档案也与清室逊位有关。它们为什么多发生于世纪之交？这不是偶然的。"地不爱宝"往往是国运不昌的象征。当时汉学家做"五大发现"，中国人也做"五大发现"，"五大发现"是"二重史证"说的背景，也是法国汉学的基础。王国维说"学不分古今中外"，"古今中外"的界线是被现代化打乱。当时的"国学"是"国将不国"之学。这段历史前五十年是一段，后五十年是一段。张先生的学术生涯主要在后五十年，但前五十年是我们的共同遗产。这五十年，变化太快。几乎每十年就是一变。辛亥（1911年）是一变，前有罗，后有王。这一年，王国维随罗振玉东渡，而后才有"罗王之学"。丁卯（1927年）是又一变。这一年，王国维跳湖，郭沫若东渡。《古史辨》的结集出版，殷墟的十五次发掘，马克思主义史学的酝酿，中央研究院的成立，这些大戏的上演，也都在这一年的前后。当时，考古学的引入是重大事件。因为王氏的"二重史证"说对中国考古学有很大影响，但并不是中国考古学的先声。他说的"地上"是《诗》《书》，"地下"是古文字。从学理上讲，它是宋代"考古学"（即金石学）的延续，而不是现代意义上的考古学。对中国来说，真正的考古学，当然是外来的学问（李济、梁思永从美国学，夏鼐从英国学，徐旭生从法国学）。

再下来，丁丑（1937年）中国抗战，乙酉（1945年）日本投降，己丑（1949年）大陆解放。本来已经是两股势力的中国史学，从此乃分道扬镳，在台海之间划了一道线，在世纪当中也划了一条线。这是我们都知道的一些基本背景。

我有一个印象，讲学术渊源，张先生所承继，主要还是历史语言研究所的传统。这个传统，史语所叫"新史学之路"，即不但有别于罗王和罗王以前的学问，而且也不同于《古史辨》的道路。它"新"在哪儿？主要就是用考古学和人类学（民族学）改造中国的经史之学（是为"史语所"之"史"），用历史比较语言学（philology）改造中国的文字、音韵、训诂之学（是为"史语所"之"语"）。张先生的学养主要在"史"不在"语"（即史语所原来的第三和第四组）。考古，他师从李济、董作宾、高去寻、石璋如；人类学，则受凌纯声影响最大。张先生做中国考古，大陆的关注点是"三代考古"，特别是商（他最后的心愿还是找"商"）；台湾的关注点是南岛、澳洲和环太平洋。他的兴趣和志向和这些先生是分不开的，和前五十年是分不开的。虽然在我看来，张先生和他的老师有一点不同，这就是他没有傅斯年先生那种日思与汉学争胜，"为中国出气""后来居上"的心理，或者虽有，也没有那么强烈。20世纪的前五十年，西方汉学的最高水平在法国。当年的史语所前辈，他们到西天取经，是受法、日等国刺激，故发愿"将来必有一争"。但近代以来，国人争胜，屡受挫折，关键还不在技不如人，而在气不如人，眼界不如人家广，站位不如人家高，没有"会当凌绝顶，一览众山小"的气概（光从"体用之争"即可照见其气短)。我们不应忘记,张先生毕竟是在20世纪的后五十年里做学问,而且是在美国那样的环境里做学问,不一样非常合理。

另外,研究张先生,还有一点不容忽视,这就是他的青少年时代,即他的人生之根。这条根也在前五十年。因为他是一个在大陆的台湾人后代,生长在北京,然后又去了台湾。他是一个既会说京片子,也会讲闽南话的"番薯人"。在《番薯人的故事》结尾,我是说它的后记,张先生说,"四六事件"(1949年4月6日)的牢狱之灾太重要,它"影响了我一生做人的态度",因为"在那个环境里,人的'好'与'坏'是很难判断的"(注意:在他身上,这场灾难是起了超越立场的作用,而不是激化立场的作用,他甚至对抓他的"特务"都能"抱了解之同情")。"总之,我在当时坐了一年的牢,接触到各样的人,出来以后,对人之为人发生了很大的兴趣。我看到两伙人,或说两伙都包含着好人的人,代表着两种不同的制度,在一个大时代,碰在一起,各为其主,各尽其力,彼此相互斗争。结果为何而死,他们自己也不知道。为什么人这样容易受骗?为什么肯这样出力地斗争?这使我非常好奇。"(在见过"三十年河东、三十年河西"的其他学者的回忆中,我们也可以读到类似的感受。但对只有一半人生经历的人来说,他们很难体会这一点)出狱之后,张先生辍学在家,后来考入台大的考古人类学系。为什么他要考这个系?他说,"基本的原因就是想知道上面说的'人之所以为人'"。而且他最后的一句话是,"有没有结论呢?那是五十年代以后的事了"。

50年代后的张先生,他是国际化的学者。因为大学毕业后,他嫌台湾憋气,环境狭小(除整理大陆发掘的旧材料,只能做原住民考古),觉得要做有博大眼光的考古学,还非走出国门不可,于是负笈美国,移居海外,最后在美国当教授,在那里成就功业。这五十年里,在大洋彼岸,他参与过新考古学的讨论,研究过聚落考古的理论,热衷过对萨满和巫的解释,这些都带有美国学术的影响,特别是美国人类学的影响(张先生从事的台湾考古,与美国考古环境相似,所以也是人类学式的考古研究)。但这只是一方面。另一方面,他从来没有忘记中国,他研究的中心毕竟是中国。他不仅把西方带给中国(如用中文向大陆学者介绍新考古学的得失),也把中国带给西方(如在英语世界出版《中国考古学研究》),在沟通各方上,在促进合作上,大家都承认,他是居功至伟。特别是他的最后十年,他在台湾掌院,在大陆考古,这还是人生的回归。他从北京到台湾,又从台湾到美国,最后还要转回台湾和北京。人生的轨迹像个圆圈。他很中国,也很美国,很北京,也很台湾,但他并未盲从于任何一种地方偏见(包括美国这样号称"国际"的"大地方")。我正是从他的"缺乏立场",才看出"番薯人故事"的续篇。因为他一直都在反对用"好坏人"的故事解释历史,也一直都在探索"人之所以为人"。

现在当我们讲过这些背景分析之后,话又说回来,张先生的学术成就到底在哪里?关于这个问题,学者已经讲了很多。比如他对中国的青铜文化,对中国的聚落形态,对商王庙号和青铜纹饰,以及浊大计划和商丘的考古,等等。它们有些是理论探讨,有些是田野实践，有些是组织策划，有些是独立研究，成就是多方面的，谁也否定不了。但在我看来，他的所有探讨，最宏观也最富启发，还是他的一篇短文：《连续与破裂：一个文明起源学说的草稿》。

《草稿》一文，出发点是他的萨满研究。这一研究，思想资源很丰富，如陈梦家的"商王即大巫"说，《国语》中的"绝地天通"故事，美国学者对印第安巫术和艺术的研究，还有美洲考古和中国考古的比较，等等，很多都是大家讨论的基础，而且总是包含可以照亮别人的想法。它的某些结论，事实上是存在争论的。比如张先生在美国的同行吉德炜教授、张先生的学生罗泰教授、香港中文大学的饶宗颐教授，还有我本人，我们都从各自的角度提出过商榷。但是为什么我还要说，张先生的这篇文章最富启发性呢？原因就在于，他提出的是一个至为敏感，也至为关键的问题。

张先生提出的问题是什么？就是第一，在他看来，历史上最辉煌也最连续的文明，即中国文明，它和现在最强大也最受尊崇，几乎被所有人奉为价值标准的西方文明，它们的发展在取径上实大有不同，而且恐怕是非常古老的不同。第二，这种选择的不同，关键在于政教结构不同，如果我们无视中国早期宗教和国家的特点，就很难理解这种结构的不同（虽然我不同意用"天人合一"论来解释这种不同）。第三，中国文明的发展途径并不是孤例，它的经验不仅适用于亚洲，也接近于更多的文明（世界五大洲，他对东亚、美洲和南太平洋，还有很多地区，都比我们懂得多），因而比欧洲的经验更典型，也更带普遍性。相反，欧洲的发展道路反而可能是变例。我们只要拿这种想法和19世纪欧洲历史学的经典范式,比如黑格尔和马克思讲的"早熟儿童"和"正常儿童"做一比较,就会发现,这是一个极富革命性的想法。

当然,我说张先生的想法重要,这并不等于说,它就是铁板钉钉,不容商量,所有人都会欣然接受。相反,我看,这倒是个招惹物议的说法。因为,正如上面已经提到,如果有人说,张先生的思想仍有民族情结(在美国,"民族主义"是个和"野蛮人"差不多的骂人话),我猜,他们恰恰就是指这一想法。有人会说,他还是没有摆脱中国人"师夷长技以制夷"的固有思路。甚至他们会说,张先生的说法与《新儒家宣言》也有几分相似。但我理解,他的《草稿》并不是颠覆西方文明的宣言,而只是颠覆西方偏见的宣言。他只是希望恢复古与今、中与外,即世界两极的平等对话,希望借此获得一种新的世界眼光,即比上两个世纪更为公允也更为准确的世界眼光。如果我没说错,正是在这个意义上,他说,"我预计社会科学的二十一世纪应该是中国的世纪"(美国人最不爱听,但张先生的确这么讲)。在《草稿》一文中,我注意到,张先生还特意引用了一位中国史学家,而且是马克思主义史学家,即郭沫若先生的话,"我们的要求就是要用人的观点来观察中国的社会,但是这必要的前提是须要我们跳出一切成见的圈子"。他强调说,我们应该摆脱的"成见",其实正是西方社会科学自认为是普遍法则的东西。他说,在当今这个时代,如果没有中国经验的加入,这种所谓法则的普遍性是深可怀疑的。

我相信,张先生的这些话,它的关怀仍然是全人类的。

考古学，我是说有人类眼光的考古学，它是一门时间跨度很大，空间范围很广，求之细则无穷细，推之广也无穷广，因而在本质上是开放的，没有最终结论的，不断丰富其细节，也不断调整其框架的大学问（正如张先生这篇文章的题目，考古学永远都是"草稿"）。这是一个充满危险也充满乐趣，收获很多失败也很多的领域（因此，正像许多宏观讨论，它的目标并不在于对错），它的开拓者也多是"成亦萧何，败亦萧何"的人物（他们的失误比别人多，但成就也比别人大）。它和孜孜于一字之得失，追求千锤百炼，颠扑不破，在每个细节或每个结论上都想立于不败之地，但却没有探索目标和理论追求的专家是大异其趣的。

批评是要怀有敬意的。

在这篇文章即将结束的地方，我想说句心里话。这就是严肃的批评总是为了推进学术。我们应该批评值得批评的东西，因此也应该尊重被我们批评的人，无论他们是大人物或小人物，是我们的先生，还是我们的晚辈（无论在中国还是美国，怎样批评都是大问题）。我不赞成吹毛求疵（勿以"求疵"为"求实"）、毁人不倦（而不是"诲人不倦"），专从消极立意的批评作风。

先生之学说诚有时而可商，但他留给我们的坦荡襟怀和博大眼光（他的特点是学问越做越大，而不是越做越小，为人也很厚道），却是享受不尽的财富。假如我们对先生也有所批评，这绝不表明我们比他更为高明。因为我们的批评往往都是受惠于先，也得益于后，难道我们不应该感谢他吗？

总之，我心中的张光直先生，他是一个大气磅礴的学者，也是一个朴实平易的学者。他的"人"是这样,"文"也是这样。我们可以从他学习的东西还很多很多。

2001年7月19日写于北京蓝旗营
(原刊《读书》2001年11期)

感谢张光直教授的家属寄来印有张光直教授遗像的讣告卡,也感谢哈佛大学人类学系和东亚语言文明系寄来在哈佛大学举行追思活动(4月27日)的邀请信。我因种种原因,不克前往,谨以此文表达我对张光直教授的沉切哀悼和无尽思念。

[补记]

最近,承来国龙先生提示,张光直教授写过一篇《二十世纪后半的中国考古学》(登在台湾"中央研究院"历史语言研究所出版的《古今论衡》创刊号上),文中有一句话是"我相信,1950年以前,中国考古学最主要的特征是民族主义"。并且,我注意到,在这篇文章中,他对好几位前辈,包括他自己说过的话,都有"民族主义"的定位,而且是负面的定位。联系文章的最后一句话,即"诸位青年考古学家,希望你们以下一世纪考古学家自命,用新的观念去问二十一世纪第一个新的考古问题,什么是二十一世纪第一个考古问题",我们不难看出,他说的"我预计社会科学的二十一世纪应该是中国的世纪"到底意味着什么。

另外，由张先生的文章，我还想到一个学术史上的老问题，这就是为什么很多中国人，不仅是政治家或一般民众，也包括很多杰出学者（如王国维和陈寅恪），不是个别人，而是相当普遍，他们总是自觉不自觉地重新收束阵脚，"尽弃前学"，重新回到那个以"禹域"为界的范围。我想，这背后必然包含深刻的历史原因。"学无古今中外"，这是很多近代学人的共识。但这种共识往往都不是自觉自愿，而是被迫承认，包含着感情上的痛苦。所以，我猜，张先生一生都想摆脱的就是中国学者的这种宿命。我不敢说张先生已经完全摆脱了这一宿命，但我相信，他是真心希望也尽了最大努力来摆脱这种宿命。

[附　有关通信]

通信一：张光直致李零（1990年2月5日）

李零先生：

昨天收到一月廿八日手示，敬悉先生已来到美国，现在华盛顿大学研究、讲学，很是高兴！如果见面的机会，可以当面聆教，便太好了。我二月份的计划尚未定，七月初大概要去台北开会。您如计划东来，盼事先打个电话告我一声，可以在电话中商量一个对您我都合适的日子，不知尊意如何？我办公室的电话是（六一七）四九五；四三八九。

匆此奉复，顺祝

冬安！

一九九〇.二.五

张光直 顿首

张光直致李零（1990年2月5日）

通信二：罗泰致李零（摘抄，原信未具年月，从内容看应写于 1993 年 7 月 20 日左右）

李零：

你好，前几天电话没有联络上很遗憾……

…………

其实前几天想给你打电话的主要事情如下。我几天前与张光直先生通电话，他突然说起了你。你们好像没有正式见过面吧，但他从你发表的作品已看中了你。他让我给你转告他以下的意思：因为你在研究中国古文献方面明显是我们这一代学者当中最好的，所以张先生希望请你到哈佛大学去教书，意思是当教授。东亚系最近有一些复杂情况，所以张先生不能保证这件事情能办成。这次首先问你感不感兴趣，并请你把你的履历表（包括作品目录）寄给他。地址是：Professor K. C. Chang, Department of Anthropology, Harvard University, Cambridge, MA.02138 美国。

说到我个人，我非常希望张先生的这个计划能实现。这既是因为我作为你的朋友，认为哈佛大学是你可以从事工作的环境（美国的其他大学不能考虑），又是因为我作为哈佛的校友，也感觉到需要一个像你这样的学者。最后的考虑当然得让你自己做。我建议你尽量让他们雇的时候做合同让你少点教课（但哈佛教课的负担比其他原来也轻）……

……请你和张先生联络，又不要把希望放得太高——张先生权力有限，这件事情又十分复杂，结果不能保险。但张先生和我说只要你同意，他将尽他的一切努力——他将走到极点——争取这件事情的成功。

我很遗憾无法口头和你说这些事情。你好好考虑一下。如果有功夫，请你也给我寄一件作品目录。电话通了请告知，以便此后联系更方便。

　　祝

夏安！

弟　罗泰敬上

通信三：胡家瑜致李零（1993年8月9日）

李零先生：

　　您七月三十一日致张光直教授函已经收到。张教授最近因为身体不适，刚动完手术在医院静养，估计大概有一二个月的时间无法到办公室来工作，因此给您的复函也必定要耽搁一阵子。为恐先生久候回音，故先写信告您一声。

　　敬祝

暑安！

胡家瑜（教授助理）　敬上
1993.8.9

> 李零先生：
>
> 　　您七月三十一日致張光直教授函已經收到。張教授最近因為身體不適，剛動完手術在醫院靜養，估計大概有一、二個月的時間無法到辦公室來工作，因此給您的覆函也必定要耽擱一陣子。為恐先生久候回音，故先寫信告您一聲。
>
> 　　敬祝　暑安！
>
> 　　　　　　　　　　　　　　胡家瑜 敬上
> 　　　　　　　　　　　　　　（張教授助理）1993.8.9

胡家瑜致李零（1993年8月9日）

通信四：张光直致李零（1993年8月23日）

李零先生：

　　七月三十号来信和所附的中、英文履历都收到了，谢谢！我七月底忽得肠疾入院开刀，差不多三个星期才出院，现在在家长期休养，大概要二个月才能复元，所以本学年度第一学期已请病假。

　　聘请先生到哈佛来教书是我个人的一个愿望，校中现在并没有可以请您的位子。我是想向外筹款创造一个位子给您，算是与我合伙教中国古史。为创造这个位子，第一步的工作是去筹措经费，为了筹钱需要您的履历，所以托罗泰先生向您询问索取。

　　如今我病倒了，这件事也只好拖下来。正如您所预料的，这事本来就困难很大，如今我不能出面进行，此事在目前看来只能做一个遥远的愿望。但我很高兴地知道您对这事肯予考虑，那么在我复元之后再逐步进行。万一能找到经费，再向您提出，不知尊意如何？

我对您的学识、成就佩服万分，不论哈佛教书事能否实现，希望以后有时常向您请教的机会。就此祝您

　　学安！

张光直敬上

1993.8.23

（张教授助理　胡家瑜代签）

张光直致李零（1993年8月23日）

通信五：罗泰致李零（摘抄，原信未具年月，从内容看应写于 1993 年秋）

李零：

你好，非常感谢你的来信。你的英文文章我已经寄给了张先生。今天又给他寄了我所翻译的文章的复印件。该文章终于出版了，晚点了差不多两年。你看世界到处都有类似的问题。从德国已经给你寄出了一份杂志的原件（像一本书一样，印刷质量较高），抽印件将来才会寄来……

…………

我从欧洲回来一路上见了张光直先生，你可能知道他夏天生了重病在医院住了三个多星期，非常危险。现在逐步好起来，但这个学期不教书，估计将来也会比以前关心自己的身体。我当然跟他谈了你的事情。可惜的是，东亚语文系的一些同志们……不同意张先生的计划，因而可能要奋斗相当一段时间，结果也完全不把握。请你不把希望挂得太高。我，还有巫鸿（但他马上就要离开哈佛），都希望你的事能成功。

…………

祝你一切顺利！

祝秋安！

罗泰

第四辑

最后的电话

我和朱德熙先生本来一点也不熟。虽然我和他同在北大，同在中文系，而且是和他的搭档裘锡圭、李家浩两位先生一起工作，但从1985年调进北大，我却很少去看朱先生。总觉得他地位太高（我"晕人"，怕领导也怕群众），学问太大（我不懂语言学，也不懂汉语研究），很有必要保持点起码的"自卑"，别有事没事打搅他。

记得我初到北大，也就是俞伟超先生离开北大的同一天。告别会上，朱先生说："你来北大太好了。我们一直希望你能来，还以为你来不了。"后来，他推荐我参加中国社会科学院语言学家奖的评奖。得奖后，他鼓励我说："真的，我可是盼望着你们年轻人以后能拿点大的东西出来。"仅有的几次见面，谈话好像从未超过十分钟。

1989年至1900年，我和朱先生凑巧在美国的同一座城市里待了差不多一年。这是我和他接触最多的一段。西雅图，论位置，差不多是中国新疆的塔城，可气候像昆明，风景像杭州，山连着山，湖套着湖，《诗》云"何草不黄"，它却四季常青。

我初见朱先生和朱伯母，是在于霭芹先生家。于先生的家是新盖的，室内宽敞明亮，窗外风景如画。刚到不久，华盛顿大学的教授在于先生家给朱先生开了个生日晚会。他们对朱先生非常敬重，加拿大的蒲立本教授甚至从温哥华驱车赶来祝寿。当时朱先生说："你们怎么知道我的生日呢？"他们哈哈大笑，说："我们是从书上查出来的呀。"

后来，朱湘和小简来了，朱先生说"我怎么好意思弄这么一大家人去麻烦别人呢"，一定要搬出于家。于先生为此哭得好伤心呀。

朱先生在西雅图有许多朋友，如罗杰瑞夫妇、黄易、严亦云等。除去我也参加过的北大、清华同学会的每月聚餐（我哪里是什么北大同学呢，可他们非让我参加），我知道他们老两口还带着

朱德熙先生在西雅图寓所

笛箫，定期约李方桂夫人等人来家唱昆曲，似乎倒也并不寂寞。但离开于家，朱先生手头无书，上学校比较麻烦，亚洲图书馆又有三套分类，把他弄得比较苦恼。

在我眼里，西雅图的朱先生，似乎是个卸去重负而倦容未消的慈祥长者。他是一个感情不大外露的人，但可以看得出，对他的家人，他爱得很深，绕膝总是小简的笑声。我很庆幸，在美国这块土地，在他那个其乐融融的家中，朱先生既不像我的领导，也不像那种望而生畏的学者。我们常一起购物，一起吃饭，一起聊天。特别令我感动的是，我在亚洲语文系开课，头一天，他竟跑来听课。

我和朱先生有时也聊学问，比如他曾问我，你的家乡话（沁州方言）中有没有"你吃过饭没有吃过饭"这种表达，我说好像没有。他说那古代有没有类似的表达呢，我说五祀卫鼎中的"女（汝）审贾田不（否）"算不算，他说不算。对"新东西"朱先生跟得挺紧，比如在于先生家，他也玩计算机，还和我妻子交流，但他却并不喜欢赶时髦。有一次我跟他谈起美国学生做论文，先要挖空心思找理论，他跟我透底说，还是胡适过去在一封信中讲的话很对（恕不具引，以免影响国际大团结），咱们搞中国的东西要有自尊和自信。他觉得美国现在的理论太多太花，千万不要迷信。另外，朱先生说，他想将来重考楚帛书，要我把最新贴好的那个摹本复印一份给他；有时间了，他还打算写篇讲文字考释方法的文章。

在美国，我最看不起"宁当弼马温，不回花果山"，连带对美国的很多"了不起"颇有不敬之词。朱先生当然没我这么偏激。记得有一次，他到我们住的那个阔人区去吃我妻子做的 Chinese Pizza 和美国炸酱面，曾感慨地说："我们天天批资产阶级，但根本不知道资产阶级是什么样。"我说美国给我印象最深是他们的房子。他们盖房子就像搭积木，那些零件也没啥了不起。我就不信中国人就笨得连个房子也不会盖，非住得和狗窝一样。但朱先生说，你别看美国的东西比想象的要差，与日本的东西比起来，好像有点"傻大黑粗"，但它后面的那些组织工作可大了去。后来我想想还真是这么个理，美国的东西很少花里胡哨，但确实成龙配套。相比之下，我们这儿的"金碧辉煌"却遮不住"支离破碎"，平均水平相当低。

还有一次，我从学校借了一本香港（或台湾？）出版的汪曾祺专号。看过后，我跟朱先生说，刘心武先生写过一篇《高雅的话题》，说至少在厕所的问题上，他是主张"全盘西化"，但你看汪先生讲得多好，他说不管你怎么"全盘西化"，但中国文学总得用中国话讲中国人，这个你是"化"不了的。于是朱先生和我大讲他的这位老同学，讲他画画得怎么好，进而聊到西南联大，聊到唐兰和陈梦家，聊到西方学者对二人的评价，使我学到不少掌故。

朱先生对前人有许多私评，对同辈和晚辈也有许多私评。这些足为谈助的逸事琐语，虽未必都能形之文字，但大部分还是比较宽容也比较公允。例如他就不大赞同太钻牛角尖和认死理，甚至对自己过去的某些"苛刻"做法感到懊悔。记得夏含夷先生到华大演讲，结束后，亚洲语文系在一家意大利餐馆请饭。席间，夏先生"煮酒论英雄",激昂慷慨,颇有褒贬,朱先生说我们大家最佩服学勤先生和老裘(指在古文字研究方面),学勤比较博大,老裘比较谨严,可谓持平之论。在回家的路上,我们还说到道德文章的关系。我说学问好的人不一定人好,好人也未必能写好文章。但他说不然,好人虽不一定能写好文章,但坏人却肯定写不出"真正的"好文章。可见他对学者的人品是何等看重。

在西雅图期间,朱先生曾多次外出访问,除美国本土,还到过联邦德国和新加坡。台湾"中研院"也安排了朱先生去访问,但可惜台湾当局太傻,愣是以朱先生曾任人大常委而拒之门外。朱先生英语很好,经常从旧货店买小说回家消遣,也能用英语写作和演讲,但他和他的太太还是对这个"有脚不能走路,开口不能讲话(讲中国话)"的地方感到不太自在。有一次,他很动情地对我说,周一良先生给他来信,说他每天都想起四壁图书的家,魂牵梦绕,不如归去。他说他很想到台湾看一看,现在转了这么多地方,要说舒服,那恐怕还是台湾地区和新加坡这类"只说中国话的地方"。

1990年9月回国后,我和搬到加州的朱先生毫无联系。朱先生的病,我是从妻子的来信得知。他的病,我一点也不陌生。1976年,我陪我母亲跑北医三院,跑肿瘤医院,跑协和医院,权威诊断:她得的是晚期中心性肺癌,动手术不行,化疗也吃不消。三院倒是说得干脆:"回家做点好的吧,两个星期的事。"但十六年过去了,她老人家依然健在,八十四岁了,结结实实。当时我给朱先生去信,讲到我母亲,讲到余大夫,也讲到"不妨一试"的气功，很希望在他的身上再现奇迹。虽然我很怀疑我母亲是被误诊（前两年，北医请我母亲住院"研究"，被她拒绝，我们也没辙），对各种各样的气功师我也颇有领教（1988年在我岳父身边），不过我知道，《内经》所谓"古之治病，惟其移精变气，可祝由而已"，那奥妙全在心理治疗。倘若洋人回天无力，归国未尝不是一种心理安慰。可裘先生说，据有经验的人讲，环境突变，怕有不利。我不知道我的建议是不是"馊主意"，也没有期望朱先生会回信给我。

时间哗哗地从身边淌过。我想他不仅在空间上是与我们山海遥隔，就连时间也一定与我们完全不同，绝不会像这里一样平静地流淌。有一天，又是一封美国来信，妻子说，朱先生打来一个电话，要她转告，他很感谢我的来信，只因身体不好，没有回信，对不起；只等烧一退，他马上就回国。妻子补充说，朱先生的烧已有十几天了。

凭我的经验（1988年看护我岳父的经验），这完全是一种不祥之兆。我知道，他的这个电话分量有多重。当噩耗从美国传来，我并不感到震惊，但悲从中来的莫名惋惜却使我久久不能平静：

他研究了一辈子汉语，却最终未能回到他那"只说中国话的地方"。

1992年11月23日写于北京蓟门里寓所
（原载《朱德熙先生纪念文集》，北京：语文出版社，1993年）

# 第一推动力
——怀念俞伟超老师（摘录）

他是个太难描述的人，每当捉笔我都犹豫再三。一方面，他大气磅礴，热情奔放，登山则情满于山，观海则意溢于海，神思起伏渺无端，对年轻学子是一股巨大的吸引力，包括当年的我；另一方面，他的感情世界，则鲜为人知，也许我根本就不理解他。我跟他的接触非常有限，了解非常有限，并不属于追随左右、跟他关系最密切的那个弟子群。

他的身边总是高朋满座。每逢如此，他喜欢自言自语，让大家分享他的激情澎湃、思绪万千，气氛过于热闹。三人以上的聚会，我很少参加。然而，单独相对，我又时感紧张。他从不把我当考古圈里的同人，聊天的话题，多半是舆情、政治，或玄谈、哲理。我希望他高兴，也会凑着说，然而毕竟不是我所热衷。其实，我并不经常到这位恩师那里走动，宁愿远远望着他，带着敬畏的眼光。即使坐在他的身边，也只是静静地听。就像他听音乐那样。

…………

俞老师的追思会，来的人很多，大家都说他是伟大的考古学家。他参加过、指导过和关注过的考古发现可以拉成一份长表，历年发表的文章也汇成了好几部专书，多半都是指导性的，全国各地，崇拜者极多，特别是充满幻想的年轻人。我不是考古学家，没有资格去评价他的伟大成就，只想把我的印象拉杂写出，以个人眼光写个人怀念。

为此，我把他亲笔题字送给我的书重新读了一遍。

为此，我把我和他来往的二十多年重新回忆了一遍。

一

我是什么时候认识俞老师的？仔细回想，是1976年。那阵儿，我刚从山西回来，蹲在家里看书，啃银雀山汉简《孙子兵法》。无业游民，没有老师没有书，怎么办？我的朋友骆小海说，他有个中学同学叫张承志，在中国历史博物馆工作，没准可以帮助我。我跟承志见面，是在天安门广场历博门口的路边。"四五事件"刚结束，气氛非常紧张，除了便衣，广场上空空荡荡没有人。承志把书递给我，转身就走了。那时，我根本不知道，跟古代有关的学术界是什么样，以为这个圈儿里，是人都能教我。后来，他跟我说，对不起，除了借书，我帮不了你，但我有个老师，叫俞伟超，学问了得，就住你家旁边。他建议我去求他指点。有一天，我记得，是雪后的一天，经他引见，我见到了俞老师。他的住处果然很近，就在中关村北区我家的旁边，是北大插在科学院宿舍区旁边的飞地，房子很小也很破。我真想不到，我要找的伟大人物就近在身旁，而且是住在这样的陋室之中。

我见俞老师，很激动。谈话后，他也很激动。他说，你在农村这么多年，全靠自学，对目录学，比北大学生还熟，不容易呀不容易。当时，他很热情，不但乐于倾听我的各种幼稚想法，还鼓励我，希望我能早点发文章。我最初的文章，有好几位老师帮忙修改，俞老师的修改最早。俞老师帮我改文章，很认真。我还保留着他帮我改文章的信件。为了出版，他也写过推荐信。当年，他真正吸引我的是什么？恐怕还不是这些修改，而是他的学者风度和热情鼓励。

……我注意到他的手，残缺食指的双手，奇怪，但又不好意思问。当他用这样的手点燃香烟，深深吸上一口，然后闭上眼睛，慢条斯理，若有所思地说话，你会感到思想在空中飘荡——他点燃了自己的幻想，也点燃了你的幻想。打比方时，他会把两只手对着摆，残缺的部分对着残缺的部分。加强语气，则用一只手，在脸前比画，笔直竖起的手，食指空缺，反而好像惊叹号，效果非常强烈。他说话，也很有意思，抑扬顿挫，忽大忽小，有落差和力度，突然提高嗓门，你能感到激情在迸发。我在我最早写作但二十年后才出版的小书《吴孙子发微》的后记中说，有三位老师指导过我修改文章，……我首先提到的是俞老师，感受最深的也是俞老师。第一，他热情，鼓励多于批评；第二，他真诚，对人体贴入微。当初，他最吸引我的东西，在精神上让我深受感染的东西，不是别的，正是他的学者风度和人情味。

其实，那时的他只有四十来岁。

二

俞老师对学生好是出了名的。不是对一个人好，而是对所有人好。在你最需要帮助的时候，他会毫不犹豫地帮助你。我不过是受惠于他的千百人之一。我还记得，有一次，他跟我说，你在学校当老师，有两条最重要，第一是对学生好，无论如何要对他们好；第二是跟上最新的发现，无论如何要保持思想的活跃，时下的说法是"与时俱进"。他强调说，这条和上一条分不开，只有和年轻人在一起，才能做到这一点。现在，回想他的一生，我相信，这是他的生活信条。他是身体力行，始终不渝，我做不到。

和学生打成一片，没大没小，无拘无束。这就是俞老师。俞老师是有名的夜猫子，喜欢和学生，……泡在一起，浓茶烈酒猛抽烟，作竟夜长谈。他有边谈边睡，累了打一阵儿盹眯眼又接上话茬的本事。有些撑不住的学生，见他来了，赶紧溜。我和他长谈，也有过几次，并不多，而且是越来越少。出于敬重，我从来没有像别人那样，和他嘻嘻哈哈；也从来没有像别人那样，和他常来常往。

我住中关村10号楼的那一段，跟俞老师接触最多，长谈主要在这一时期。1977年，我在中国社会科学院考古研究所整理金文资料，迷上古文字。第二年，全国恢复高考和研究生招生，俞老师曾动员我报考北京大学。……

后来，我习惯了。在俞老师的谈话中，考古学的两条路线斗争，即夏苏之争，经常是重要话题。罗泰给一部西方的百科全书写过这两位前辈，说一土一洋，一地方一中央，各是一个词条。他们之间的矛盾，有很多深刻原因，学术是非、个人恩怨，两者都有。这是留给后人评说的问题，这里不必谈。虽然，我在考古所也有很多辛酸的故事，而且真的离开了考古所——不是当时，而是五年以后。我是发过毒誓，哪怕永远离开学术界，也一定要离开考古所，但对这场斗争，我和俞老师的看法还不太一样。

俞老师对他的秉琦师是很有感情的。我在考古所整整待过七年，但几乎没有和苏先生说过话，苏先生去世前，我去医院看过。他去世那天，我正好在飞往美国的途中。后来，俞老师特意写信到美国，告我说，他的老师已经走了，并且谢谢我们去看他。因为他发现了我们在医院的签名。

苏先生八十五岁寿辰，俞老师写下这样的话：

> 历史已逝，考古学使它复活。为消失的生命重返人间而启示当今时代的，将永为师表。(《本世纪中国考古学的一个里程碑》，收入苏先生最后的访谈集《中国文明起源新探》)

这里不是评论前辈的地方。我只想说，俞老师的学术感情和学术立场，和他的经历分不开，现在已是历史研究的对象。

三

中关村时代，俞老师还在北大的那一段，他最得意的是，他有三大发现。有一次，他约我散步，遛到中关村北区东侧的那个糕点店，在店里要了东西，高谈阔论。说着说着，开始激动。他说，马克思有三大发现，我也有三个发现。他的三大发现，全部收入苏秉琦先生题字、童明康先生编辑的那本《先秦两汉考古学论集》（下简称《论集》），可参看。《论集》分两部分，第一部分侧重社会制度史，第二部分侧重区域文化。1985年，出个人论文集还是一种规格很高的待遇，不像今天，是个人都能出书。这本书是他的第一本著作，他在那一时期的代表作。那时，他只有五十二岁，比现在的我年轻。

俞老师约我谈话，我知道，这是看得起我。他对我有些印象，不一定怎么准确，但可以反映他的想法，他对什么最容易激动。

最初，俞老师以为我是"苦孩子"，他听说我是从农村来的，就特别激动。等他知道我的家庭背景——当时我是个"黑帮"子弟，他解释说，他理解错了。从此，他比较喜欢跟我谈政治，特别是干部子弟圈里的流言……——我可以肯定地说，他是个热心政治的人。然而，那个时期，还有以后，我是越来越不关心政治，渐渐地，就连当今政要叫什么都不太清楚，资源枯竭。

还有一个印象，就是俞老师以为，我是一个有理论素养和理论追求的人。这也不一定准确。其实，我只是比较熟悉他所熟悉的那些史学讨论以及有关理论罢了。其实，比起我的许多同辈，我更相信生活感受。去年,在杨念群召开的史学讨论会上,我还明确讲过,在当前的气氛下,解散门户,淡化理论,才是我的主张。我对理论也是渐行渐远。

然而,俞老师还是把我当知音,希望我倾听和分享他的发现。我也感到非常荣幸。

俞老师的第一个发现是和古史分期有关,代表作是《论集》第一部分的第一篇文章《古史分期问题的考古学观察》。这个发现的出发点是魏晋封建论。魏晋封建论,"文革"前是异端。张政烺先生为此丢过教职,尚钺先生为此挨过批判。他说,平心而论,此说最合马恩原典,最讲世界比较,国内赞成此说者都是学界中坚,现在是应该讲话的时候了。为此,他跟中国人民大学的郑昌淦先生合计过,特意约了马克垚、吴荣曾、李学勤、裘锡圭等人,一起为魏晋封建论翻案。大家先分头写文章,然后编成一个集子,请张政烺先生作序(尚钺先生已经不在)。这个计划,后来未能实现,文章都是单发的。但我想提醒读者,这才是他的写作背景。它的出发点是马克思主义历史观,而且是我国历史学界长期讨论的那些想法。西马的东西,他未必看过。

俞老师的第二个发现是和用鼎制度有关,代表作是《论集》第一部分的第五篇文章《周代用鼎制度的研究》。这是他和高明老师共同创作的文章,在学术界影响极大,比起他的另外两个发现,影响要大得多。地方考古工作者,几乎奉它为金科玉律。我还保存着他们最初发表的文章,即分三期登在《北京大学学报》上的文章。这篇长文有两点值得注意。第一,他绝不是疑古派。

他一贯相信，考古资料可以鼓舞人们对古史的信心。我还记得，他一再用激动的口吻说，傅斯年论五等爵制，看法实在了不起。第二，该文虽然是讨论两周时期的用鼎制度，但写作基础是东周时期的材料，东周时期的材料又主要是楚国的材料，西周的部分反而是续写。例如，他最得意的两周鼎类三分法，就是从楚鼎总结。楚是基础的基础，起着支撑作用的东西。

俞老师的第三个发现也和楚有关，代表作是《论集》第二部分的第十七篇文章《楚文化的渊源与三苗文化的考古学推测》。这一部分，前一半是讨论西戎、羌、胡，后一半是讨论楚，从俞老师后来的讨论看，显然是族团说和区系类型说的一种糅合。1975年和1980年，俞老师参加过楚纪南城遗址和楚季家湖遗址的发掘，对楚文化有特殊感情。他最得意的还不是他对楚文化的考古总结，而是用考古眼光，为它找到了源头，即三苗文化。苗者，蛮也。他是把楚定位于蛮。在这一研究的背后，我们不难发现徐旭生和苏秉琦的影响。

对俞老师的三大发现，我有许多保留意见，他的具体考证，甚至最后结论，我不一定同意，但他的大气磅礴、丰富想象和启发性，却是沾溉后人、让我们取之不尽的财富。1982年，我以研究楚铜器的论文在考古所参加硕士学位的答辩，俞老师是答辩委员会的委员。我对楚国用鼎制度的看法和俞老师不太一样，虽然说话时，我比较委婉。俞老师从没把我当研究楚文化的专家，我想，他并没留心我的意见，或者留心了也不想说，反正他没批评我，幸甚。

四

当年的中关村是指中科院的宿舍,中关园是指北大的宿舍。俞老师从中关村搬到中关园后,房子比原来宽敞多了,但气氛有点奇怪,学生来得特别多,有些人是推门而入,凑一桌打牌,好像俱乐部一样。我去得少了一点。

…………

1985年,具体日子忘了,我接到一个通知,说俞老师要告别北大,到中国历史博物馆工作。告别会在长征食堂举行。……俞老师的学生,西装革履,统一着装,神情严肃。……俞老师也非常激动,发言时,几度哽咽。

那一天,对我很重要。因为正是同一天,我调进了北京大学。告别会后,我到中文系报到。

俞老师希望我到北大的时候,我没有去。我真到了北大的时候,他又走了。人生就是这样阴错阳差,不可思议。

五

北大时期,除去三大发现,俞老师还有一本得意之作,《中国古代公社组织的考察——论先秦两汉的單—僤—彈》(下简称《公社》)。这本书的出版是在1988年,即俞老师离开北大之后,但他的写作却在1983—1985年。如果说,北大时期,他有三大发现，这就是他的第四大发现。四个发现属于同一时期。

很明显，《公社》是三大发现的续篇。

这里，我想强调一下，历博时期以前，俞老师的基本学术立场是什么？毫无疑问，是马克思主义。在《论集》序言中，他说过，从50年代起，他长期思考的是考古材料中的社会关系，其中就包括农村公社。农村公社，这是典型的马克思主义话语，熟悉中国史学讨论的都知道，序言本身也讲得很清楚。俞老师是北大历史系毕业，我知道，他的教育背景和学术背景是什么。我比他小十多岁，但知识背景还可以衔接。亚细亚生产方式的讨论，五种社会形态的讨论，他认真读过，我也读过。他愿意和我讨论，原因在这里。

中关园时期，他跟我讲过他的第四个发现。它和三大发现的第一种关系最密切。

俞老师的讨论，和他以前的讨论有三个共同点，一是整体性，涉及广，布局大，对有关材料一网打尽，思路奔流直下，文脉一气呵成；二是考据性，考古支持、文献支持、古文字支持，例证很多，脚注很多，细节讨论很丰富；三是想象力，或曰理论假设，文章视野开阔，思路开阔，联想丰富，推测大胆。我知道，他特别看不起没有理论追求的人，从不满足于支离破碎的讨论。然而，要说最大共同点，还是马克思主义框架，还是他习惯的那种大视野的讨论，细节考证只是支撑点。

俞老师喜欢总结，喜欢总结带有普遍规律性的问题，这是他那一代人的讲话风格，上可追溯于毛泽东，下可追溯于苏秉琦……

俞老师的讨论包括三部分。一是商周部分（前两章），二是两汉部分（次两章），三是汉以后（最后一章）。三部分的核心是两汉部分，它的基础是孙冠文先生提供的印章材料和汉《侍廷里父老僤买田约束石券》。"干烧中段"的中段最重要，头尾反而是续写。商周部分，他把殷墟卜辞和商代彝铭中的四方之"單"看作汉代"單"（或"僤""彈"）的前身，私下里，学术界一直有不同意见，包括我自己。他对汉代的單和里是什么关系，單是不是就是农村公社，其判定也颇有异议，……

中国的基层社会组织到底是什么？这个问题很重要，俞老师不仅提出了这一问题，还收集了很多资料，它们构成了进一步讨论的基础。

六

离开北大的俞老师，我知道的很少。偶尔到历博（现归中国国家博物馆）西门天井内的小楼看他，他好像坐堂的大夫，人总是川流不息，出出进进，很多是办事，当然也有像我一样的来访者。

他很忙，交往多，出差多，出国多，周围的崇拜者多，环境发生根本转变。他比以前更像是一位考古界的弄潮儿，经常处于路线斗争的旋涡。

俞老师说，有很多年轻的考古学家来登门求教。我问俞老师,你和年轻的考古学家都谈什么。他说,他们总是就考古谈考古,层次太低,我告诉他们说,考古是研究人的学问,必须提高到哲学的层次,才能看清。他说,他现在关心的是理论问题。

关心理论是历博时期他的最大特点。

我们都知道,1983年9月—1984年2月,俞老师曾在哈佛待过几个月。第二年的8月、9月间则是张光直到北大考古系讲学。他们的一来一往很重要。现在回想,考古新思潮,基本上就是1984年以来,特别是俞老师调到历博以来,才逐渐成为风气。

风从西方来。

研究这一时期的俞老师,我们要看他的《考古学是什么》。书的副标题是"俞伟超考古学理论文选"。这本书共收入十二篇文章,除第一篇写于1984年,第四篇写于1982年,稍微早一点,其他都属于这一时期。最晚的文章是写于1993年。

《考古学是什么》中的文章,和他以前的文章形成强烈对比。他以前的文章,里面有不可回避的马克思主义味道,北大历史系的味道,讨论范围主要是先秦两汉,有时上延于商周,但更早或更晚,考古以外的东西,他涉及较少。《论集》的全称是《先秦两汉考古学论集》,也说明了这一点。这一时期,俞老师好像换了一个人,我们在《论集》中见到的那种说话方式不见了。过去,他的研究比较具体,话题比较专门,讨论比较细致,考据色彩比较浓厚。现在一切都变了。他的话题是考古学本身,谈话方式是他理解的哲学层次。

在《考古学是什么》一书中,俞老师把他关心的理论问题归

纳为"十论",见书中所收他和张爱冰合写的《考古学新理解论纲》。这"十论"包括:

(1) 老三论,即层位论(地层学)、形态论(类型学)和文化论(考古文化学)。

(2) 中间四论,即环境论、聚落论、计量论、技术论。

(3) 新三论,即全息论、艺术论、价值论。

这本书,共包括十二篇论文,前一半总结老三论,两篇讲地层,一篇讲类型,三篇是就楚文化讲考古文化,可以说是总结传统,祖述苏公;后一半讲中间四论和新三论,前三篇主要讲考古研究中的文化观念和精神领域,后三篇是泛论中间四论和新三论,这则是俞老师提倡的考古国际化的新风。他把文化研究类的东西叫本体论,把考古技术类的东西叫方法论。俞老师很欣赏美国人类学下的考古学,特别是新考古学。但这个60年代兴起的派别,其实已是旧考古学。

历博时期,俞老师都看过什么书,是个值得研究的问题。他自己说过,文物出版社出版的黄其煦翻译的格林·丹尼尔的《考古学一百五十年》是其中之一。此外,还有国内翻译的西方考古学论文(如中国历史博物馆考古部编《当代外国考古学的理论与方法》),以及各种面对面的交谈,与海外学者,与年轻学子。这些都是他的思想源泉。

中国的考古学,本来就不是金石学的延续,甚至也不是罗王之学的嫡脉。它是从西方引进的学问。引进包含适应和改造,80年代以前是一轮,80年代以后是一轮。《考古学是什么》以"什么"提问，是个好题目。它对所有不成问题的问题提出问题，特别热衷于考古学史的回顾和展望。回顾，他说考古学的中国化是成于众手，很对。但他强调的是：李济领军，梁思永地层，苏秉琦类型。虽然在《借鉴与求真》一文中，他也肯定，"五十年代以后，夏鼐先生所熟悉的田野考古方法，也产生了很大影响"，但在他看来，那只是训练。要讲理论贡献，还数不着夏鼐。"扬苏抑夏"是总体评价。这种评价是否准确，有争论。很多前辈指出，即使地层学和类型学，也不是某个人的发明。比如石璋如的找边，就属于地层学，很多史语所的老人都说，他的功劳很大。类型学，贡献者更多。

俞老师讲苏先生，主要是《斗鸡台》《中州路》和区系类型。有一次，我问他，《中州路》的铜器排队是不是有问题，他断然否认，我不再问。

俞老师的展望，其实是新一轮的引进和新一轮的消化。但道唯求旧，器唯求新，技术的引进容易，理论的引进难。80年代以来，这一过程，在中国是注定要发生，而且也已经发生，他是推波助澜者。他既提倡新技术的引进，也关心新理论和新方法的引进。比如他在历博主持的计算机辅助考古学研究、环境考古、水下考古和航拍等等，就属于前一方面。这方面的东西，在中国扎根，相对简单。但后者不一样，他对西方考古学理论的介绍，就困难得多。这种介绍，还是以回顾的形式展开，在很多方面，仍然保持着思维的惯性。他主要是把考古文化纳入大文化的讨论，透过物质层面看社会层面和观念层面。比如对他宗教和艺术的关注，就是属于后一方面。

俞老师对西方考古思潮的演变理解是否正确，这并不重要，重要的是他赶上了这场最新的变化，而且是一位最早的提倡者和鼓吹者。对于过去那种"见物不见人"，只满足于认土找边、器物排队的工作方法，光是视野扩大本身，已经非常重要。其象征意义大于实际意义。

时运所会，年轻一代的学子，在考古学的追求上，很像是上一世纪考古学初入中国时的情景。不管他们和俞老师的想法如何不同，倾向西学、倾向新学、倾向理论，是考古学的时尚，两者是一拍即合。

俞老师摸住了时代的脉搏。他是上一代考古学家中思想最开放的人，因而理所当然地成为新一代开启风气、引领时尚的人。

正像当年他和我谈到的那样，他和学生同在，和新思潮同在。

七

《考古学是什么》一书是结集于1993年，那年他六十岁。他没有为这本书写序，只在书前的照片底下，比照《论语·为政》第四章，写了《六十述志》。孔子的话，五十以前好理解，"六十而耳顺"是什么意思，谁也不知道——当时的他正在周游列国，累累若丧家之犬。俞老师说，他"五十以后畏于教学"，但"渐悟人间平衡之理亦略知天命","今已六十,仍不谙耳顺之义",他所悟到的是"天地平衡,古今一体"。六十岁的他,有很多人生感慨,见于他和几位后生知己的对话,即这本书的三篇附录,特别是他和承志的谈话。

他谈到了自己一天之内的三次自杀,一次触电,一次卧轨,一次上吊,原因是什么,他没说,承志称为"一首壮烈的诗"。他还谈到了自己的三次下泪。一次,是他为"苏公论文集"写编后记,他说他写了二十天,"那二十天里,我一边写作,一边在听德沃夏克的《B小调大提琴协奏曲》,这是一种在天堂门前徘徊的情绪"。一次是他离开北大,"后来我在我的论文集上题了八个大字:献给母校北京大学"(即《论集》扉页后和照片前的题字)。一次是他读王蒙的小说《海的梦》。这件事,我听他亲口说起,他说,在火车上,当着很多人的面,他忽然号啕大哭。俞老师说话,喜欢用神秘的口吻,我不便问,回去特意把这篇小说找来看。小说很短,主人公没见过海,见到大海,不过尔尔,颇感失望,夜里睡不着,出来抽烟,看见一对年轻人,在海边依偎,乃有所悟,海还是很美。俞老师为什么如此激动,我不太明白。但我知道,王蒙也爱讲"天地平衡"论。王蒙相信,好人终归会有好报,恶人终归会有恶报(见他近来出版的《我的人生哲学》)。在这本书的三篇附录中,他多次谈到"宇宙守衡"(应作"宇宙守恒"),即人付出什么,就会得到什么,社会的报答总是公平的,不偏不倚,不多不少,回报不一定是现在,经常在死后,不要害怕孤独(203—204页、219页、243页)。

俞老师对承志感情很深，远远超出一般的师生之谊——因为在最困难的时候，在他最需要帮助的时候，正是承志帮助了他。俞老师很以这位从考古转向民族史和文学创作的学生而自豪。……《考古学是什么》的序言是由承志所写，这主要是一种感情的托付。承志的序叫《时代的召唤与时代的限制》，带有他个人的浓重色彩。他讴歌中国考古学的伟大，讴歌"读尽了相关的每一条史料也走遍了相关的每条河谷"的北大学者，讴歌在俞老师身上看到的"诗的考古学"。他更看重的是"中国考古队员工作时难以想象的劳累和底层化"，认为考古的根是在"中国考古学及中国知识人之中的一部分有志之士与中国民众的特殊血肉关系"。人民，像金子一样闪亮。这是他喜欢说的话。俞老师是把考古当历史学，当研究人的学问，而且是古今一体的历史学，承志很赞同。但他有他的解释，两千年来中国农民的一穷二白，两千年来的二牛抬杠，证实的是毛泽东的方法论。他说：

> 我以为，对于历史学科方法论最彻底的质疑者是毛泽东；而俞伟超师出发于考古学的感悟，又证实了这个现象的存在：在中国，凡从知识人中走出来的佼佼者，都会经历扬弃旧史学的阶段。

相反，对于俞老师津津乐道的西方考古学，特别是美国人类学体系下的美国考古学，承志是不以为然的。他一贯蔑视西方人类学，蔑视居高临下的介入观察。他说：

我不大信任所谓民俗学或人类学；比如，我总怀疑背负着极为血腥的屠杀美洲原住民的历史的美国人类学与人类学，究竟有多少深度。

这可能就是他说的"召唤"与"限制"吧。
…………
我在上文说过，这一时期的俞老师和以前的俞老师简直判若两人。有人说他是社会活动家，有人说他是故弄玄虚。有两位著名学者甚至说，他们不约俞老师写文章，因为他的脑子出了问题。

当许多学生私下议论俞老师，笑得前仰后合时，只有承志厉声呵斥，你们还像是当学生的吗？

八

我和俞老师的来往比以前少得多，单独谈话更少。

比较近的谈话，多半都与断代工程有关。我知道，北京的许多前辈，他们对此事很有看法，……
…………
有意思的是，很多反断代工程的人，都把矛头指向"走出疑古时代"的说法，认为是恶毒否定顾颉刚先生。但有趣的是，国外学者认为中国学术界喜欢比附古史，这种风气却主要流行于考古学界。我们从徐旭生的集团说到苏秉琦的区系类型说，都可看到用考古重建古史的强烈冲动。俞老师曾解释说:"我知道苏先生那一代人的梦想,那个梦在'五四'之后就有了,就是重建中国古史的传说时代。最近苏先生写了一篇很有分量的文章(指《重建中国古史的远古时代》,《史学史研究》1991年第3期),谈的就是这个问题。很多人年轻时都有梦,后来由于具体、琐碎的工作,把自己的梦丢了,只有那些理想主义者才能把这个梦保持下来,苏先生就是这样。"(《中国考古学的现实与理想》)……俞老师的说法和别人有点不同。我对他,至少在这一点上还比较了解。其实,他也认为,古书和古史,很多还是很有根据的。这类问题本来是可以讨论的,一旦进入政治,一旦陷于个人恩怨,就是死结,越辩越乱。他的说法是,顾颉刚先生早就走出疑古时代了,×××怎么这么无耻,把顾先生的大旗抢了去,说成他自己的发明。

1999年,有一件事值得提到,芝加哥大学曾经考虑授名誉博士给俞老师,表彰他对三峡考古的伟大贡献,据说是由巫鸿提议,罗泰也很热心。但是突然发生了美国炸中国驻南斯拉夫大使馆的事件。俞老师跟我说,这种时候,我怎么可以去美国呢。他没去。当时,俞老师和以前一样,关心的事很多,有一次他打电话,问我金雁是什么人,刘东是什么人,文章写得真好。我把此事告诉刘东,说俞老师很欣赏你讲《泰坦尼克号》的文章。刘东是个容易激动的人,他马上请俞老师到中国文化书院做演讲,还把俞老师不去美国的壮举大大赞美了一番。俞老师讲什么,我记不太清了。但他对"多元一体"论简直怒不可遏,给我留下深刻印象。后来，我们去吃饭，我拿了瓶茅台，大家一试，都说是假茅台，哄我。换了酒，俞老师心情好，喝得高了。回到小石桥，上楼腿软，迈不动，我们把他搀上了楼。

2000年7月，中国历史博物馆在和敬公主府开会，我又见到俞老师。……

晚上，他特意约我谈话。我们一起散步，到附近的森隆吃饭。

…………

后来，……他说，小潘（即潘守永）跟他讲了，福柯的书了不起，他想找来读一读。……后来，回到家，我把刘北成送我的他写的《福柯思想肖像》找出来，又到孙晓林那里敛了敛，加上《疯癫与文明》《规训与惩罚》《知识考古学》，给他送去。

我有点奇怪，俞老师为什么要读这类书呢，他真是非常前卫呀。

九

第二年吧，有一天，俞老师病了。……

北京医院，人很多。主要是年轻人。纷纷前来的人，越涌越多，说明他在人们心目中影响有多大。……我最担心的是，大家一副送别的样子，这种关心，给他的精神压力太大。

后来，俞老师搬到了小汤山，中间，还在保利待过一段。

小汤山，路比较远。从前，我记得，那是个高级疗养院，但现在却很破败。俞老师比以前瘦了,但精神还可以,只是有点喘。他说,他觉得什么都不干,憋闷,干又很累。我们都劝他,不要自己动手写,而是请人录音,写点回忆和随意评论的东西,想说就说,不想说就不说,话题轻松一点。

他最后的一本论文集《古史的考古学探索》(下简称《探索》)就是在小汤山编成,序言写于2001年12月21日,收入的四十四篇论文,以演讲稿和序跋为多,除少数年代较早,很多是90年代后期,甚至是新世纪的文章。

集中的前六篇,都是他认为关乎全人类、全中国的大问题,特别是前两篇,我听他多次讲起,是他的得意之作。俞老师的晚年,对科技考古突然兴趣倍增。DNA、人类起源东非说,对他来说,太刺激。多少年来,他熟悉的《家庭、私有制和国家的起源》,和考古、人类学家关系最密切的名著,一夜之间就轰然倒塌,这是他最兴奋的地方。其实,晚年的他对自己过去相信的理论体系,基本上是否定态度。和承志希望的相反,他所着迷的恰恰是西方特别是美国的考古学和人类学……

其他各篇,涉猎很广,旧石器、新石器、商周、秦汉、魏晋,图腾、人类起源、信仰演变、考古体系、文字起源、制陶术、玉器、铜器、画像石、墓葬壁画、铜镜、兵器,什么都谈,可以反映他兴趣多广,视野博大。区域文化,过去关注的楚文化,他还在讨论;但四川地区,成为新的关注点。这和他主持三峡库区的考古发掘有关。在这些文章中,他的特点还是不断总结。如《早期中国的四大联盟集团》就是典型。他把他过去的想法，关于区域文化的想法，羌戎说也好、三苗说也好，捆在一起，都装进了这个体系，北狄说和东夷说，则是新的创造。这篇文章，他送过我，也是他的得意之作。我记得，当年，俞老师讲苏先生的贡献，讲"中国学派"的建立，主要有三条，一头一尾，前后两条都是政治口号，学术只有一条，就是区系类型。在这篇文章中，我们不仅可以看到徐旭生族团说的影子，也可以看到苏秉琦区系类型说的影子。他把他过去讲的很多东西都纳入了这个体系。

俞老师的文章，多属写意派的大手笔，遗形取神，气势豪放。古人云，九方皋相马，不辨牝牡骊黄，伯乐荐之，曰"若皋之所观，天机也，得其精而忘其粗，在其内而忘其外。见其所见，不见其所不见。视其所视，而遗其所不视"。年纪大了，这种特点更突出。学术史上的前辈，一直有文学气质、大刀阔斧的一类人，他是这类人。在引领风气方面，这类人更重要。顾颉刚和谭其骧，郭沫若和于省吾，后者长于工笔，慢工细活，成就也很可观，但绝不如前者影响大。

这次重新阅读，我还看了他早年参与写作的《三门峡漕运遗迹》。我的书架上正好有这么一本，一位朋友送的旧书。

十

俞老师是领我走进学术之门的人，我永远不会忘记。

2002年，我和罗泰、水城、梅村、育成到小汤山看俞老师。

那天，是个下雪天。照片上的我们，是站在大雪纷飞的院子里。

罗泰带去了他的书稿，他在京都讲学，刚刚写完的书稿，扉页上面写着，献给俞老师。

我也带去了我在台湾刚刚出版的讨论上博楚简的新书。在序言中，我说：

> 我有一个习惯，就是自己写书自己作序。因为我已经单枪匹马惯了，不想在蝇头上面再撒什么佛光。
>
> 也许只有一个例外吧。二十多年前，好像是一场雪后，当时还在作考古的张承志，他带我去看俞伟超先生，在一所非常简陋也很狭小的房间里。我就是从那时开始，才一步步走进学术之门（当时帮我的人很多，让我涌泉难以相报）。后来，我想，如果有一天我的书能出版，我一定要请俞先生作序，无须任何夸奖，只是一点纪念。但真的到了那一天，我才发现，俞先生太忙，而且他客气地说，他是考古学家，对《孙子》不懂，拖了很久，我还是没有得到他的序言（俞先生现在住在小汤山养病，前不久我还看他，真希望他能恢复健康）。他大概不知道，他给我的鼓励和帮助（特别是他的想象力和感染力）对我有多大分量。所以，从此，我发了一个誓，序言一定要由自己来写，而且绝不给他人作序。写，就要写纯粹的个人感想，而且是搁笔之际一刹那的感想。每句话都掏心窝子，一点顾忌都没有。

我在书的扉页上写了几句话,也是感谢他对我的鼓励和帮助,他给我的第一推动力。

俞老师拿着书,对我说,你的话,真是太让人感动了。

他知道我是什么意思。

俞老师离开北京之前,我们还有两次见面。显然,他已经感到剩下的日子不多了,所以开始找一些人交代后事。

一次是他到城外开会,住在车公庄那边的一家旅馆。他打电话,把我叫去,说有重要的事托付,我和水城一块儿打车去。俞老师说话有点费力,声音忽大忽小,有时听不清。他交我一份材料,要我替他保存。他跟我说,你是了解我的,我这个人,不敢说一辈子都没有做过错事,但"文革"以后,我可以问心无愧地说,我没有做过对不起人的事情,假如我不在了,有一天,什么人出来说长道短,你一定要出来说话,一定要替我证明。

我知道他是什么意思。

还有一次是他上广州前。因为SARS,小汤山已改为传染病院,他回到小石桥,要我到他那里坐坐。我去看他,要他多多保重。这是最后一面。

…………

后来,我从电视上看到,说美国有一种新药,效果很好,我托刘东打听,找到美国的公司,答复是此药尚未投产,患者如欲服用,必须前往美国,参加试验,他不敢贸然前往。因为他的身体已非常虚弱,一旦感冒,非常危险。

后来，别人又向他推荐另一种药，据说也有一定效果，广州的天气，对他也比较好，他终于去了广州。

……………

俞老师终于离开了我们。

他走后，留给我们的是什么？这是我最后想说的东西。

我们都知道，在俞老师心中，考古是一门带有诗意的学问，博大精深，关系到人类最遥远的过去，也是反思现代人类的源泉。

曹操登临沧海，曾留下歌咏，"日月之行，若出其中；星汉灿烂，若出其里"，形容它最合适。有人说过：

> 人类假如想要看到自己的渺小，无须仰望繁星闪烁的苍穹，只要看一看我们之前就存在过、繁荣过，而且已经灭亡了的古代文化就足够了。（西拉姆）

考古很美，也很苦。从事这种研究，几乎就是牺牲。

很多初入考古之门的人，在第一次发掘后，常感到幻想破灭，满腔热忱被一盆凉水兜头扑灭，一切浪漫的东西都烟消云散。很多严格的前辈都说，这是好事，你们早就应该放弃幻想，摸爬滚打，投入艰苦的训练。但他们常常忘记了，消灭幻想，同时也就消灭了考古。

对于投身考古的年轻人，最初究竟是什么吸引他们走进这座巍峨的学术殿堂，后来又是什么鼓舞着他们，让他们沿着这条道路走下去？

在俞老师的身上，有着现成的答案。

最能说明问题的是，我问过许多年轻人，特别是北大考古系的学生，他们说，在老一代的考古学家中，最吸引他们的就是俞老师，就是他的想象力。这种当年同样吸引过我们的想象力，我叫第一推动力。

俞老师的看法并非颠扑不破，他这一辈子，前后矛盾的地方很多，马克思主义的俞老师和西方考古学的俞老师，今日之我与昨日之我战，其实是同一个俞老师。先生之学说，诚有时而可商，然而在他身上却有着一种别人没有或极其少见的东西，优点也罢，缺点也罢，总之是可以鼓舞人心，可以开启心智的东西。

俞老师说过：

"要坚定地走自己的路，不管别人说什么，要保持一点理性主义的色彩。"

"搞考古的，最好什么都懂一点，知识面要宽广，因为古代的东西，并不是你想要它有什么就有什么，而往往什么都包括。考古学研究古代文化，文化也是挺复杂的，知识面太窄了，无法对付。"

"年轻人应该多写点东西，有什么新想法，就把它写出来，在写的过程中锤炼和提高自己。我认为，一个人在四十岁左右应该拿出自己精彩的东西，过了这个年纪，就很难了。有些东西老是不写就会窒息。"（《中国

考古学的现实与理想》)

"也许,我的性情比较急,有些问题可能考虑得不那么十分周到;直感的东西有时也说了;别人不大方便说的,有时也说了。"(《考古学是什么》)

"批评不是否定,而是检讨,前辈的做法有他们自己的道理,对后辈可以有所启发,连他们的错误也是有启发的。"(《中国考古学的现实与理想》)

这些话,都是朴素的至理名言,很多人可能不喜欢,但年轻人喜欢,我喜欢。

我们的考古界,什么样的人都有,缺的就是俞老师这样的人。

我相信,年轻人的感觉是对的,考古最需想象力。

2005年5月21日写于北京蓝旗营寓所
(原载《俞伟超先生纪念文集(怀念卷)》,北京:文物出版社,2009年)

持诚以恒，终无愧悔
——从高明老师的书读到和想到的

俗话说，雁过留声，人过留名。读书人最重虚名，能够看破名的，少之又少。淡泊名利，说起来容易做起来难，我见过的古文字学家，张政烺先生是这样的人，高老师也是这样的人。他们都是非常厚道的人。

人有生前之名，也有身后之名。我们和古人打交道，只读其书，不见其人，什么恩怨是非，道德高下，统统烟消云散，距离产生美感。但活人呢，情况却大不一样，人和书都很重要。如果密迩相处，人更重要。你会发现，有些名气很大的人，其实并不可敬可爱；有些非常可敬可爱的人，名气反而不大。有时候，人和学问还正好相反：得之博大，失之油滑；得之谨严，失之苛狭。人好学问好，当然最好，但让我挑一样，我会毫不犹豫地选择前者。因为，谁会乐于和一个缺乏真诚缺乏宽容自己不轻松也让别人轻松不起来的人聊天谈心讲心里话呢，除非你自己就是个虚头巴脑的人。

高老师是我非常敬佩的学者，不仅是他的书，也是他的为人。特别是他的为人，和他面对面谈话，心对心交流，尤其让我感到轻松愉快。

我和高老师认识多年。当年，我在考古所，就认识高老师；调来北大，接触的机会就更多了。但我觉得，对高老师，我还理解得很不够，我们的学术界，特别是古文字学界，对高老师的重视也很不够，甚至存在歧视和偏见。如以高老师做课堂教学的靶子和辅导学生写论文批判高老师，就是我身边发生的事情。这是极不公正的。

高老师写的书很多，每出一书，他都送我。最近，我把这些书放在一起，重新学习了一遍。这里，我把我的体会讲一下。

一

首先，我想指出的是，高老师不是个一般的古文字学家，即通常认为，纯属汉语专业的古文字学家，更不是那种撅着屁股认字，热衷纠谬订错，专跟同行抬杠较真毁人不倦的古文字学家。现在的古文字学家，多半是这样一种概念，特别是年轻一代的风气，完全是这种样子。高老师不一样，他不是这种"正宗的"古文字学家，而是个考古出身的古文字学家。他忠于职守，勤于著述，为北京大学历史系的考古专业，也为后来的北京大学考古系培养了很多优秀人才（如葛英会、连劭名、曹玮、来国龙、许全胜、王明钦等等）。一个学者，不管本事大小，他对他从事的事业倾心热爱，笔耕不辍，尽心竭力，这就够了，何必再说三道四。

为了让我的同行对高老师的贡献有一个全面了解，我先讲一下高老师的考古经历。

高老师，1926年12月22日生，天津人，有天津人的豁达和开朗，鹤发童颜，今年已经七十九岁。新中国成立之初，他已参加革命工作，曾在北京市劳动局当干部。1952年，考入北京大学历史系考古专业。这是北大历史系成立考古专业的第一届招生。1956年，高老师毕业，留校任教，一直到退休，都是在这个岗位上。

1976年以前，高老师除课堂教学，经常带考古专业的学生参加田野实习。他主持或参加过许多重要的考古发掘和调查。这段难得的经历，别人很少提起，他自己也很少提起。他说，考古是门靠发现吃饭的学问，很多人辛辛苦苦，全靠这些发现，他们对这些发现非常在乎，对发现的解释权和发明权也非常在乎，唯恐别人抢材料。所以，凡遇此类问题，他总是能避的就避，能让的就让，发掘完，材料一交，走人。对这段经历，他轻描淡写，一点都不在乎。但是，谁也无法否认，他是我国考古学界的一位老前辈。

毕业后，紧接着，1957年"反右"，1958年"大跃进"，他都参加了。很多同室操戈人整人的故事，不堪回首，我听他讲过。

1958年，高老师带领考古专业54级的本科生（还有苏联留学生刘克甫和两个朝鲜留学生）到陕西华县实习，发掘泉护村、安家堡、骞家窑、元君庙的仰韶文化遗址和墓地，当时是副博士研究生的杨建芳和张忠培先生任辅导员。发掘收获，见黄河水库考古队华县队《陕西华县柳子镇第二次发掘的主要收获》(《考古》1959年2期)、北京大学考古教研室华县报告编写组《华县、渭南古代遗址调查与试掘》(《考古学报》1980年3期)、北京大学历史系考古教研室《元君庙仰韶墓地》(北京：文物出版社，1983年)、北京大学考古学系《华县泉护村》(北京：科学出版社，2003年)。发掘回来，系里调高老师支援新疆，他没去。去了就糟了，我这么想。高老师的一生都会因此而改变。

1959—1960年，三年困难时期，饿肚子，高老师在北京昌平斋堂下放劳动。

1961年，高老师和邹衡、俞伟超、李伯谦先生带领58级的学生到北京昌平县实习，共同主持了雪山遗址的发掘，发现了雪山文化，分为三期，分别相当于红山、龙山和夏商。这次发掘，报告未出，只有简单介绍，见北京市文物研究所编《北京考古四十年》(北京：北京燕山出版社，1990年，22—25页)。

1962年，高老师和严文明、夏超雄、李伯谦、张剑奇先生带领59级的学生（还有越南留学生两人）到河南安阳市实习，参加了安阳大司空村的发掘，简报见中国科学院考古研究所安阳发掘队《1962年安阳大司空村发掘简报》(《考古》1964年8期)。

1963年，高老师带领部分59级的学生到山西省侯马工作站，在工作站张万钟先生的指导下整理陶器资料，并对天马—曲村一带的西周遗址和古城遗址进行了调查和试掘。这是最早对天马—曲村遗址的调查和试掘。

1964—1965年是"四清"运动时期，高老师在北京昌平县参加四清工作。

1966—1976年是"文革"时期。考古专业内又有很多同室操戈人整人的故事，更加激烈。1966—1969年在学校搞运动，1969—1971年下干校（在江西鲤鱼洲），1970—1976年是工农兵上大学时期。

1975年，高老师和赵朝洪、张剑奇先生带领73级的学生到陕西咸阳进行田野实习，参加陕西省文管会、西安市文管会、北大历史系考古专业组成的联合考古队，负责主持了阿房宫遗址中"北司"遗址的清理和发掘。实习结束后，同陕西省考古研究所的徐锡台先生赴扶风、岐山进行考古调查，为次年74级学生的田野实习划定发掘范围，确定以扶风召陈和岐山凤雏为发掘地点。

1976年，高老师主动提出不参加74级学生在周原遗址的发掘，改同吕遵谔、赵朝洪先生带领73级的学生到山东淄博市齐临淄古城桓公台、河崖头等东周遗址进行发掘。

"文革"结束后，高老师同苏秉琦先生谈过，希望脱离田野工作，专心从事古文字教学和古文字研究，获得领导批准。他的考古生涯就这样悄无声息地结束了。

高老师参加过的考古发掘和考古调查，时间范围包括新石器时代（如泉护村、元君庙的仰韶遗址和墓葬，以及雪山遗址）、商代（大司空村遗址）、西周（天马—曲村遗址和周原遗址）、东周（侯马古城遗址、桓公台遗址和河崖头战国墓）和秦代（阿房宫遗址），早期各个时段，都有亲自动手的经验。这些工作，有些很重要。如天马—曲村遗址和周原遗址的调查和试掘，就是后来开展工作的序幕，现在谁都知道这两个遗址，名气非常大；雪山遗址，也是北京地区很有代表性的考古学文化。在下面的叙述中，我们不难看出，考古训练和考古实践对他的古文字研究有重要影响。这种影响突出表现在两个方面，一是有历史、文献和考古三结合的大视野，高老师的古文字研究和古文献研究，早期各段都有所涉及，每个时段的文字，他都是从文字背后的多重背景寻找说话依据；二是他的作品大量使用了考古材料和考古方法，不光是就字论字，而是结合着考古实物，考虑到它们的组合、形制、纹饰，以及考古的年代序列和遗址分布。

中国的古史研究，其实是一门综合性的学问。尽管专业分工把它分成了许多领域，但实际上是同一门学问。学者按各自的专业训练分疆划界，往往限制了人们的眼界。越是自成系统，技术性和专业化强的领域，越是容易变成壁垒分明自我满足的封闭系统。"我离开谁都行，谁离开我都不行"，就是这种故步自封的典型表达。考古研究有这类问题，古文字研究也有这类问题。正是因为有这种状况，我们才特别需要跨学科的研究和沟通。

古文字是一门什么样的学问？考古学、历史学、文献学，都有份。但今天，很多人都以为，它只是一门识字的学问。我和这种看法不同。因为事实上，罗王之学和罗王之学的传人绝大多数都不是把自己局限于这种学问，而是把地下出土的各种材料，当作研究三代上古历史的线索。以往从事这门学问的研究者，其实是来自不同的领域。他们当中，既有传统的金石学家，也有西学引进后的考古学家和历史学家；既有传统的小学家和考据学家，也有西学引进后的语言学家。传统小学家，即所谓章黄之学，原来是在这个范围之外，现代语言学家的参与也相当晚。这是一门新旧杂糅大家拼凑起来的学问。我们需要的是彼此尊重和取长补短，特别是边缘学者，边缘学者从事的跨学科研究，对于不同领域的沟通有不可或缺的重要性。比如甲骨学研究上的"四堂"：罗雪堂、王观堂、董彦堂、郭鼎堂，罗、王，严格讲起来，是金石学家和历史学家，郭沫若是历史学家，董作宾是考古学家。他们都是跨越不同领域的学者。谁都不会因为他们不是"单打一"地研究古文字，就说他们不是古文字学家。相反，正像董作宾对甲骨学有巨大贡献一样，考古学家利用考古学知识研究古文字，也是一种不可缺少的角度。比如他把甲骨分为五期，就是从考古分期必然会提出的问题。

同样，说到北大考古系（现在是考古文博学院）的古文字建设，说到更广泛意义上的古文字教学体系的建设，高老师是功不可没。我希望，大家读他的书，一定要注意他的学术背景，千万不要忽视这一点，更不要忘记这一点。

二

高老师从事古文字教学是从1960年开始。在他之前，古文字课是由两位最著名的古文字学家讲授：1952—1953年是由张政烺先生讲授，1954—1957年是由唐兰先生讲授。唐兰先生之后，1958—1959年，还有一段是由孙贯文先生讲授。高老师接手这门课，难度很大，带有白手起家的性质。当然，在其后的很多年里，唐先生给了他很多指导，孙贯文先生也给了他很多帮助。在高老师的著作中，我们不难看到唐先生的很多影响。高老师一直是怀着极大敬意，称呼唐先生为"我的老师"。孙贯文先生，也是高老师最怀念的故人，被他亲切地称为"良师""益友"(《中国古文字学通论》序言)。

我在上面说过，1956—1976年，这二十年里，高老师把很多时间都花在了带学生田野实习上。历次政治运动也无端耗费了他的很多生命，就像那个年代的很多前辈一样。这段时间里，高老师正式发表的文章只有三篇：

(1)《建国以来商周青铜器的发现与研究》，《文物》1959年10期。

(2)《略论汲县山彪镇一号墓的年代》，《考古》1962年4期。

(3)《秦始皇统一度量衡和文字的功绩》，《文物》1973年12期（与俞伟超先生合作）。

前两篇，发表于"文革"之前，后来收入了《高明论著选集》。后一篇，发表于"文革"期间，是与俞伟超先生合作，没有收入《高明论著选集》。

1970—1978年，是工农兵上大学的时代。这段时间里，考古专业陆续编印过一批考古学教材。1974年，高老师也编印了《古文字学讲义》（试用教材）。这份讲义就是他后来写作《古文字类编》和《中国古文字学通论》的基础。

高老师的著作主要写成于1976年以后，发表则是1980年以来。1976年,"文革"的结束,解放了所有中国人,也解放了高老师。

1980—2001年,高老师共出版了六部专著:

(1)《古文字类编》,北京:中华书局,1980年。

(2)《中国古文字学通论》,北京:文物出版社,1987年(初版);北京:北京大学出版社,1996年(修订版)。

(3)《古陶文汇编》,北京:中华书局,1990年。

(4)《古陶文字征》,北京:中华书局,1991年(与葛英会先生合作)。

(5)《帛书老子校注》,北京:中华书局,1996年。

(6)《高明论著选集》,北京:科学出版社,2001年。

这六部专著,(1)(2)两种是在《古文字学讲义》的基础上写成,是高老师对其古文字教学的总结;(3)(4)两种是系统研究古陶文的专著;(5)是研究马王堆帛书《老子》的考据之作;(6)是单篇论文的选萃。此外,高老师还有其他一些作品,限于篇幅,下面不再谈。

在欧美国家里,很多教授都是"一本书主义"或"两本书主义"。我国老一代的学者,有些连一本书都没有。但高老师却写了六部很有分量的书,比起他的同辈,是相当高产的。然而,高老师在职称晋升上却并不顺利,退休时连一个"博导"的头衔都没有。真让我们这些晚辈惭愧惶恐,不合理呀。

我先说一下高老师的头两本书。

中国的古文字教学,在高等院校的教学中,本来就是稀缺,世俗多神话为绝学。1978年恢复研究生考试，最初只有北京大学、中国社会科学院、吉林大学、四川大学、中山大学招收古文字研究生。我读研究生那阵儿，好多老先生还在。老先生带学生，一般都是口传心授，直接从原材料摸起。长时间里，古文字教学一直是苦于没有教材。如果大家能设身处地将心比心地体会一下，古文字教学，从无书到有书，道路有多艰险，大家就会理解，高老师的贡献有多大。第一，那时没有今天这样的条件，所有原材料，著录都很分散，要自己动手一本本摸，工具书很匮乏，高老师是用二十年的功夫，积累历年的教学实践，才写成这两本书。第二，我们学校，中文系和考古系都开古文字课，但中文系的古文字课，讲授对象是研究生，没有正式教材，本科生是讲文字学概要，文字学概要是按汉语专业的要求设计的课程，讲的是一般的文字学，而不是古文字学。考古系，情况不一样，他的讲授对象是所有学考古的学生，不光学古文字的研究生要学，本科生也要学，教材的意义更大。第三，高老师的这两本书是出版于1980年和1987年，不但比裘锡圭先生的《文字学概要》（北京：商务印书馆，1988年）要早，也比其他的古文字教材要早。不管有什么缺点错误，它们毕竟是最早完成的系统讲授古文字课的合格教材，当时那是头一份。1992年，《中国古文字通论》获得全国教材一等奖和全国优秀教材特等奖，那是当之无愧。

说到这里，我想插一句话。我们的学术界有一种倾向，就是看重结果胜于开端。这不能说没有道理。但"后来居上"的"后来"，总要尊重它所踩的肩膀。其实，对于一个学科来说，提出问题，划定范围，也非常重要，特别是在白手起家的草创之际。全局性的突破，理论性的突破，尤其重在开端，细节的对错并不是关键问题。从无到有和从有到有，就是不一样。别人怎么看，我不管。反正在我看来，高老师对古文字教学有筚路蓝缕的开拓之功，这一点绝不能抹杀。

研究古陶文，也是一种填补空白的工作。中国的古文字材料，甲骨、金文都有汇编性的图录和工具书，唯独陶文，相对冷落。长时间里，大家一直使用的是《季木藏陶》和《古陶文舂录》。这两本书，我也经常用。前者，应中华书局之请，我对周氏家藏本还做过分类考释。平心而论，比起这两本书，高老师的两部古陶文专著无论是在材料的丰富性上，还是在文字考释的水平上，都有巨大进步。有人私下对高老师的这两本书横加挑剔倒也罢了，但要说它们连《季木藏陶》和《古陶文舂录》的水平都不如，那可就太过分了。特别是，高老师写这两本书，那是备尝艰辛。我知道，为了复印各种拓本集中的材料，他需要少许资金的支持，但向学校申请，不批准，很多花费，只好自己掏腰包。我们现在的科研制度，是花钱才叫成绩，花大钱才叫大成绩。对比当时特别是今天那些虚縻国帑、脑满肠肥的浩大工程，我只有一个感觉，就是高老师的书太不容易，让我们这些旁观者都感到委屈。

马王堆帛书《老子》，基本上属于文献学研究。过去，很多研究《老子》的学者读惯了传世本，对传世本形成感情，形成心理定式，帛书本发现后，他们总想折中二者，说帛书本和传世本各有千秋，应该择善而从。高老师不同意这种说法。他认为帛书本有自己的历史传承，不能不问历史先后，任意掺杂。我们从校勘学的常识看，从文本演变的历史规律看，高老师的理解，无疑是正确的。他汇集所有材料，做全面整理，在《老子》研究上也是独树一帜，深得古文献界和哲学史界的好评。

高老师的论文集，对研究高老师的研究范围和前后变化也很重要。

这些文章，可以分为五组。

（一）文集的前五篇，主要是谈文字起源、古文字的演变规律和释字体例

《论陶符兼谈汉字的起源》是谈文字起源。这个问题还是一个在探讨中的问题。作者认为，新石器时代的陶器刻划符号，大多都是符号，不是文字。陶符是六书概念中的指事，光有指事，还构不成文字，文字要待会意、形声具，才会产生。指事不是文字的源头，象形才是文字的源头。这篇文章和《"图形文字"即汉字古体说》可以相互参看。作者认为，通常称为族徽的商代族名用字，不是图画，而是文字，与同时期的甲骨文比较，特点更为原始，应该叫"图形文字"。这两篇文章的观点，比较接近唐兰先生的"文字起源是图画"说。《略论汉字形体演变的一般规律》《古体汉字义近形旁通用例》《谈汉字中的别字和误字》是讲文字体例，作者对古文字的演变规律和释字体例有系统总结。前两篇是《通论》上篇的准备，后一篇是《通论》上篇的补充。这组文章，讨论的都是古文字研究中最基本的问题。他对陶符和陶文的界定，为日后编写《古陶文汇编》《古陶文字征》划定了范围。别字和误字，过去注意较多的主要是碑刻、墓志和敦煌卷子，其实早期文字也有这类问题。我们从近年发现的简帛古书看，这个问题很重要。早期文字，除去形借音假、同义互换，这一条也不能忽略。

（二）文集的第六至第九篇，主要谈甲骨文

《从甲骨文中所见王与帝的实质看商代社会》是谈甲骨文中"王"与"帝"的不同，作者认为，它们各有来源。在商代卜辞中，王是世俗的军事首领，而帝是由直系父辈先王演化成的主宰宇宙的宗教神灵。周人只称王，不称帝，是强调其天下一统、至高至尊的地位，比商王更有权威性。《武丁时代"贞㚎卜辞"之再研究》是考卜辞"贞㚎"为"贞冥"，同郭沫若、唐兰先生的"贞娩"说进行商榷。作者认为，有关辞例与妇女分娩生孩子无关，而是卜病之辞。现在，学者有新的想法。如最近发表的赵平安《从楚简"娩"字的释读谈到甲骨文的"娩㚎"》（李学勤、谢桂华主编《简帛研究二○○一》，桂林：广西师范大学出版社，2001年，上册，55—59页）引用我对上博楚简"免"字的看法，对卜辞中的有关辞例进行再讨论，就是支持旧说。这在古文字讨论中是很正常也很平常的事，不必多说。《论商周时代的臣和小臣》也是讨论商代社会的论文，作者认为"小臣"是与"臣"或"大臣"对应，是宫廷内伺候王室生活的各种近侍，多数身份卑微，可能是后世太监的前身。《略论周原甲骨文的族属》是讨论周原甲骨研究中的大问题。这批甲骨是商人的甲骨还是周人的甲骨，一向有争论，特别是涉及商王祭祀的那几片，最近周公庙遗址又出土了一批西周甲骨，这个问题仍有争论。作者认为，它们都是周人的甲骨。虽然，在具体分析上，我和高老师的想法还不完全一样，但总的结论，我完全同意。

（三）文集的第十至第十八篇，主要谈金文和铜器研究

《从金文资料谈西周商业》和《西周金文"䙺"字资料整理和研究》，主要是围绕西周金文中的"䙺"字讨论西周商业。这个字，目前学术界有两种看法，一种是释"贮"，一种是释"贾"。高老师持前说。不管这种意见是否对，他对有关材料做了全面讨论。《建国以来商周青铜器的发现及研究》和《略论汲县山彪镇一号墓的年代》，是作者早年发表，上面已经提到。前者是综述50年代发现的商周青铜器，在当时是很好的介绍。后者是同考古界的前辈郭宝钧先生商榷。作者从墓中出土的器物和铭文两方面看，认为山彪镇一号墓不是战国晚期墓，而是战国早期墓。《中原地区东周时代青铜礼器研究》是一篇长文，分上、中、下三篇发表，上篇考组合，中篇考形制，下篇考纹饰。这篇文章非常重要，研究东周铜器，秦、楚讨论比较多，中原地区较少。研究后者，这篇最有综合性。过去，研究东周考古，中国科学院考古研究所编的《洛阳中州路》（北京：科学出版社，1959年）是典型报告。这部报告的写成与苏秉琦先生的指导有关，很

多前辈都很推崇它。但报告中的铜器墓,数量有限,随着考古材料增多,日益显得单薄,此文选取22个典型铜器群,其中包括《中州路》的4个例子,分为10组,进行讨论,不但材料增多,分析也更为细致。比如,《中州路》的定年普遍有点偏早,应当调整,高老师的调整是令人信服的。还有山彪镇一号墓,作者也修正了自己的若干看法。《盨、簠考辨》是研究铜器定名。铜器定名,多出宋人,很多是正确的,但也有个别名称是错误的。比如考古报告和博物馆陈列中习惯上称为"簠"的器物,就是个错误的定名,其实应改称为瑚。1958年和1978年,唐兰先生已指出这一点。1977年,海外学者Chang Cheng-mei(中文原名待考)也发表过类似看法,但详细论定,还是高老师的这篇文章。可惜的是,直到现在很多考古报告和博物馆陈列,还是沿用错误的定名。《谈古越阁藏吴王夫差剑》是谈古越阁收藏的一把吴王夫差剑,作者把它定为林寿晋先生所分东周青铜剑的III型,认为这是春秋晚期的一种新剑型,而且最初见于吴王阖闾自作用剑,可称"吴王阖闾型剑"。此外,文集未收,我还想提到的是,高老师和俞伟超先生合写过一篇很有影响的长文,即《周代用鼎制度研究》,最初发表于《北京大学学报》(哲学社会科学版)1978年1—3期。此文初稿是由高明先生撰写,俞老师看过,认为很重要,曾建议他单独出个小册子,唯文中缺少西周部分,遂商议合作,对全文进行彻底改造。这篇文章,在学术界虽仍有争议,比如我自己就对作者的"鼎分镬、升、羞"说,以及鼎数的分配原则都有一些不同看法,并就此做过进一步讨论,但我们都从这篇文章获得过很多灵感和启发。我一直有一个看法，即学术上真正带有突破性的问题，带有全局性的问题，都不能以简单的对错，用计点的方式去评价。这种启发绝不是颠扑不破但也鸡零狗碎的考证所可比肩。此文现已收入俞伟超《先秦两汉考古学论集》（北京：文物出版社，1985年，62—114页），请参看。

（四）文集的第十九至二十二篇，主要谈陶文和与陶文有关的问题

过去研究的陶文，主要是指东周和东周以后的陶文，大部分金石拓本，其收载范围都是如此。年代更早的东西，向来不为治古文字者所关心留意。《略谈古代陶器符号、陶器图像和陶器文字》和《商代陶文》正好是谈陶文研究中最早的部分。作者不仅对陶符和陶文做了严格界定，而且讨论了许多最新发现，如丁公遗址出土陶片上的11个符号到底是不是文字的问题。《从临淄陶文看鬲里制陶业》是从古文字材料考证战国时期齐都临淄的制陶业，这个问题也是齐陶文研究中的关键问题。作者不但考文字，还运用了有关的发掘材料，其中就包括上文所说1975年春作者亲自参加发掘，在桓公台、河崖头等遗址的发现。《说"玺"及其相关问题》是和著名战国文字专家朱德熙先生商榷。这篇文章也和齐陶文的研究有很大关系。作者指出，朱文引用的两件铜方升其实都是伪器（裘锡圭先生已有类似疑问）；其中"右里"后的那个字，到底是什么字还可讨论，但肯定不是"殹"字，释"厩"不能成立；最后的器名，异说纷纭，作者认为是上从卲，下从金，也和朱氏释"馔"不同。文章的基本观点我是赞成的。另外，我读此文，还有一点感想。朱先生是大家，我们都很尊重他，但绝不是不可商榷。如果真是不可商榷，或者如某些人认为的那样，大学者肯定不犯错误，犯了也是高级错误，那就取消了古文字这门学问。因为古文字这门学问，对外虽有神秘性，但恰恰是个答案铁板钉钉而认识反而最难确定的领域，对错只在一闪念。古文字学家也是人，不犯错误不是人，犯错误乃是正常之事，不犯反而不正常。不允许别人犯错误，是霸道。不允许自己犯错误，则根本做不到。结果只能是自己跟自己过不去。在此文引用的一些文章中，我们可以发现，权威的作用有多大，比如朱先生释"厩"，本来不过是一种假说，但此说一出，竟有那么多学者靡然风从。这是发人深省的。还有两个例子可以说明问题。一是郭店楚简中读为"诈"的那个字（从虍从且从又），裘锡圭先生的读法本来是对的，上博楚简的辞例可以证明，这个读法很正确。但他一出来检讨，大家就全部转向，不但有人号召，群起学习他的高风亮节，还全部跟着他，错误地改释为"虑"。二是裘先生把上博楚简中"孔子"的合文改读为"卜子"，这也不过是裘先生的即兴发言，但李学勤先生一支持，大家又有新一轮的学习狂潮。即使裘先生自己也声明放弃此说，还有人说，是别人陷害他，故意引导他犯错误。其实，他老人家也会犯错误，这有什么奇怪？奇怪的只是如此盲目捧臭脚。

（五）文集的后六篇，内容比较杂，涉及侯马盟书、简帛古书等等

《侯马载书盟主考》是讨论侯马盟书中的人物和年代，这个问题也是长期存在争论的问题。作者认为，主盟人是赵桓子赵嘉，赵嘉的敌人是赵献侯赵浣，"丕显⿱公大冢"是"丕显出公大冢"。近年还有一些学者在继续讨论这些问题。《秦简日书"建除"与彝文日书"建除"比较研究》是一篇跨文化比较研究的文章，作者于结尾处引杨向奎先生说，谓"历史学有三重证据：一是文献，一是考古，一是民族调查"。重视民族调查的材料，是50年代受马克思主义教育的那一代史学家非常强调的一个特点，高老师也很重视这种比较。《长沙马王堆一号汉墓"冠人"俑》是讨论一个小问题。作者参考汉魏隶书的写法，把马王堆一号墓出土的一件木俑上的题字释为"冠人"，解释为内侍的宦官。《据武威汉简谈郑注〈仪礼〉今古文》和《从出土简帛经书谈汉代的今古文学》是一组，都是用简帛古书做文献研究。李学勤先生说，认真读过武威汉简《仪礼》的人没有几个。但我知道，高老师就是其中的一个。我曾亲眼见过他在《武威汉简》一书上细密圈点批画，阅读极为仔细。文集的最后一篇是作者为中华书局出版的《四部要籍著述丛刊〈老子〉》写的前言。作者对传世《老子》古本中的四种，即严遵《老子指归》、王弼《老子道德经注》、河上公《老子道德经章句》和傅奕《道德经古本篇》做了简明扼要的介绍。此文与高老师对马王堆帛书《老子》的研究有关，可以对照参看。

总之，高老师在古文字学领域中涉猎极广，创获实多，所有古文字学家都能从中学到很多东西。

三

考古学是门大学问，好像星汉灿烂，浩瀚无垠。古文字是门小学问，就像费长房跳入的那个葫芦，"既入之后，不复见壶，但见楼观五色，重门阁道"，别有天地（《神仙传》卷九的《壶公传》）。高老师选定考古学中的古文字教学作为自己开垦的园地，在考古学中也许太小，在古文字学中也许太大，两面都不容易讨好。比起他的很多同辈，作为考古学家，他的名气没有某些人大；作为古文字学家，他的名气也没有某些人大。但我以为，作为一个纯粹学者，作为一个忠厚长者，他的勤勤恳恳，与世无争，却是最可宝贵的精神财富。

关于高老师的为人，我只讲三点。

第一，我的印象是，他是个淡泊名利的人、酷爱学术的人、待人诚恳的人，特别是对于学术同行，无论老少尊卑，总是平等相待，从不议论人家的长短是非，即使对自己不喜欢的人，也总是保持着君子风度。我们从他的文章，从他的引用，随处可见，他对他的同行，无论是谁，都抱着极大敬意，哪怕是批评商榷的对象。对学生，也总是能帮就帮，有危难，他会挺身而出；有机会，他会奔走推荐，并不在意感谢与报答。我自己就得到过他的很多无私帮助。

第二，我曾不止一次提到，高老师送我金玉良言：老一代古文字学家，学问很好，但文人相轻的习气也很重，你千万别学这一套，要学，就要学张政烺先生，他的道德文章我们比不了。高老师是讲张先生，但我认为，高老师自己也正具备这种特点。我们回顾他所走过的人生历程，当可看出，凡是出人头地的事，他总是避让躲闪，唯恐不及。这使他失去了一些在别人看来是志在必得的东西，但赢得的却是我们的爱戴，发自内心的爱戴。

第三，高老师有个其乐融融令人羡慕的家庭，他和他的老伴刘老师，过着井井有条非常俭朴的生活，几十年相濡以沫，完美和谐。老两口疼爱儿子、女儿，孩子们也眷念父母，总是惦记着老两口。他们都很有成就，对父母的照顾也很周到。这是他们的福气。过去，高老师身体不是太好，体型略胖，脸色发红，心脏出过问题，一度住院抢救，但1994年到美国访问，经常爬山，身体开始瘦下来，精神也变得很好，好像换了一个人。现在，他每天都在院子里遛弯，没事就在家中练书法，看上去气色越来越好。我认为，人好，受人尊敬，身体健康，家庭幸福，才是生活中最有价值的事。

在《高明论著选集》的序言中，高老师说，在他涉及广泛的这本书中，有个贯串全书的指导思想，也是平素指导他为人、做事和从事学术研究的准则，就是一个"诚"字。他的名字是取自《中庸》的"诚则明矣，明则诚矣"。他说，"我以诚做人，以诚待人，不凌弱，不谀强，由此使我结交了许多诚挚知己的好友，但也因此遭受一些冷遇甚至是打击。我虽以付出换来苦涩，而终不悔,仍将持诚以恒"。

高老师早年坎坷,一心向学,终遂心愿。对比过去,他对现状总是心满意足,就连大家玩命追逐的钱,他也总是说,太多太多,花也花不完。

真诚的付出,必有真诚的回报。孔子说,"求仁而得仁,又何怨"(《论语·述而》)。他这一生,确实没有可以愧悔的地方。

2005年2月13日写于北京蓝旗营寓所
(原载《考古学研究》〔六〕,北京:科学出版社,2006年)

[附记]

我当学生的时代,"先生"是指学界长者,如唐兰、于省吾辈,当时年轻一点的老师,如李学勤、裘锡圭辈,一般是称为"老师",虽然彼此并没有授业的关系。但我总觉得,"老师"的称呼叫惯了,更有怀旧气氛,也更为亲切,故上文一律使用"高老师"。其他学者,反而按现在的用法,一律使用"先生"。上文第一节是参考北京大学考古学系编《北京大学考古学系五十年》(2002年),以及其他一些材料,不太明白的地方,则是请教高老师。凡文中不够准确或存在错误的地方均由本人负责。

《高明先生九秩华诞庆寿论文集》献辞

今年12月22日是高老师九十华诞,这是个值得纪念的日子。

去年,高老师的同学,王世民、徐元邦、马克垚、耿引曾、黄景略、叶小燕,他们这批老先生曾到蓝旗营给高老师庆寿。我跟国龙、曹玮说,咱们这些晚辈是不是也该给高老师庆祝一下呀。曹玮说,最好的方式就是像十年前那样,由北大考古文博学院出面,请高老师的学生和朋友分头撰文,为高老师庆寿,因此有了这个集子。

前两天,曹玮跟我说,你给这个论文集写个序言吧。我说,不太合适吧,我还是从个人角度,写一点回忆,说几句祝福更好。

我认识高老师很早,距离现在已有三十多年,将近四十年了。

1976年,我从山西农村回到北京,目睹了"文革"结束和一个新时代的开启,厌恶政治,渴望读书,做学问是我的最大心愿。

1977年,我入社科院考古所,参加《殷周金文集成》的准备工作，天天对拓片，一门心思全都扑在古文字上面。

1979年，我跟张政烺先生读研究生，开始步入学术之门。

当时的古文字学界，罗王之学的三代传人，绝大多数还健在。唐兰在故宫博物院，于省吾在吉林大学，容庚、商承祚在中山大学，徐中舒在四川大学。这些老先生大约在七十多岁到八十岁上下。比他们小一轮，陈梦家死于"文革"开始，走得太早；胡厚宣、张政烺在社科学院历史所，也就六十多岁。我们只把这两批先生叫先生。再往下数，才是高老师他们这一辈，我们习惯上叫老师。高老师参加工作早，在同班同学中年纪大点儿，其实也就五十来岁，李学勤先生和裘锡圭先生连五十岁都不到。我自己呢，正当而立之年。现在想想，这可是个大师云集的时代呀。

我很庆幸，我是在这样的年龄段开始接触古文字学，接触古文字学界，因而认识了高老师。

时间过得真快。眨眼之间，我们的老师，他们都撒手而去，就连我们这些当学生的都老了。说实话，我真想不到，高老师已经是古文字学界年龄最大的人。

老人是个时间坐标。看到他们，你会想到自己，想到生命的重复和轮回，时间接力形成历史链条。我们走进的是同一个历史，我们与老师同在。

北大老师，我认识最早也最熟悉的当数三位，历史系的马克垚老师、考古系的俞伟超老师和高明老师，当时的他们都很年轻。我对老先生，一向保持敬畏，敬畏产生距离感，真正接触最多，其实是这些"最年轻的老师"。"老师"二字更亲切。

记得当年，我住中关村10号楼，高老师住燕东园，彼此很近，来往很方便。后来我搬劲松，他搬中关园，两地儿，一个在北京东南角，一个在北京西北角，上一趟北大，别提多不容易。我看高老师，他会留我聊天吃饭。1985年，我调北大，搬回西郊，距离再一次拉近。

看来我跟北大有缘，更正确地说，是跟北大的老师有缘。我跟北大的领导一直没什么关系，他们不认识我，我也不认识他们。学生也一点儿不熟。

这些老师都是我的引路人。

1980年代以来，特点是"人人言商"，"发财是硬道理"。

我在北大正式上课是1986年，上完头一回，学生派个代表跟我商量，说您讲的我们听不懂，是不是就甭上了。那阵儿，系里还有政治学习，每次开会，没说几句，就扯脱贫，人心浮动，争言下海经商办公司，不但学校把南墙推倒办商店，就连学生宿舍，门口都有自我推销的小广告。学生不上课，在宿舍喝酒，甚至邀我跟他们划拳行令，直到发生"柴庆丰事件"。

有一年，中文系居然排不出课（老师太多，课不够上），我是到考古系给曹玮他们这批研究生上课。高老师不但让我帮他上课，还游说领导，调我到考古系，希望我的加盟会有助于考古系的古文字教学。他特别担心的是，考古系的古文字教学最后断了档。

虽然我没能到考古系，但一直与考古系保持着密切联系，与高老师保持着密切联系。

想不到，2001年，我们都搬蓝旗营，彼此成了邻居，一抬脚就能去看高老师，太好了。

老师不是老板。我熟悉的老师，跟现在不一样。

第一，他们朴素，淡泊名利，没有大把的钱烧着、课题和评审督着，照样做学问。个人学术就是个人学术，没有团队作业、竞争管理、靠年轻人打工的大工程。学生呢，也不是私属，只要在校听课都是学生，无所谓"子弟兵"，很有点"天下为公"的味道。

第二，他们真诚，即使运动中伤了和气，有很多怨气，也仍然保持君子风度，不像现在的很多"小窝头"（上海话的"小滑头"），尔虞我诈吹拍爬，表演欲、领导欲和大师欲高得不得了，唯恐别人不知道自己，唯恐自己不是人上人。

高老师的一生有点坎坷，在古文字学界并没有得到足够的尊重。

古文字是一门什么样的学问，不同的人可能有不同的理解。

李学勤先生是在历史所和历史系研究古文字，裘锡圭先生是在中文系研究古文字，他们都是大师，没问题。但我们要注意，高老师是在考古系研究古文字，学术背景不一样，对学术的贡献不一样。

高老师是古文字学家,但首先是考古学家。他是先当考古学家,后当古文字学家。无论考古发掘,还是古文字教学,都对北大考古系的学科建设有不可磨灭的贡献。

他常对我说,他家境贫寒,年龄大,起步晚,人也不够聪明,跟很多人没法比,只能以勤补拙。他这一辈子,笔耕不辍,留下的书和文章很多,一直到去年还在编书写文章。

从考古学入手,研究古文字,高老师有很多收获、很多贡献。我想,凡是了解高老师的经历,读过他的书,都不难看到这一点。

读高老师的书,我有三点体会,可以概括一下。

第一,高老师有近二十年的考古经历,参加过很多重大发掘,这种经历很重要。他的《中原地区东周青铜礼器研究》和《周代用鼎制度研究》初稿(见《高明学术论集》,上海:上海古籍出版社,2013年),都极见功力,没有考古素养,绝对写不出来。

第二,我读研究生的时代,古文字教学还非常落后,根本没有教材。当时考研究生,除郭沫若和陈梦家的几部专著,没有一部系统的通论和整合全部古文字材料的文字编。他的《中国古文字学通论》和《古文字类编》填补了这个空白,是非常好的教材。

第三,古文字是研究简单事实的小道,很多专门从事古文字研究的人,除了否定别人的意见,突出自己的发明,无事可做,养成好与人争、好与人辩的职业病。高先生没有这个恶习,襟怀坦荡，光明磊落，学也高明，人也高明。

祝高老师健康长寿，全家幸福！

2016年5月10日写于北京蓝旗营寓所
（原载《高明先生九秩华诞庆寿论文集》，北京：科学出版社，2016年）

我认识的李学勤先生

我跟李先生相识，算起来有四十二年。我特别喜欢读《李学勤早期文集》。因为1977年以前的他，我不太了解。此书收录了他三十岁以前的作品，范围涉及甲骨、金文、简帛，古文字的方方面面，其中还有不少篇是讨论历史，特别是思想史。这对了解三十岁以后的他非常重要。

1977年，考古所开妇好墓座谈会，我第一次见到古文字学界的各位前辈，李先生也在座。那年，他四十四岁，我二十九岁，他比我大十五岁。当时，我们只管唐兰、胡厚宣、张政烺这类六十岁以上的先生叫"先生"，李学勤、裘锡圭这一辈，只叫"老师"。我觉得"老师"一词更亲切。

李先生去世那天，我想起很多往事。1977年，我在考古所整金文资料，归王世民先生领导。他手下只有我、刘新光、曹淑琴。刘雨、张亚初还没来，陈公柔还没解放。李先生给我们当顾问。他经常跑红楼，顺便到考古所，所以见面机会很多。

我们聊天，不光聊铜器，范围很广。他出国早，让大家很羡慕。我记得，有一次，他跟我们讲他第一次出国的各种见闻。他说，外国人真怪，动不动就过敏，感个冒，可以死人。

我们曾去清华大学图书馆看文物，王世民、史树青、石志廉同往。看铜器，主要是听他讲。他请史先生讲，史先生不讲，他才讲。这是他一贯的作风。轮到看书画，史先生才大讲特讲。我们还看了那件乾隆时期的缂丝挂毯（现在在清华大学艺术博物馆展出）。

我的学术生涯是从银雀山汉简《孙子兵法》起步，当时有好几位先生帮我改文章，其中就有李先生。我一直留着他帮我改文章的信。平山三器出土，我们还合写过文章。[1]虽然有人就有人事纠纷，喜欢划线站队的人总是把人分成敌我友，我被划归"李党"，这给我招来不少麻烦，渐渐地他也不再来所，偶尔见面，他总是说，最近太忙，顾不上去，请代我向某某同志、某某同志问好，但我从不否认，他是引我走上学术之路的老师。

想当年，我年轻气盛、志大才疏，既想学古文字，又想学思想史，大刀阔斧绣花针，很难两全。为考研究生，我向他请教。他说，古文字很难，不下学六七门外语，学思想史，我可以介绍你考我的老朋友张岂之。当时，我在给考古所干事，以他的性格，他绝不会说，你来考我吧。我也没说考他。

1979年，我做了张政烺先生的研究生。张先生是所外聘请的

---

[1] 李学勤、李零:《平山三器与中山国史的若干问题》,《考古学报》1979年2期。

导师。李先生从助研直升正研，[1]与张先生合带研究生。所里规定，我和陈平必须到历史所上他们两位的古文字课。

张先生的课，我们没听几节。历史所的研究生嫌人多，不想让外单位听，换时间，换地点，叫大家扑空。张先生腹笥深厚，但不善言辞。我记得，他是坐在一把椅子上讲，脸对黑板，背对学生，想不起来就敲脑瓜。有一回，李先生也来听，就坐我旁边。张先生说，甲骨金文不是书，李先生跟我说，他也讲过类似的意见。

李先生的课，我一直听。他很会讲课，板书不多，但语言简练、生动、幽默。他常说他是南方人，但说话京腔京韵，完全是老北京的做派，话音突然升高，嗓音有点尖。他喜谈掌故，经常提到各位前辈，一肚子的逸闻趣事，其中也包括陈梦家。有时，他会拿身边的事打比方，比如说正在上映的电影，如《黑三角》《蓝光闪过之后》，甚至提到在座者，与听者互动，气氛十分活跃。

期末，我们得交报告。我的读书报告是讲东周用鼎的形态差异。我记得，他说金文排谱是个费力不讨好的工作，千万别干。[2]想不到多少年后，断代工程恰好包含这类工作。

---

[1] 我听傅学苓先生讲，李学勤先生升研究员，张政烺先生曾与杨向奎先生争执，力挺李先生。
[2] 我曾就影印《汗简》《古文四声韵》和研究传世古文事向他请教，他说，整理古书、编索引对学界当然是好事，但这都是"吃草的工作"，到他这个年龄，他是不会干的。

197

我对李先生的第一印象是，他天纵聪明。马君武有诗，"图籍纵横忽有得，神思起伏渺无端"（《京华早春》）。他的文章有很多神来之笔，真是聪明绝顶。

李先生没读完大学，也没拿过学位。他不是一个过度专业化、非常学院派的学者，而是一个学无常师，淹通群籍，于学无所不窥，睿智博通的学者。历史所的人，或戏称他为"李十万"。据说，"十万"是《十万个为什么》的缩写。意思是你随便问，他什么都知道。

李先生难学。博大难学，聪明没法学。

近百年的中国古文字学史，所谓古文字学家，有些是金石学家（罗振玉、王国维），有些是历史学家（郭沫若、张政烺），有些是考古学家（董作宾、胡厚宣），有些是文献学家（杨树达），有些是语言学家（朱德熙），学术背景不同，研究角度不同，并非只有释字一派。古文字材料是"书"（不管是典籍，还是文书），"字"是"书"的基础，但"字"是在语境下被释读，"大道理管着小道理"。研究古文字，不管从哪个角度，基础都是通读原始材料。李先生常说，"古文字的学问在古文字之外"，字不是孤立的东西。

我在考古所时，李先生跟我讲，他从不孤立释字。他不是释字派的古文字学家。

李先生写东西有三个特点：一是紧跟新发现，随时随地，有感而发；二是见多识广，厚积薄发，出手极快；三是文章小快灵，不喜长文，多为短札，举一反三，点到为止，不在乎一城一地之得失。

这种写作方式，可能更接近中国传统，类似题跋、笔记，随作随辍。古之所谓文集，多半都是死后由门下弟子汇集成书。传统的写作方式不一定不好。

他那个时代，出书不易。很多老先生，学问一肚子，就是不写书。即使有书，也多半是由文章攒起来的。"文革"后，李先生这一代崛起，开始出论文集。考古学界有俞伟超的集子，古文字学界有李学勤的集子。

李先生早年致力甲骨，"文革"后更关注铜器。他的《新出青铜器研究》出版于1990年。1991年8月，他送我一本，[1] 里面有我们合写的文章，还附了一封信。韩巍把这本书借走，夹在书中的信，他说没看见，丢了。

我知道，李先生有个梦，他要写一部系统研究青铜器的专著。每次见他，他都说他还在写，但最后他说，他放弃了。

还有一件事，说起来也很有意思。李先生住劲松那阵儿，我跟他住得很近，就隔一条马路。历史所的吴树平跟我住一个楼。

---

[1] 李先生很少送书给我。除去此书，1990年，在华盛顿赛克勒美术馆，他送我一本《李学勤集——追溯·考据·古文明》（哈尔滨：黑龙江教育出版社，1989年），我一直珍藏。

吴先生主编《全注全译史记》，请了一批在京学者，如刘起釪负责《五帝本纪》《夏本纪》，裘锡圭负责《殷本纪》，李学勤负责《周本纪》。李先生说，他多年关注西周史，攒了很多资料，一定要好好做一下，但左催右等，一直不交稿。最后，吴先生说，你赶紧找一下李先生，帮他整一下。结果，我去了，李先生说，请你转告吴先生，我太忙，一个字没写，真是对不起。我问，那您有什么半成品或资料什么的吗，我可以帮您整。他说，没有没有，我什么也没有，我看，这部分还是由你写吧，我相信，你一定可以做好。没办法，我只好把这事应下来。但我相信，如果由他写，肯定会写得更好。我很想知道他对西周史的系统看法。

他很惜力。不惜力，怎么能有那么多东西留下来？知识也有经济学。

兵家云，"先人有夺人之心，后人有待其衰"（《左传》昭公二十一年）。"先发制人，后发制于人"（《史记·项羽本纪》），"王廖贵先，倪良贵后"（《吕氏春秋·不二》）。李先生是贵先派。

俗话说，先下手为强。先发的好处是引领风气，谁都绕不开，坏处是容易出错，被别人揪住。有人说，写东西要慎之又慎，一旦白纸黑字写下来，很可能成"千古恨"，后发多好呀，可以少犯错误，少走弯路，譬如积薪，后来居上。

打仗是玩命的事，当将军的，犯错可能丢命，不光是丢自己的命，还有千千万万士兵的命。但不犯错误的"常胜将军"有吗？没有。我最欣赏一句话，"进不求名，退不避罪"（《孙子·地形》），只求尽心而已。

人都会犯错，[1] 关键是看所得几何，所失几何。

我曾跟夏含夷打比方。我说，狙击手躲在草丛或掩体中，一猫多少天，弹无虚发、一枪毙命，当然了不起，机枪手，一扫一大片，有些子弹肯定会打飞，但计点还是胜出。

李先生的东西，一是多，二是快。不快怎么多？他是打一枪换一个地方，从不死盯着一个地方玩命打深井。

他的文章，登在各种刊物上，不定发在哪里，引用率极高，只有汇集在一起，才能窥见全貌。古文字学，无论甲骨、金文，还是简牍、帛书，他在各个领域都是领跑人。后面跟跑的人，费尽移山心力，回头一看，不能不承认，很多问题，都是他一语破的，凿破鸿蒙，真好像孔子形容子贡，"赐不受命，而货殖焉，亿（臆）则屡中"（《论语·先进》）。比如西周甲骨，就是他最先认识到；楚帛书十二月神即《尔雅》十二月神，也是他首先提出。这样的例子很多。

1990年，我在西雅图华盛顿大学访学，朱德熙先生也在。有一天，夏含夷来访，华大设宴，给他接风。席间，夏含夷品鉴人

---

[1] 李先生也有失误。如他受巴纳误导，曾作《长沙子弹库第二帛书探要》（《江汉考古》1990年1期）。1993年，我从美国回来，特意告诉他，巴纳示意图是据长台关楚简绘制，并非真东西。因此，他的《简帛佚籍与学术史》（台北：时报文化出版企业股份有限公司，1994年）没收这一篇。

物，论及唐（唐兰）陈（陈梦家）高下，裘（裘锡圭）李（李学勤）异同。他的评价是陈在唐上，并且抑李扬裘。朱先生调停说，李先生博大，裘先生谨严，各有千秋，我们都很佩服。我很赞同他的评价。

散席后，朱先生跟我说，当年，他在西南联大听唐先生讲《说文》《尔雅》，他连讲稿都不带，海阔天空，学问十分了得。研究古文字，不识唐先生之伟大，说明还没入门。[1]汉学家有汉学家的口味和标准，比如有没有理论，有没有书，脚注是否完备，这都是最起码的要求。夏先生的评价与朱先生完全不同，他更看重陈梦家，觉得陈先生更合现代学术标准。

朱先生去世，有个追思会，在北大开。汪曾祺、李学勤都讲了话。汪说，朱先生总是跟他讲，他发现了一个人才，叫裘锡圭。裘先生坐我旁边，顿时泪如雨下。李先生发言，则讲起20世纪50年代战国文字研究的兴起。他说，朱先生写过寿县朱家集楚器铭文的考释，[2]他也写过战国题铭的分国研究，[3]但唐兰先生动

---

[1] 唐兰、陈梦家都是朱先生的老师。我在考古所见过朱先生给陈梦家的信。朱先生去世后，何孔敬先生（朱德熙夫人）有一次说起，陈梦家刚从美国回来，马汉麟约朱先生去看陈梦家，朱先生不去。我感觉，朱先生更看重唐先生，裘先生也如此。他们都写过纪念唐兰的文章，没写过纪念陈梦家的文章。参看朱德熙：《纪念唐立厂先生》，《古文字研究》第二辑，北京：中华书局，1981年，4—9页；裘锡圭：《回忆唐兰先生——为纪念唐先生百年诞辰而作》，《裘锡圭学术文集》第6卷，191—194页。
[2] 朱德熙：《寿县出土楚器铭文研究》，《历史研究》1954年1期。
[3] 李学勤：《战国题铭概述》《补论战国题铭的一些问题》，《文物》1959年7期、9期；1960年7期。

手更早，只不过手稿佚失。

我读研究生的时代，年轻学子争当释字能手，他们迷的是战国文字，多以朱先生的文章为开山之作，并模仿朱先生、裘先生。朱先生的文章比李先生早五年，当然很重要，但李先生的文章是王国维"秦用籀文六国用古文"说的进一步展开，[1]更全面，更系统，对我启发更大。

李先生有篇文章，很有名，这就是我和魏赤录音整理的《走出"疑古时代"》。[2]这是一篇演讲稿。演讲时间是1992年，地点在北大西门外刘东租住的房子，屋子是个北房。[3]听讲的人很多，除操办此事的刘东，还有葛兆光、阎步克、陈来等。演讲时间没到，大家站在院子里聊天。那年，李先生才五十九岁，门牙就掉了。他指着自己的牙，开玩笑说，你看，我今天可以"破口大骂"了。

那次演讲，前一半是他讲，后一半是讨论。我记得，他提到我对古书年代的研究，说"吾道不孤"。我们提了很多问题，他

---

[1] 参看王国维：《战国时秦用籀文六国用古文说》，收入《王国维遗书》，上海：上海古籍书店，1983年，第一册（《观堂集林》卷七），1—2页。
[2] 李学勤：《走出"疑古时代"》，《中国文化》1992年7期。此文后来收入他的《走出"疑古时代"》（沈阳：辽宁大学出版社，1994年）一书，作为该书导论。
[3] 田旭东说，"1993年，李学勤先生在北京语言文化大学组织的一次小型学术座谈会上发表题为'走出"疑古时代"'的谈话"，时间、地点、传闻有误。见田旭东：《从"重新估价"到"走出疑古"再到"重写学术史"》，收入程薇编《接续绝学的历程——李学勤先生访谈录》，南昌：江西教育出版社，2018年，上，97—106页。

一一作答。讲完，刘东说，我们都是外行，李零，你得负责整理。他把录音带交我，我是受命而为。

我找了魏赤，请她帮忙。李先生语速太快，我用我的手提双卡大录音机听，咔咔咔，来回倒带反复听，录成文字，请李先生定夺，他把他的发言删了一半。

我记得，有三个地方，一定要删，他特意叮嘱。一处是讲古文《尚书》，他提到俞大维回忆陈寅恪，说古文《尚书》不能简单视为伪书。一处是讲北大某人自杀，他说自杀的办法有很多种，举郭忠恕为例。还有一处是什么，我忘了。他说，这些都是得罪人的，一定要删。

按照约定，我把录音全稿和李先生要求删掉的部分圈起，交给葛兆光，葛兆光再交刘梦溪。当时，我们都是小字辈儿，刘先生认为，我们跟李先生的讨论不重要，连问带答统统删掉，最后发表出来，就是《中国文化》刊出的样子。题目，李先生说，是仿朱维铮的《走出中世纪》。编者案，是刘先生定调。

此文一出，引起轩然大波。我听说，顾门弟子大不悦，刘起釪先生写了反驳文章，对编者案尤其不满。[1] 因为文章是我整理，我亦难逃"李党"之嫌。

2000年，我和裘锡圭先生在奥斯陆访问。有一天，游维格兰雕塑公园，在园中散步闲聊，裘先生说，现在有人连古文《尚书》的真伪都要讨论，真不像话，而且还打着李学勤先生的幌

---

[1] 刘起釪：《关于"走出疑古时代"问题》，《传统文化与现代化》1995年4期。

子。我说我确实听他讲过这类话。

后来，我问葛兆光，我们的原始记录稿还在不在，他说应该在《中国文化》编辑部。我打电话给刘先生，他答应找一找。结果是找不到。真可惜呀。

当年，顾先生疑古史是起于疑古书。李先生的反思也是从古书开始。我想，他是从红楼整理组整理简帛古书获得启发。[1]

有个美国记者，何伟（Peter Hessler），他写过一本书，叫《甲骨文》，曾入围美国国家图书奖。[2] 此人很会采访，很会写文章，话题涉及中美两国的各种政治事件，文多隐喻，充满暗示。他对陈梦家之死特别感兴趣。为此，他采访过很多学者，包括吉德炜、高岛谦一、石璋如、杨锡璋、王世民，也包括李先生。

他设了个圈套，套李先生的话，故意把陈梦家之死与李先生早年写作的《评陈梦家〈殷虚卜辞综述〉》和他领导的夏商周断代工程联系起来。[3] 背后的潜台词则暗示着"美国的政治正确性"。

李先生批过陈梦家，没错。但我想指出的是，陈梦家之死与

---

[1] 在此之前，他有两篇文章，一篇是《重新估价中国古代文明》（1982年）；一篇是《对古书的反思》（1987年），后来收入《李学勤集》，15—27页、41—46页，可参看。
[2] Peter Hessler, *Oracle Bones*, JC Culture & Publishing Co., Ltd., 2007. 中文本：彼得·海斯勒：《甲骨文——流离时空里的新生中国》，台北：久周出版文化事业有限公司，2007年。
[3] 李学勤：《评陈梦家〈殷虚卜辞综述〉》，《考古学报》1957年3期。

那篇书评没有直接关系。这个暗示有跳跃性，从1957年一下跳到1966年，整个因果链是人为虚构。

1978年12月28日，我参加过考古所在八宝山为陈梦家先生举行的追悼会。悼词说他是被"四人帮"迫害致死。当时说话有当时的口径，我理解。我在一篇小文中提到这个追悼会，我说，"四人帮"哪儿知道他是谁呀。"文革"的事，你们大家就没有责任吗？这种说法太笼统。[1]

1957年，批陈不止一人，夏鼐批过，[2] 唐兰批过，[3] 容庚批过。[4] 1956年，黄盛璋上书郭沫若，告陈梦家"鼠窃狗偷"，剽窃他，也是反右时陈氏戴帽的一大罪状。[5] 我们都很熟悉，这是政

---

[1] 李零:《服丧未尽的余哀——中国现时的文化心态》，收入《放虎归山》。
[2] 批陈取消党的领导。参看夏鼐《用考古工作方面事实揭穿右派谎言》，《考古通讯》1957年5期(原载《人民日报》1957年7月14日第8版)。案:1957年7月8日，考古所负责政工的靳尚谦主任布置反右如何进行，7月12日，夏先生在领导安排下写作此文。参看《夏鼐日记》(上海:华东师范大学出版社，2011年)卷5，第316—331、350、364—365页。
[3] 批陈反对文字改革。参看唐兰:《中国文字应该改革》，收入《唐兰全集》，上海:上海古籍出版社，2015年，第三册，999—1002页(原载《人民日报》1957年1957年9月27日)。
[4] 批陈反对文字改革。参看容庚:《汉字简化不容翻案》，《文字改革》1957年11期。案:容庚是陈梦家的老师。
[5] 参看黄盛璋:《永不能忘的忆念——悼念郭沫若院长》，《社会科学战线》1978年增刊。黄文提到:"1956年我第一次和郭院长通信，因发现一位赫赫有名的甲骨、铜器专家却抄袭我投稿文章中的成果，他欺侮我不懂铜器，气愤之余，无可申诉，因此上书郭院长，用确切的证据揭露这个专家是抄袭我的成果发表的。出乎意料之快，郭院长亲笔回复我信，明确表了态，指出这位专家过去也是有这种毛病，而这种行为是应该反对的。这件事后来在1957年反右期间得到彻底的揭露与批判，但郭院长却是第一个为我主持正义，支持我，丝毫不含糊，立场分明。"据王世民先生说，剽窃之说不实。此外，1957年，黄盛璋还以《铜器中"奠器"的说法不能成立》一文寄郭沫若，刊于《考古通讯》1958年1月期。

治运动中常有的事,现在应从历史环境去理解。这些批判与反右运动有关,[1] 但与陈梦家之死没有直接关系。

陈梦家之死是发生在1966年,第一跟陈家的保姆和陈宅所在的街道有关,第二跟考古所的飞短流长、捕风捉影、跟踪告密有关。他是因所谓"生活作风问题"(我们特有的政治词汇),不堪人身侮辱才自杀。赵萝蕤(陈梦家夫人)的遭遇也很不幸。

李先生的书评写于1957年。文章是考古所派人约稿,发在考古所的杂志上。文章开头,作者承认,陈先生"对卜辞研究的某些方面有其贡献",接下来全是挑错,文章结尾说,该书错误太多,与陈氏"自命甚高"不相称,最重的话只有这一句(后面还有"自我标榜"一语,意思差不多)。文章主体还是属于学术批评,并非政治批判。当时批陈,上引各文,哪篇都比这篇说得重。

1992年,裘锡圭先生的书评与此类似,也是先肯定其贡献,然后挑错。他引用过李先生的书评,比李先生挑错挑得更厉害。他说,"考释文字不是陈氏的专长"。[2]

我想,如果不是运动需要、组织安排,以李先生的性格,他恐怕不会写这类专门纠谬订错得罪人的文章(当然,得罪组织,

---

[1] 参看《考古所右派分子陈梦家材料》(陈小三藏本),其中有陈梦家先生的两次检讨。
[2] 参看裘锡圭:《评〈殷虚卜辞综述〉》,收入《裘锡圭学术文集》,上海:复旦大学出版社,2015年,第6卷,85—96页(原载《文史》第35辑,北京:中华书局,1992年)。

更不可能)。

2008年，李先生编《李学勤早期文集》，《评陈梦家〈殷虚卜辞综述〉》被收入，但把最后一小段删了，显然他也后悔。

我的印象，李先生对谁都很客气，礼数十分周到，无论长幼尊卑，我从未见过他恶语伤人，当面指责，让谁下不了台。各种人事纠纷，他也是躲得远远的。但这位唯恐得罪人的先生为什么还是得罪了很多人，我经常想这个问题。

最后，我想说的是，李先生是学者，他留下的著作很多。这是评价他一生志业最关键的史料。我把近百年的古文字学家分为四代。李先生跟裘先生是一辈。他出名比裘先生早。早先，裘、李在一块儿，李先生风头更健。后来不知怎么弄的，风气变了，有人说，李先生不是古文字学家，文章越写越短，越写越水，我不同意这类评价。

2019年12月2日写于北京蓝旗营寓所

（原刊《读书》2020年3期）

第五辑

维铮先生二三事

朱先生个性强烈，浓茶烈酒猛抽烟。他走了，怎么纪念好呢？我把我残存的记忆搜罗了一下，很想与大家分享，让更多人知道，上海还有这样一位立场分明的先生，不管你喜欢还是不喜欢。

（一）近些年，三次去上海，我都去看过朱先生。一次是《上海书评》赏饭，在什么地方，没记住。当时我说，我正在读《顾颉刚日记》。于是《书评》编辑说，他可以买一套，送给朱先生，请朱先生赐文。后来，果然有朱先生的文章登在《上海书评》上，对顾先生阿蒋颇有微词，一时舆论哗然。另一次是我到复旦演讲，复旦大学出版社请客。临走，朱先生说，下次来上海，我请你到家里喝酒。第三次也在复旦大学，中西书局请客。每次我都带书给朱先生，朱先生也送书给我。最后这次，我知他得了大病，特意去看他。席间，他谈笑风生，依然故我，该骂照骂。我没想到他走得这么快。

（二）说实话，我和朱先生一点也不熟。早先，我们有过通信，好像是为了帮我出《中国方术考》，推想大概在1990年前后，但没见过面。后来，在香港见过，近一点，大概总在新世纪吧。那次是在城市大学看郑培凯办的一个展览，内容好像和瓷器有关。我们在一块儿聊天，很愉快。朱先生治经学史和近代思想史，和我的学术方向不太一样，但有件事，我们心灵相通。我们都看不惯1989年后风起云涌的保守主义：传统文化热和尊孔读经风，以及肉麻吹捧大师，有如大师转世、附体显灵的所谓学术史，被人视为欺师灭祖。我挨骂，他也挨骂，同是天涯挨骂人，相逢何必曾相识。他们骂人我不听，我爱听朱先生骂人。

（三）朱先生的名作是《走出中世纪》。我记得，李学勤先生在刘东家演讲，听众是一个号称"国学所"的小圈子，当时年轻，还想扎堆，后来成腕，也就散了。我是被葛兆光拉入这个圈子的。刘东命我整录音，我和魏赤反复倒带，几乎把录音机搞坏。稿子整出来，很长，一半是李先生的高论，一半是大家的讨论。我把稿子交兆光，兆光交《中国文化》。刘主编梦溪把讨论部分统统删去，少了一半。李先生圈掉可能得罪人的话，又少了一半。刘主编请加标题。李先生说，朱维铮先生不是有本书叫《走出中世纪》吗，我的演讲就叫"走出疑古时代"吧。因为文章是我整理，李先生挨骂，我被视为李党，其他人则逍遥骂外。

（四）朱先生的书，书名本身已表明，他是个启蒙派。"文革"后启蒙之说大兴，但什么叫"启蒙"却是一笔糊涂账。当时都说，中国应该反封建，补上资本主义这一课，好像中国还在资本主义之前或之外。此说对吗？我很怀疑，但大家至少明白了一点，反正中国不在资本主义之后。现在倒好，启蒙的意思是吃后悔药。什么是蒙？先头还是"文革"之左，后来不过瘾，逢左必反，一个劲往回倒腾，往右倒腾，往蒋介石倒腾，往美国倒腾，说民国好着呢，大清朝更好，流氓都比现在有范儿。于是有那么一回，也是在饭桌上，朱先生跟他那位老同学说：蒋介石，无耻；吹捧蒋介石，更无耻。

（五）天道轮回，恍如隔世。哪怕是不久前的事，隔不了几天，大家就记不清。每当酷暑难消，我们总是忘记了冬天的寒风刺骨，把寒冷叫作凉快。就拿上面说的"走出疑古时代"来说吧，这才多少年，现在居然有人说，那次演讲，地点在语言学院（现在叫语言大学）。我记得，当年在奥斯陆，裘锡圭先生跟我说，现在真不像话，有人居然替《古文尚书》说话，还打着李学勤先生的旗号。我说，不，李先生的演讲，确实有这么一部分，他自己删掉了。为了证明这一点，我给兆光打电话，想把整理稿的原件找出来，但《中国文化》那边找了半天，就是找不着。可见人证多重要。幸亏我还活着。

（六）我没有在蒋介石的治下生活过，但朱先生生活过，他不但有国民党的家庭出身背景，还亲历过国共战争的血雨腥风。他是个启蒙派，没错。但他是个老启蒙派，不是现如今把五四运动和一切左翼（包括鲁迅）全都列入蒙的那种新启蒙派。他比我年长，他还有当时的国共对比，他还有鲜活的历史记忆，他还记得那首红歌，"团结就是力量……向着法西斯蒂开火，让一切不民主的制度死亡"。既言一切，就不止现在，也包括过去；不止中国，也包括其他地方。我记得，《南方周末》的刘小磊请他推荐一本书给现在的青年。你猜这本书是什么？竟然是马克思的《资本论》。

在如今这个大讲"普世价值"的时代，还有什么比"资本"更普世吗？马克思讲了，它就是如今的上帝。

2012 年 4 月 10 日写于北京蓝旗营寓所
（原刊《东方早报·上海书评》2012 年 4 月 22 日）

纪念齐思和先生
——写给齐思和先生诞辰一百一十一周年纪念会暨欧洲史博士生论坛

我跟齐先生只有一面之缘

齐思和先生(1907—1980)比我大四十一岁,是我父亲那一辈人。大约四十年前,我见齐先生时,他的年龄大概也就我现在这个年龄,我呢,估计也就三十岁。当时,由马克垚老师和齐文颖老师引见,我在燕南园,见到齐先生,向他当面请教。马克垚老师是我认识最早、引我走进学术之门的几个北大老师之一。我管齐先生叫先生,管马老师叫老师。先生,那是"高山仰止,景行行止"的一代,不像现在的先生,等于mister。老师,那是离我们更近,可以亲密接触问学请益的一代,不像现在,逮谁都叫老师。

那一阵儿,我在琢磨银雀山汉简《孙子兵法》,我问的是齐先生三十二岁发表的《孙子著作时代考》。他说,我写过这方面的文章吗?让我很奇怪。当时我想,自己写过的东西怎么会忘呢?现在不同,有学生问我,说我写过什么什么,我也会犯嘀咕。我终于理解，这是很正常的事。那阵儿，社科院民族所的萧之兴写了一篇文章，跟齐先生讲匈奴西迁的文章观点不太一样。齐先生问我知道不知道这个人，让我帮忙打听一下。后来，我帮他打听了一下，他找出一份《孙子著作时代考》的抽印本送给我。

我见过很多老先生，这是我的福分

我是野生动物，长期在野外生存。我是学术乞丐，吃百家饭长大。幸运的是，我见过很多老先生。历史系，除了齐思和先生，我还见过邵循正先生。我见他时，还是个中学生。他不但跟我讲《五体清文鉴》，还借戊戌变法的书给我，人真好呀。此外，社科院的前辈，考古所的夏鼐、苏秉琦，历史所的张政烺、胡厚宣，文学所的吴晓铃，哲学所的杨一之，民族所的翁独健、傅懋勣、杨堃，还有故宫的唐兰，央美的常任侠，都是了不起的人呀。

老一代的学者，有些人学问大，脾气也大，这种人有，很少。更多人，学问越大，架子越小，谦和宽厚，朴实无华，跟我这样的毛头小子都谈得来。我不知怎么形容我的感受，不妨叫"长者之风"吧。

昨天晚上，我在电视上看了个港片，叫《一个人的武林》。"功夫就是杀人绝技"，"不出手则已，一出手就置人死地"，谁厉害杀谁，有意思吗？最后剩两人都不行，还得在高速公路上厮打,视狂奔的车流为无物。甄子丹演的那位被打得不省人事,王宝强演的那位让警察一枪给崩了。打败天下无敌手,就你日能又怎样?古人早就讲了,强梁者死,不道早夭。这个武林很无聊。有些人以为,踢馆、打擂,逮谁灭谁就叫学术。我说,这不叫学术。

学术不是武术。

我说的这些老先生,他们都身怀绝技,没想寻找对手,消灭对手,靠这些扬名立万,但桃李无言,下自成蹊,真正留在我们心中的是这些人。

这些老先生,一个接一个离开了我们。

现在,引我迈进学术之门的各位老师,俞伟超、高明、严文明、马克垚、王世民、李学勤、朱德熙、裘锡圭,有些也走了,仍然在世的也八十多岁了。

我自己也蟋蟀在堂。田余庆老师的说法,秋后的蚂蚱,蹦跶不了几天。

然而,有生之年,我见过上面提到的各位,这是我的福分。

学习齐先生,用中国眼光读世界史,用世界眼光读中国史

齐先生是研究世界史的大家。我们都知道,他是从中国史入世界史。马克垚老师分析过一个现象,很多到国外取经的前辈,因条件所限,原来做中国史,回来还做中国史,即使讲点世界史,也主要是译介。比如陈寅恪就明确讲,他是尽弃前学,言不

出禹域（《困学苦思集》，北京：首都师范大学出版社，2016年，504—525页）。

齐先生博通古今中外，于学无所不窥。他从哈佛回北京，一方面从事世界史教育，筚路蓝缕，以启山林，为后人铺路，一方面致力于中国史研究，两方面都有贡献。世界史，我是外行，我对齐先生的学问不能置一词。但他的学术眼光和学术格局给我们树立了一个很好的榜样。

我是学考古的，我跟张政烺先生学习，不光学古文字，也学古文献和历史，毕业是历史学硕士。

1985年，我调北大，是在中文系古文献专业。很多外面的人都以为我在历史系或考古系工作，邮件经常寄错。

高明老师曾经希望我转到考古系，未果。王天有老师也想调我到历史系，同样未果。我已经回不到我应该去的地方。

其实，我一直是以历史为方向，对世界史很有兴趣。可惜呀可惜，他生未卜此生休，学外语，学世界史，已经来不及了。

我承认，中国史是小，世界史是大，大道理管着小道理。但我相信，我们这些做中国史的也是在做世界史。中国是世界的一部分。

欧亚大陆，欧、亚各占一半，亚大而欧小，以中国为风暴眼的东亚史是亚洲历史的重头戏，也是世界历史的重头戏。张光直先生说，我们有责任对世界历史做贡献。

现在的年轻人，条件太好。我们当年还是刀耕火种，根本比不了。我想，在前辈开拓的这个领域里，用世界眼光读中国史，用中国眼光读世界史，一定前途无量。

2018 年 9 月 15 日晨写于北京蓝旗营寓所
（原刊《读书》2018 年 12 期）

2018.12.23 信

卫纯、曾诚：

你们知道，我写东西特别喜欢记录现场感和即时感受，有时会把刚刚发生的事和身边的人拽进文章里。我那篇《纪念齐思和先生》，其实是应齐文心老师（齐思和先生的女儿）邀请，为参加北京大学历史系的会议特意准备的讲话稿。我不擅长也不喜欢那种逢场作戏张口即来怎么听都很顺耳但也没什么内容的讲话，讲话总要有所准备，有所针对。我爱写字，不爱讲话，一怕毫无准备糊弄听众，二怕认真准备又太累。总觉得，为讲而写，还不如直接写出来得了。

9 月 14 号晚，躺在床上，看电视催眠，看的是《一个人的武林》。第二天，一大早爬起来，边吃早饭边写稿，还算顺利，一口气写出来，拿起稿子，直奔会场，没耽误事。稿中就有《一个人的武林》。

这个会是纪念齐老先生，同时也是让他的后继者展现才华的论坛。上午的会是纪念会，马克垚老师头一个讲，廖学胜老师第二个讲，然后轮到我。我基本上是念稿子，匆匆念完，唯恐占用大家的时间。我说，我于世界史是外行，跟齐先生只有一面之缘。想不到，后来发言的人说，他们连一面之缘也没有，只是远远望去，肃然起敬，没有说过话。还有人说，他们连人影都没见过，只是通过老师，沾了点齐先生的"仙气"。下午的论坛，我没参加。小文最后的话，是写给这个论坛。我很羡慕这批学欧洲史的年轻人。我说的每一个字，放进会议的语境，都很好理解。

这篇讲话稿发在《读书》2018年12期，有读者反映，我的某些话，不知所云，原因是我的副标题有违《读书》体例，被拿掉。我那篇小文的副标题是：写给齐思和先生诞辰一百一十一周年纪念会暨欧洲史博士生论坛（北京大学历史系，2018年9月15日）。其实，有这个副标题，加上落款年月日，无须解释，文章的意思，一清二楚。可见这个副标题并不是可有可无，也许在文后括注一下就好了。

李零

上海有个陈建敏

最近，上海华东师大出版社出版了一本《穆天子传汇校集释》。书由作者王贻梁先生托李学勤先生带给我，让我喜出望外。因为今年3月到上海，我还打听此书，请人务必帮我买一本，当时书还没有上市。

现在这本书就放在我的案头，黄色封面，32开，一厘米厚，里面的字是手写影印，密密麻麻。正如作者来信说，此书印得不够理想——字太小，让读者看起来很吃力，但我对这书却极为珍视。

在《整理前言》中，王先生说：

> 本书的撰写，最初是建敏友提出的。1983年，凭自学而成材的建敏友刚从一家厂里调到市社科院历史所不久，在方诗铭先生的提示下，向古籍出版社提出整理本书的计划，并很快就得到了批准。原来准备在一年以内完稿，但由于其他任务的繁忙，始终没有走上正轨，只是收集了几个本子，写了几条初步的看法。彼时，因为

我自己的任务很重，没有直接参与，但也就穆传的许多问题讨论过。然而，在1985年底却想不到发生了一件使我们无比悲痛的事，建敏友因劳累过度致使肝病复发而不幸壮年早逝。于是，才由作者在1986年春接手这项整理工作。

他所提到的"建敏友"，也就是在封内王先生名下用方框围起的另一作者名：陈建敏。它让我想起很多的往事，掐指一算，建敏离开我们已经整整十年了。

我和建敏只有一面之交，算不上什么"挚爱亲朋"，但他在上海，我在北京，我们却有四年的通信来往，彼此感到十分投契。我们之间，不但没有北京人和上海人之间常见的那种"猫狗之嫌"，还好像有着一种特殊的缘分。

记得当年落魄江湖，我在内蒙古、山西插过七年队。因为百无聊赖，胡读乱写，不免想入非非。1975年底，我从山西回到北京，老是想着天上掉馅饼，有朝一日混入学术队伍，所以对街道上安排的工作高低不就（当然一律很低），愣是在家耗了一年多。1977年，苍天不负有心人，让我找到一个在中国社会科学院考古所扛活的机会（最初是白干，后拿十几块钱的月薪），一扛就是三年。我的工作有两样，一样是整理金文资料，为后来的《殷周金文集成》核对著录，整理拓片；一样是处理人民群众来信，比如给捐献文物者写感谢信，给求售文物者写拒绝信，以及寄三叶虫以上的化石给南京的古生物所，寄三叶虫以下的化石给科学院的古脊椎动物所，等等，有时还会碰到各种"发明狂"。

有一天，我收到一封从上海寄来的"人民来信"，信的内容和文物无关，寄信人也不是"发明狂"。他在信中说，他是从部队复员，现在一家工厂给厂长当秘书；他对目前的工作不感兴趣，着迷的是古文字，苦于求学无门。我有过和他类似的苦恼，当然非常同情，所以拿着他的信去请示老板，请负责此事的王世民先生尽量帮忙。后来王世民先生把他介绍给上海博物馆的馆长马承源先生。通过王先生和马先生的帮助，他逐渐走向学术之路。此人就是后来自学成材，做出很多成绩，然而不幸早逝的陈建敏。

翻检旧信，现在还保存在手的建敏来信共有九封，时间从1982年到1985年。这段时间正好是我研究生毕业之后，但尚未调入北大的那一段〔案：只有最后一信是写于我刚刚调入北大时〕，即我"心灵史"上最黑暗的一段。在这段时间里，建敏的来信曾给我很多鼓励，这是我永生不能忘记的。

建敏给我的最早一封信是写于1982年11月17日，我估计那是他刚刚进入上海社科院历史所不久，他寄给我柯昌济先生的《甲骨文释文三种》，说是"希今后加强联系和交流"。次年1月30日，他来信说："我最近主要在搞先秦经济史，综合甲骨、金文、考古和文献资料进行研究，有一些收获，还参加上博〔案：即上海博物馆〕的《金文选集》注释，承担春秋战国部分。除此之外还奉命写些小文章，最近又接受了上海古籍〔案：即上海古籍出版社〕的《穆天子传汇校集释》的工作，由于多头进行，精力不免分散，进步也难。而你在古文字方面特别是金文研究方面，已取得较大成绩，今后还需多多向你学习！如有机会，我是很想来你们处学习进修一段时间。"当时他并不知道，天降无妄之灾，我已误入白虎堂，刺配沧州，一百杀威棒，打得死去活来，所以还在羡慕我的工作环境，甚至幻想能到考古所来学习。

1984年，我从考古所逃到农经所，发誓宁肯放弃专业，跳出三界（考古界、古文字界、历史学界），也绝不向我所憎恶的恶势力妥协。这一年，建敏共有三封信给我。1月5日，他来信说："来函及大作均已收到，知你近况，颇为惊诧，不知为何故？调到农经所主要从事什么工作？是否搞农业史？像你这样根底深厚（我以为在青年同行中你是佼佼者）而又颇多成就的，要放弃本专业殊为可惜！想来也可能遇有难言的障碍，迫不得已吧！"他在来信中还说，"你在来信中谈到北京的同学拟成立古文字学术组织，这是很好的，我们颇得这种民间性质学术组织的好处，何况你们的水平都在我们之上"，并向我介绍了他们在上海自发组织的民间学术团体"青年古文字社"和他们的油印刊物《古文字》，希望"如果北京方面成立，我的意见京沪两地多多加强联系"。另外，值得注意的是，他提到"我本人的情况，由于去年上半年一场大病，身体情况远不如以前，写作速度很慢，成果极少，而且分三头参加的大项目都是要若干年后再见的（上博《金文选集》、本院经济史室《中国商业史》第一卷《先秦商业史》、协助柯昌济先生的甲骨项目）。《穆传》集释目前仍在进行，原打算今年上半年交出版社，但工作越深入面就越大，因此只能力争在1984年底完成，篇幅也要增加。校勘非重点，篇幅最大、难度最高的也就是你在信中提到的西北史地考证，而考证不能用西周金文、文献，因为那时还不一定出现这些地名，只能用《穆传》成书年代同时的材料来考证。此外，《穆传》中有错简，晋朝人释文估计也有错误，再加上历法、名物制度等问题，对于我来说显然不是轻而易举的事。你搞竹简很有成绩，如蒙赐教，至为感激。这事以后再联系"。看来他一直是在超负荷地工作，并且为此而大病一场。1月29日，他来信说："你既在农经所，先秦农经史是大有搞头的，加上你根底深厚，在这个领域里是很有作为的。我前阶段也搞过些，后来因为规划内的项目时间较紧，就暂时搁下了"，"你来信谈到北京古文字研究生的情况，看来事情还是较复杂的。我十分赞同你在信中说的：'我希望我们这一代人不再像上一代人有那么多的学科限制、行业限制，更多一点开阔的视野，更多一点坦诚的襟怀，通过大家的共同努力，搞一点大的东西出来。'这应该成为我们处事、做学问的宗旨。北京的学术水平比上海高，但上海似乎还不至如此复杂"，"很可惜，我们还没见过面，否则可以畅谈一番。记得1982年4月我上京，你来沪，没能会晤。据说今年五六月间在西安开古文字研究讨论会，我很想去，不知你能否去？"。他所说的"1982年4月"，现在回忆，应是我随考古所到湖北拓青铜器，然后与他们分手，坐船去安徽和上海调查寿县楚器的那一回。在上海博物馆，我跟馆里人打听建敏，不想他正好去了北京。

1984年的古文字年会在西安举行，我终于见到建敏。他给我的第一印象就是为人忠厚而老实，令人想起司马迁《报任安书》所说的"意气勤勤恳恳"。我们谈话的内容现在通已忘记，但他到处搀扶着柯昌济先生却给我留下深刻印象。柯先生是我们这一行有名的老前辈。他与唐兰、于省吾等先生是同一辈人。我读过他的《金文分域编》，并踵其事而编写过《新出金文分域简目》，但从未见过他本人。当胡厚宣先生向与会者介绍这位老先生时，我才知道他的一生非常坎坷，不但很早就已脱离学术工作，而且新中国成立后还干过许多奇奇怪怪的事情，包括在农村教书，只是在垂暮之年才得以"归队"。听他的经历而想到自己，心中有

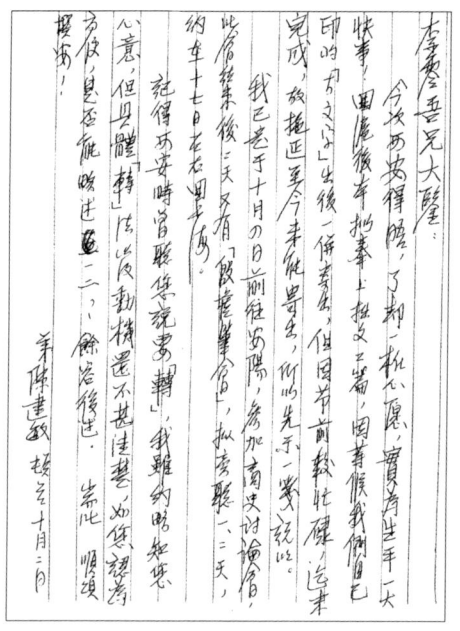

陈建敏书信手稿

一种不胜凄婉的感觉。记得参观周原遗址时,老先生诗兴大发,当场挥毫,把墨汁溅得满衬衫都是。会后,10月2日,建敏有信给我,说"今次西安得晤,了却一桩心愿,实为生平一大快事"。我也很为这次见面而高兴,希望能有再次见面的机会。

1985年,也就是建敏在世的最后一年,他一共写过四封信给我,信的大部分内容是有关出版丛书的事情。此事因为张罗其事的人出国走掉而胎死腹中,最后并未成功,这里不必详谈,但他的很多设想还是很有意思。1月11日,他来信说:"西安会议之后,我于10月去安阳参加了商史讨论会,11月回沪后修改、压缩递交的文章,紧接着赶完以前写的一篇东西,以至一直忙忙碌碌地走完了1984年的日程。元旦以后,一项新的项目又接上了手,目前正在做些基础工作。"3月3日,他来信说,考据与理论应当并重,而自己"较多地接受了传统的方法,缺乏理论和系统,近来虽试图向这方面努力,但确不是容易的事",另外,他还提到,他早就想写古文字研究状况的评述,"不是用叙述笔法,而是带有研究性质的有观点和见解的评论",但目前还"没有胆量"去做。3月25日,他来信说:"现在要搞的东西很多,只是没有时间进行,以前的项目尚未了结,新的题目又开始进行。今明两年我和本所所长合写一本20万字的殷商史专著",并且如果时间允许的话,他还想给丛书写一本有关殷商文化史的小册子或各种通俗的专题古文字学史(如甲骨学史、金文学史、战国文字学史等)。另外,他还提到,目前的学术研究,从方法到文笔"不革新是没有生路的",但他也并不满意当时那种堆砌新名词或卖弄"译话"

的所谓"新学"。6月7日，建敏给我最后一封信，其中提到一个过去我不曾了解到的事情，就是他的写作还受到购书欲的巨大压力，存在着"以学养学"的再生产问题。他说："我现在与人合写的一本书在单位里已申请好几千元出版补贴，不愁后路。另拟写的小册子反正与上书是一路的，如时间允许当可同时上马，或稍前稍晚进行。此外不瞒您说，由于我平时买书较多，范围稍广，书价上涨又甚厉害，单靠工资买书实不敷出，想写些与学术有关的文史小品，好在平日兴趣所致，浏览尚广，尤对清末民初学术人物以及新文学史中的人物有兴趣。资料积累了一些，只是尚未成文。"另外，他还为我刚刚调入北京大学，和裘锡圭、李家浩两位先生一起工作感到高兴和羡慕。他说，"裘先生是很扎实的学者，达到他那样的程度，对于我来说是不可企及的。在我们一档年龄中，您和李家浩是最有希望的"。可惜的是，这以后我再没有接到他的来信。

建敏是于1985年12月31日去世的，我从裘先生那里听说，已经是1986年4月。记得1985年底我还向当时正在北大进修的叶保民（建敏的好友）问起："怎么建敏好久没有信来？"现在听到这个消息，我非常震惊，赶紧给建敏的父亲和已经返回上海的叶保民各去一信。建敏的父亲没有回信给我，但叶保民迅即回信说：

来信收到。近况如何？甚念。
建敏已作故人，念之令人伤心。西安古文字年会上，我们三人曾合影留念，底片在建敏处，他说要放大，后来未能果行，我想应去找来放大几张。

建敏是八五年十二月廿一日在家中看书时突然吐血，来势很凶，但建敏竟仍旧自己骑自行车去医院。住院后不久即昏迷，偶有醒来的时候，也无气力讲话。十二月卅日半夜，在医院中叫人把家人叫来，口授遗言。建敏父亲叫他不要胡思乱想，建敏说自己很清楚已不行了，并对他爱人说，希望自己女儿以后仍搞古文字、古代史。十二月卅一日病故。

建敏得病时我尚在北大。我到上海的这一天，建敏去世了。大殓这天，他父亲对我讲了许多话，颇悔支持建敏搞学问。他父亲认为建敏若在厂里当技校的校长，是不会亡故的。我也这么认为。建敏肝脏本有旧病，二年前曾因肝腹水而住院〔案：即上引建敏1984年1月5日信中所说的"大病一场"〕，我曾去探望，并在他出院后经常告诫他别熬夜。显然他仍在超负荷地工作，引起旧病，腹水挤破大动脉，止血不住，终于不治。

古文字学社，本来是我与建敏最费力费心的，现在建敏已作故人，我失去了一个最好的搭档，学社已形同虚设，颇可叹。建敏为人诚恳，对朋友推心置腹，对学问可谓痴心，为做学问而死。临终时仍希望女儿能搞他这一行，真是死而不悔。因其痴心，所以在不长的时间里取得了可观的成绩，也正因其痴心而丧生于此道。呜呼，岂不哀哉！

对于建敏的死，我很难过。因为如果没有那个与我有关的"机缘"，他可能至今仍健在人世。这是我比其他人更后悔的地方。我也想过，假如他能节制一下自己的购书欲或放缓一下自己的工作速度，特别是对"修长城"式的大工程取敬而远之的态度，是不是情况就会好一点呢？可是正如保民所说，建敏自己从来也没有后悔过，而且不但不悔，到死也还希望他的女儿能继承他未竟的事业。我们该说什么好呢？

建敏去世后，我听说上海的朋友打算为他编个集子，后来不知结果怎样。对建敏的学术成就，不管学者会有什么样的评价，我都以为这很值得。因为学问是人做出来的，一个人有那样好的品质，又对学术那样地追求，其价值恐怕要远远超过学术本身。更何况建敏对学问爱之至深，就像穆天子驾八骏，北绝流沙而西登昆仑，日驱千里，乐而忘归乎！

1995 年 7 月 28 日写于美国西雅图

（原载《放虎归山》，太原：山西人民出版社，2008 年）

留住时光，与你同在

朝远走了，悄无声息，很有尊严地走了。

谢谢周亚，时刻同我联系，告我朝远的病情，让我多次去看他。

谢谢小马（马今洪），谢谢小徐（徐汝聪），谢谢你们陪伴朝远，谢谢你们告诉我，他是怎样度过人生的最后时光，非常坚强。

屏幕上的照片，据说是得病后拍的。他站在一片寒冷的背景中，还是那么精神。

我没有太多话好说，不知该从何说起，追思会上，语无伦次。

我只想说：

朝远是我的朋友，也是大家的朋友。大家不会忘记你。

"朋友"二字太重要，对我太重要。

我没有兄弟，只有姐妹，父母已经不在了，老师已经不在了，我的"天地"和"亲师"，都不在了。社会也好，单位也好，对我来说，都不重要。对我来说，最最重要，还是朋友。

我知道，早晚有一天，大树飘零，万木萧杀，我们都会相随而去。

早晚。

后面依旧是灿烂的春天。

朝远走了，留下两本书。最后这本《青铜器学步集》，这两天拿出，重新读了一遍。这是我追思故人的最好方式。

2007年7月10日，我和罗泰到病房看朝远。他还好，看上去还好。

10月，收到他的书，简体排印，朝远觉得有点遗憾。

他在书前题了字：

敬呈李零：

亦师亦兄亦友。

朝远上，于2007年10月30日

"师"，我哪里敢当。"兄"，也不过虚长几岁。只有最后的"友"字，我最看重，欣然受之，倍感荣幸。

"学步"两字太谦虚。

读他的书，你读到的不仅是学问，学问后面，还有人品。

你会发现一个"人"，他对所有同行，无论长幼尊卑，都抱着虚心求教的态度，不是出于礼数，而是出于真诚。他善于倾听，别人的意见，哪怕一点一滴，他都不忘申谢，无论地位比他高，还是比他低，年龄比他大，还是比他小。周亚、慰祖、小马，还有我，还有其他很多人，大家的名字频频出现在书里。我很高兴，我是其中之一。

他的书，没有作者像。但我仿佛看见，有一双眼睛在看着你，像照片上一样，总是充满善意。他永远看到的都是别人的长处，即使商榷，也绝无恶言恶语。

读他的书，你能感受到他的为人，感受到他的心存厚道。

在这个"毁人不倦"的网络时代，在这个公众人物有如公共厕所的时代，厚道已经是一种古董。

古董当然很珍贵，就像他研究的青铜器一样。

"朋友"是什么意思？首先是平等。它意味着轻松愉快，它意味着赤诚相见。

我体会，朋友跟兄弟有点像，老师跟父母有点像。虽然我已为人父母，还在学校当老师，但我一直找不到当父亲的感觉，也找不到当老师的感觉。

前两年，在美国，见一朋友。他在美国教汉语，教了很多年，有一学生坐对面。他跟学生说，你知道吗？我们中国有句老话，"一日为师，终身父母"，老师，你要记住，永远都是你的老师，到哪儿都不能忘了。此生不语，眼神麻木。

我心想，在美国，哪有什么"终身父母"？别说"一日为师"，就是真正的父母又怎么样？顶多十来年而已。

朋友不一样，我有些朋友，倒是终身为友，打幼儿园就是。哪怕几年不见面，依然肝胆相照，无言的尊重。

人这一生，真正能够像兄弟相处，平等相待，并不容易。小人永远站不直，不是点头哈腰，就是蹬鼻子上脸。他并不需要平等，也不理解平等，你跟他客气，他觉得你可欺，你跟他讲心里话，他觉得你犯傻。他不知道，人与人还能平等相待。

我和朝远相识是因为整理上博楚简。

1994年底，我受我的老师王世民先生委托，到上海帮马承源先生整简。那时，上海博物馆的新馆正在兴建，只有毛坯。小马来接我，还在龙吴路。

1995年1—7月，在北京，剪贴复印件，写第一遍释文。

1995年12月到1996年3月，在上海，剪贴照片，写第二遍释文。

第二次整理，最难忘。我还记得，1996年的春节，没回家，龙漕路的招待所，四处全是鞭炮声，我仍伏案工作。我很累，眼睛很累。

整理竹简，对我来说，最大收获，不是竹简，而是朝远。有此机缘，我认识了朝远，认识了上博青铜部的一帮弟兄和朋友。

新馆的顶楼，七八张大桌子排一块儿，整个青铜部，说干就干，大家都来帮我，朝远很忙，也来帮我，很多疏通联络的工作都要靠他来做。没有他的协调，这批竹简是不可能和大家见面的。

这是一个团体,一个朝气蓬勃善于协作的团体,一个让我们这些好讲"哥们儿义气"的北京人感到惭愧的团体。我跟他们,天天见面,吃能吃到一起,玩能玩到一起,聊能聊到一起,干能干到一起,工作效率极高。天底下还有什么比这更快乐吗?

临走,我们一起吃了饭,在上博的门口,在上博的楼顶,和每个人一一合影。

照片还在,定格于那一刻。

有一天,上博楚简终于公布。2001年12月11日,《上海博物馆藏战国楚竹书》第一册的首发式在上海博物馆举行。在上海古籍出版社的座谈会上,朝远,只有朝远,提到了我的名字。他曾不止一次跟我说,只要他在,他会努力,上博不会忘记我。

我们曾多次通信,他有一封信还留在我的手边。信是写于2002年6月10日。他把2001年12月12日这一天的三份报道,《解放日报》、《劳动报》和《文汇报》的报道,一块儿寄给我。他跟我说:

> 对于先生在竹简整理中的贡献,我总觉得未能说透,这样有失公允,也有违学术道德和规范。

朝远的话,让我铭感终生。

古人云,"太上有立德,其次有立功,其次有立言,虽久不废,此之谓不朽"。这话很有名,号称"三不朽"(《左传》襄公二十四年),但遗憾的是,人们往往忘记的是立德立功的那个活生生的"人",而记住的是他的"书"。如果没有书,大家就把他忘了。

古人不是这样理解"书",更不是这样理解"人"。

孟子说,"颂其诗,读其书,不知其人,可乎?是以论其世也,是尚友也"(《孟子·万章下》)。

司马迁说,"余读孔氏书,想见其为人"(《史记·孔子世家》)。

知人论世,对于读书很重要。

我是从朝远这个"人"读他的书,从活着的朝远读他的书。

后人没这个福分。

朝远的书,是他服务于上海博物馆十六年间的学术记录,青铜器研究的方方面面,他都有所涉及。不但涉及他一向关注的社会史问题,也涉及青铜器的铸造工艺、艺术风格和铭文考证,还有评论,时间跨度很大,空间跨度很大。这些文章,最早写于1991年,最晚写于2006年,结集是在2006年的最后一天,很多是写于新世纪,特别是2004—2006年。这个集子,是他在病中编的,很有纪念意义。

朝远的最后一篇文章是《𢒈鼎诸铭文拓片之比勘》,登在

《上海文博》2009年1期。文章写于4月14日，距离他走只有12天。这是他的绝笔之作。读之，令人凄然。

说来惭愧，当年我跟张政烺先生读书，所学专业即殷周铜器。多年来，心猿意马，不能集中精力于一处。唯其如此，我才特别希望与同好有求教请益的机会。我从他的书中学到很多东西，从跟他的谈话学到很多东西。最近在香港参加首阳吉金的讨论会，我还引用过他论青铜鍑的文章。

1995年后，承他邀请，我曾多次去上博，看展览，做报告，参加各种活动。

读他的书，我会想起这十多年的往事，从他的旧宅（我是在那里，第一次见到小昕）到他的新居到他的办公室，一幕接一幕。我记得，2006年9月，上海博物馆展出大英博物馆收藏的亚述画像石，朝远要我配合展览，到馆做报告，题目是《用中国眼睛看亚述壁画——从军事角度和艺术角度》。下班，他请我吃日餐，在人民广场附近。我们喝清酒，上下古今，什么都谈。当时，我们讨论过两周青铜器中的一种小盒子。我说，2004年，在小邾国的讨论会上，我曾提出，这种放玉器的小盒子是古代妇女的首饰盒，学术界叫法很乱，其实应该叫"匫"或"椟"。他提醒我，前不久，陈昭容先生给他一篇文章，正好也讨论这一问题。后来，他把陈先生的文章寄给我，参考陈文，我对这一问题做了新的补充和研究。这是他生病前的最后一面。

现在，我论"匫"的文章马上就要在故宫博物院的院刊印出来了,很想听听朝远的意见,可是他却不在了。

朝远的书,最后有个短跋,让人伤感。
他说,三十多年来,他一直喜欢两句话:

飞矢不动。(芝诺)
我思故我在。(笛卡尔)

时间过得真快,像飞矢一样,朝远已经不在。
但是,打开他的书,往事又会扑面而来,好像就在昨天。

2009年5月26日写于北京蓝旗营寓所
(原刊《上海文博》2009年2期)

唁电

悼念李朝远先生

上海博物馆的领导暨上海博物馆青铜部的同人：

  惊悉我们的老朋友李朝远先生已于昨日凌晨七点三十分离开了我们，大家互相转告，叹惋不已。

  朝远为人好，学问也好，我们到贵馆工作、访问，总是得到他的热情接待，无微不至的关怀和帮助，从他学到很多东西。大家一起吃饭，一起聊天，一起切磋学问，宛如昨日，欢娱之情不再，思之痛心。

  请向朝远先生的家属代致问候和表达我们的悼惜之情，请他（她）们节哀顺变，多多保重。

  我们不会忘记朝远的。

北京大学中文系教授李零
北京大学考古文博学院教授林梅村
北京大学城市环境学院教授唐晓峰
清华大学简帛研究中心研究员沈建华
二〇〇九年四月廿七日

给食指
——PPT：为郭路生七十周岁生日

时间：2018年12月24日

地点：北京大学人文社会科学研究院

与会者：除路生夫妇和我，还有唐晓峰、黄纪苏、苏荣誉、曾诚、陈轩等

路生是诗人，一个非常真诚的诗人。

他很坦诚，坦诚到憨态可掬，有点傻不愣登。

他说，除了写诗，他什么都不会。

他说，我是不是诗人不重要，重要的是，我不是疯子。

诗人一定要真诚。

油头滑脑，做别的可以，做诗人不行。

书法可以展出，诗歌可以表演，两者都可以卖。路生不卖，对于诗歌，他只是爱。

我理解，书法的本色只是写字，属于读书人的日常生活，写成啥算啥，与展出无关，这是钟王一类书圣与今书法家的根本区

别。古人天天用毛笔写字，当然写得好，就连账房先生都比现在的书法家强。

古代诗歌，写男欢女爱，写生离死别，也是随时随地，有感而发，很多只是写给自己、自己所爱的人、老朋友或老熟人，聊以记事、抒情、发牢骚而已。梁启超有一首诗，他说"百无聊赖以诗鸣"（《读陆放翁集》）。

路生更像古代的诗人。

今天是路生的生日，我和路生都是鼠辈，1948年生、现在七十岁的老鼠。

古人说，首鼠两端，畏首畏尾，身其余几？这是形容老鼠胆子小，一惊一乍，但十二生肖鼠为大。

儿歌唱，两只老虎，两只老虎，一只没有脑袋，一只没有尾巴，真奇怪。

改成老鼠更合适。

有一幅俄国名画，列维坦的《弗拉基米尔之路》，画的是旷野，地上有条路，伸向远方，消失在天际线，一切再普通不过，但许多人看了都潸然泪下。因为所有从这里启程，到过流亡之地的人，都很熟悉这条路。

路生的诗，名气最大是《相信未来》。

但我更喜欢，却是《这是四点零八分的北京》。

那首诗拨动了一代人的心弦。

《弗拉基米尔之路》（列维坦 绘）

我们都老了。

我从《诗经》集句，凑成一首诗，献给路生：

　　蟋蟀在堂，何草不黄？
　　所谓伊人，在水一方。

毛主席教导我们说：

　　深挖洞，广积粮，不称霸。

这不是讲老鼠吗?

愿与路生共勉。

[追记]

北岛老说,路生是他的"引路人"。他说,今年,咱们应该给食指过个生日。我说,是是。

他可能把这事忘了。我把这话记在了心里,到了日子口,通知朋友,齐聚北大,把这事顺顺当当办了。那天的未名湖,风景绝美,大家听路生朗诵诗,吃饭、聊天,非常愉快。我放了PPT,以示祝贺。

纪念吉德炜教授

吉德炜教授已驾鹤归西，有两件事我记得很清楚：

1990年，我第一次访问美国，受邀在加州大学伯克利分校演讲，这是我在美国的第一次演讲，就是由吉德炜教授主持。当时，我的演讲题目好像与数术有关，讨论时，他对中国墓葬的方向特别有兴趣，问了许多问题。在我印象中，他这个年纪的汉学家，或者比那个年纪再大一些的汉学家往往非常谦逊，绝没有那种"我是最好的"派头，待人接物，非常客气，很有点中国的"老礼"，让人觉得非常亲切。

2000年春，我和吉德炜、裘锡圭、罗泰、夏含夷、高岛谦一、何莫邪在奥斯陆挪威科学院一起做研究，两个月，朝夕相处，非常愉快。唯一不幸的是，除夏含夷和我，很多人都生了一点大小不同的病，吉德炜夫人还把手臂摔断了。分别那天，吉德炜夫人问我，你会想我们吗？我说当然。后来，我们保持通信。那年12月，我在给吉德炜教授的信中说，你太太摔断的手臂好了吗？请告诉她，我想念你们。

真的，我很想念他们老两口。

（原刊 *Early China* 四十周年纪念吉德炜专刊，2017 年）

[附录　英文译文]

Prof. David Keightley has 'mounted the crane and flown west'. I have two special memories in particular.

I first visited the US in 1990, when I received an invitation to give a talk at Berkeley. My talk was chaired by Prof. Keightley and I recall that it had something to do with numerology. When I gave it, he was especially interested in the direction of Chinese tombs and asked a great many questions.

My impression was that for a sinologist of his age, or perhaps even older than I thought, he was always unusually modest and completely without that 'I'm the best' manner. The way he treated people was extremely polite, a little like the Chinese 'old etiquette', which made people feel very genial.

In the Spring of 2000, Keightley, Qiu Xigui, Edward Shaughnessy, Ken'ichi Takashima, Christoph Harbsmeier and I did research together at the Norwegian Academy in Oslo. For two months, together from morning to evening, we were very happy. The only unfortunate matter was that except for Shaughnessy and myself, many people had various minor and major health problems, including Keightley's wife, who broke her arm. On the day that we parted, she asked me: 'Will you miss us?' I said: 'Of course.' Afterwards, we continued to correspond. In December of that year, in the letter that I wrote to Prof. Keightley, I said: 'How is your wife's broken arm? Please tell her that I do miss both of you and I hope that she has already recovered completely.'

Li Ling
Peking University

悼念魏立德[1]

柯兰：

老魏千古！我跟他初次相识是1986年我调到北大第一次给学生上课。那门课是讲银雀山汉简《孙子兵法》，学生说听不懂，没意思，不打算再来，只有他说他还想听。我说，只有一个人听，没必要占这么大的教室，你就来我家听吧。每次课，他到得早，就在树下抽烟，我从窗户可以看见他。

巴黎，我只去过两次，第一次去，大概在世纪之交。因为讲学，时间比较长。我们经常见面，一起吃饭，一起逛卢浮宫，也去过凡尔赛。他说北京故宫很美，凡尔赛很庸俗。他特别怀念的地方是山西平遥。

我还记得，他最后一次来北京，我们在万圣书园见面，罗泰也在。他说："罗泰，请向布什总统问好，并转告他，他犯了一

---

[1] 2022年1月6日，法国远东学院的柯兰（Paola Calanca）通知我，我们的老朋友魏立德（François Wildt）猝然离世，将于1月10日在巴黎拉雪兹神父（Père-Lachaise）公墓下葬。她说："要写好魏立德对我来说很难，一起谈论更容易，尤其是他喜欢带着表情朗诵。"这是我的回信。

个天大的错误,他不应该打伊拉克,应该打法国。"

老魏走后,朋友寄来他的照片,包括他在北大的照片。我也给他照过一张,上次在巴黎(2014年6月)。那天,我们一起看吉美博物馆,一起吃午饭,一起看罗马展,他陪我走了太多路,听说回去就病了,真对不起。

老魏说,他不喜欢伤感,看不起伤感,总是冷嘲热讽,乐呵呵的。中国人有所谓"三立":立德、立功、立言。"立德"第一重要。这是他看重的"德"。

可惜我无法参加老魏的葬礼,请代致悼惜之情。

老魏走好!

你的老朋友
李零

附篇

何以解忧，唯有读书
——李零先生谈求学之路与为学之道
曹 峰 [1]

采访手记

作为《文史哲》杂志的特约编辑，我曾多次向李零先生约稿，但因各种原因，始终未能约到合适的稿件。《文史哲》有名家访谈的栏目，我过去曾经帮杂志做过池田知久先生、裘锡圭先生的访谈，在学术界引起了较大的反响。于是向李零先生提出能否做一次访谈，李零先生爽快地答应了。

征求主编同意后，我开始拟订访谈计划。作为一名学者，我对李零先生的学术风格更感兴趣。因为很容易发现，李零先生有点像王国维先生，其研究成果，在东西方都得

---

[1] 曹峰：中国人民大学哲学院教授，兼任《文史哲》编辑，著有《近年出土黄老思想文献研究》《中国古代"名"的政治思想研究》等。

到很高的评价。他的思维非常活跃，研究领域极为宽阔，学术兴趣不停地在变。而且，我很喜欢李零先生的文风，有灵性、有激情，落笔行云流水，有种在和古人交谈似的强烈的现场感。而我们今天的学术恰恰相反，眼界越来越狭隘，思维越来越教条，文章也越来越机械沉闷。尤其现在的硕博士论文，仿佛车间里面生产出来的，千人一面，死气沉沉。于是，我便将这篇访谈的主题聚焦在了李零先生的求学之路和为学之道上，想探索一下李零先生为什么能够不受门户束缚、善于打破壁垒，做出活泼泼的学问来。我觉得这个话题对于我们这些学界后辈，尤其对于成长中的青年学子，意义更大一些。

记得是2016年10月一个非常寒冷的日子，在李零先生的办公室，他接受了我们的采访。那时北京还没有进入供暖季，房间里很冷，我担心会影响李零先生的发挥，但他一口气谈了两个多小时，非常顺利。我们得到了很多珍贵的资料。

之后我们很快拿出初稿向主编汇报，然而，令人遗憾的是，原来非常支持这次访谈的主编态度有了很大改变，他的兴趣不在李零先生的学术风格上，而是希望李零先生对学术史、学界现状乃至热点问题，做出尖锐的分析和独到的发言。虽然我按照主编要求做了一些调整，李零先生也给予了最大程度的配合，但访谈一直未能刊出。以致我都不知道怎么跟李零先生交代了，觉得自己做了一件很不靠谱的事情，有负李零先生的信任。

在一次朋友聚会上，我与孟繁之兄相遇，他告诉我，这篇访谈将收入李零先生的《大刀阔斧绣花针》一书中，我顿时感到释然。我相信这是一篇有益于学界的访谈，其价值将来会日益显现。

曹峰：您的治学领域极为广泛，涉及考古、古文字、古文献、历史、地理、军事史、方术史、艺术史等，而且在每个方面都有贡献。在学科划分越来越细，研究领域越来越窄的今天，您的治学方法和治学理念可能具有重要意义。您是如何做到这一点的？是否可以谈谈您的求学历程？

李零：我觉得，人生很难规划，我的经历没什么示范意义。你说我的研究跨了很多学科，这个结果，我事先想不到。它只说明，我这个人，经历坎坷，走了很多弯路，不是一帆风顺。年轻人千万别像我一样。过去，毛主席劝干部子弟，最好工农兵学商什么都干干。老百姓的孩子恐怕不能这样，你干了哪一行，恐怕就得干一辈子，再想跳出来很难。

我没上过大学，也没读过博士，现在走到这一步，我也想不到。我经常做梦，梦见考试，不是笔找不到了，就是卷子找不到了，非常焦虑。梦里我也纳闷儿，你不是已经当教授了吗，怎么还受这个罪？我在梦里老想不明白。

小时候，我不爱上学。我们小学在白米斜街，古香古色，非常美丽，但住校好像蹲监狱，哪儿都不能去。我老扒在后院的墙头上，东张西望，看什刹海，岸边有算命的摊子、耍猴的班子，很热闹。1958年，我家搬西郊，到处是坟头，到处是荒草，非常空旷，完全是另一番景象。不住校了，别提多高兴。

中学，我在人大附中，现在是最好的学校，那时不是。我是坏孩子，有点儿管不住自己。班日志是那时的《春秋》，破鼓乱人捶，所有坏事，都说是我干的，真是动辄得咎。所以，从初三起，我拼命看书，连课都不听。对我来说，读书有三大好处：第一，与世隔绝，不接触人，才能少犯错误，我是靠读书，才把好勇斗狠的毛病改了；第二，满足好奇心，我发现书中还有另一个世界，好玩的东西太多；第三，消愁解闷、治病疗伤，特别是心里的伤。我常说："何以解忧，唯有读书。"我把这八个字写下来，送给《读书》杂志。我特别喜欢"读者"这个身份。这个身份比"专家""学者""泰斗""大师"之类的头衔强多了。

我是个读书狂。"文革"期间，我到内蒙古、山西插队，前后七年。现在的说法，我被耽误了，但我并不觉得。要说耽误，反而是后来，很多时间被人偷走了，被很多老同志。我干过许多苦活，各种学术界的苦活都干过，全都白干了。后来请人给我刻个印，"小字白劳"，自嘲。我这个名字，意思是白劳，杨白劳的白劳。插队那阵儿，我读了很多书，包括禁书。你别以为我看不到书。我在乡下，照样有一些书。冬天回北京，我跟我父亲蹲图书馆，如首都图书馆、北大图书馆，也看过不少书。当时，我能接触的书，当然比现在少，正因为少，才如饥似渴，细嚼慢咽，读得细，想得多。那个年代，大家都说，读书无用，既不能当饭吃，也不能当钱花。我说这就对了。鲁迅有一首诗，"有病不求药，无聊才读书"，我特别喜欢这两句。《黄帝内经》说，"上古天真之人"跟后来的俗人不一样，不吃药，不看病。不吃药，不看病，为什么？道理很简单，缺医少药。病了，只好自个儿扛着，炼自身的免疫力，扛不住了，听天由命，该咋咋。读书也是同一道理。"无聊才读书"，这是读书的最高境界。

1973年，"工农兵上大学"，因为政治有问题，没上成。1974年，我埋头银雀山汉简。张腾霄张叔叔批评我说，你婚都结了，孩子都有了，看这些有啥用，老大不小了，还不赶紧找工作。工作有呀，一个机会是去河南当养路工，一个机会是在武乡县柳沟铁厂干活，我下不了决心。当时，侯大谦侯叔叔，介绍我认识了常任侠先生。他老人家，风雪夜，拄着拐杖，到处向人推荐，说我是个人才。我算什么人才？农民一个，谁认识你呀。

曹峰：后来您是怎么走上学术道路的？

李零：1975年底，困退回京（当时批准知青返城的术语，意思是以照顾家庭困难为由回北京），我的理想是到荣宝斋站柜台，或到文物出版社当排字工人，活不太累，又能亲近文化。2001年，我搬蓝旗营，每个楼都雇人看电梯，小姑娘拿本书，坐在里面，不是看书，就是玩手机。我想，当年我要有这么个工作，多好。

我没想过上大学，也没想过读研究生。我是先进考古所（中国社会科学院考古研究所），后读研究生，事出偶然。

我进考古所，是刘仰峤同志（社科院副院长）推荐，夏鼐先生批准。敲门砖是我写的一篇文章，关于银雀山汉简《孙子兵法》。夏先生把我的文章转给红楼整理组，他们给我回封信（见文末附录），送我一本书，说是接受我的意见。后来，裘先生跟我说，信是他让人写给我的。

1977年，恢复高考，我没考。1978年，开始招研究生。俞伟超先生动员我考北大研究生，考古所不同意，让刘仰峤同志给我做工作，先给我转正，让我第二年再考。因为考古所招研究生，头一届全是新石器这一段，他们说，商周和商周以下，得等第二年，我们已经给你联系过唐兰先生，唐先生同意带你。但不久，唐先生就去世了。1979年，我在社科院研究生院考古系当研究生，是跟张政烺先生读书，方向是殷周铜器专业。同学陈平、安家瑶、赵超、熊存瑞，都是当今很优秀的学者。我是这个班的班长。我们学的不一样，拿的都是历史学硕士，证书是周扬同志亲自颁授。那时没有博士生，只有硕士生。

我读研究生前，做过两件事，一件是翻三大杂志（《文物》《考古》《考古学报》）和各种考古资料，做卡片，编《新出金文分域简目》。卡片两大箱，90%的工作是我做的，10%的工作是刘新光做的，0%是另一位做的。最初的油印本是按这个顺序署名，但正式印出来，变了，"0%"署第一。这是一件事。另一件是为《殷周金文集成》准备资料，我读研究生前，我读研究生后，差不多四年的时间，天天核对著录，天天整拓片，还到各大博物馆拓铜器。结果是什么？白劳。什么都没留下。名没有，钱没有，书不给。还是老刘（刘新光）看不下去，她把她的一套送给了我。

我读研究生那三年，非常用功，先后在《文史》《文物》《考古》《考古学报》发了四篇文章。当时发文章很不容易。有人说，《文史》发一篇，水平相当副研究员。那时，当个副研究员可不得了。《考古学报》，门槛也很高。1980年夏，我还写了本书，《长沙子弹库战国楚帛书研究》，张先生推荐给中华书局，五年后才出版。

田野实习，我跟老卢（卢连成）、陈平在宝鸡西高泉挖秦墓，三个月，芹菜辣子面，顿顿如此。最后挖了七十多座墓。毕业后，分到沣西队，在长安县（现在叫长安区）挖西周遗址，我也是跟老卢、陈平在一块儿工作。最后，我们都离开了考古所，所有辛苦，雨打风吹去。

记得当年，我当研究生那阵儿，老师闹矛盾，常拿学生出气。比如上一届，六个人，一半不让过，就是这个原因。我们这一届，五个人，也不顺。赵超的老师孙贯文挨整，赵超也挨整。毕业前，陈平跟人喝酒，说他毕业后是到金文组，我俩的培养方案确实这么写，但人家把他告了，说他不想下田野，殃及于我。我、陈平、赵超、熊存瑞，全都挨整。后来，我们中的四个人，全都离开了考古所（除赵超，后来被徐苹芳先生又调回去）。我是下定决心，一定要离开这个单位，哪怕永远脱离学术界。但离开还真不容易，如果没夏先生点头，我走不了。

我进考古所是夏先生点头，我离考古所也是夏先生点头。我在这个所整整干了七年，每天挤车，从郊外到城里，从城里到郊外，说走就这么走了。临了，王庭芳同志（当时的书记）跟我说，好，夏先生同意你走了。你要记住呀，考古所是你的娘家，你要常回来跑跑。

曹峰：能否请您谈谈您的老师？

李零：古人说，学无常师。孔子就是学无常师。张政烺先生是我的导师，但只是我的一个老师。社科院考古所的王世民先生，社科院历史所的李学勤先生，北京大学的裘锡圭、俞伟超、高明等先生，他们也是我的老师。我最初的作品，就是这些老师帮我修改，帮我推荐，在各大学术杂志发表，让我终生难忘。张先生在北大和历史所有很多学生，过去只要听过课的，都可以说是他的学生，不像今天这样，学生有如私属。张先生的学生很多，我只是他的一个学生。

我在考古所读书，所就是系。除所外导师张政烺（他在历史所），所里还请了三个指导老师：张长寿、陈公柔、王世民。所里的课很少，我记得，好像只有系主任和王世民先生给我们上过一回课，还有一回是测绘课。政治课，本来按研究生院的规定是读《资本论》，但所里说他们自有安排，改读《家庭、私有制和国家的起源》，期末写篇读书报告就行，省了我们很多事。外语，研究生院太远，下车还得走一大段。我提出在家自修，期末参加考试，获得批准。有一天，家里来个老头，比我爸爸年纪还大，原来是全国著名"大右派"，许老许孟雄。他跟我爸爸说，李公子的英语就包在我身上了。但我上他家求教，他早把我忘了，还是他太太提醒他，我就是他说的"李公子"。他是顶级专家，教我是浪费，后来还是在家读。历史所，我听张先生的课没几回，历史所的研究生把地点和时间换了，外所的人全都扑空。他们所，我听得最多还是李学勤先生的课。还有，就是上北大，听裘锡圭先生给研究生上古文字课，听唐作藩先生讲音韵课。另外，我还到民族所听杨堃先生讲民族学。北大的老师，马克垚、俞伟超、裘锡圭、高明，我认识最早，这都是领我入门的人。

张先生是老先生，腹笥深厚，学问大，但不善言辞，也不太会讲课。他不是那种手把手，像戏班子那样训练，站不直就踹一脚的老师。古人说，"礼闻来学，不闻往教"，你不问，他不会教你。你用功也好，不用功也好，他都不管你，自由度很大。关于老师，我写过几篇文章，你们可以找来看。我不想吹老师，更不想借老师吹自己。我爱老师，更多是爱他的为人。学界的人都说，他人好，宽仁深厚，不与人争，不与人辩，气量大，容得下人。我读研究生的时候，罗王之学的三代传人，差不多都在，很多先生都有接触。高明先生是唐兰先生的学生。唐先生是老前辈，才分高，读研究生前，我在历史所听过他的课，他对他的同辈同行谁都批，当年给王国维写信，也是当仁不让。张先生是唐先生的学生，每见先生必垂手立，十分恭敬。高先生跟我说，古文字这行，谁都容不下谁，做人要学张先生。张先生学问大，谁来问教,他都耐心解答,但不立门户,不拉队伍,不培养子弟兵。这是我最佩服他的地方。

曹峰:您一开始是学考古学、古文字学,后来又治古文献、哲学史、思想史,打通各个学科,不设藩篱。为什么您能做得这么活,我很感兴趣,您能不能再讲得详细一点?

李零:我觉得,你要死守一个老师,你会受师法、家法的限制。你要死守某一学科、某一项目、某一课题,没头苍蝇似的跟钱跑,跟给你撒钱的学校和上级主管部门跑,跟学术界的评价体系跑,也没多大出息。中国这么大,学者多了去,有你一个不多,缺你一个不少,凑什么热闹。学校或学术界都是组织大规模知识生产的工厂,有分工,有合作,有组织,有纪律,年复一年,日复一日,就跟吃饭一样,不能断了顿儿。我又不是小孩子,这些道理,我懂,只不过我不想跟别人凑热闹。我更偏爱个性化的研究。我这个人,打小自由散漫惯了,既不想当学术老板,也不想当学术打工仔。摧眉折腰,我不乐意。呼奴使婢,我也不乐意。那就自个儿领导自个儿吧。这种自由,代价昂贵。

当年,我在考古所,我非常珍惜自己的工作,非常热爱自己的工作,那真是死心塌地呀。我为《殷周金文集成》耗费了那么多心血,离开还真舍不得。1983—1984年,我在社科院农经所发展组躲过一阵儿,跟很多改革先驱(多是插队时期的朋友)待一块儿。但我不是改革先驱,只是改革开放的旁观者。我兴趣比较多,但端谁家的碗,就得干谁家的活,这点职业操守我还是有的。很多领导不知道，我是很好使的驴，虽然我不会巴结他们。那一阵儿，农业考古和土地制度史是我关注的问题。我看过不少与农业有关的书。李伯重还寄杂志给我。何炳棣的《东方的摇篮》、许倬云的《汉代农业》（此书是从农科院借阅），还有过程考古学的书也是那阵儿读的。我甚至花很大精力翻译一本讲农业考古的书，翻到一半，我把稿子扔进了垃圾箱。

1985年，发展组解散，飞鸟各投林。说来也巧，正好碰上朱德熙和裘锡圭两位先生想调人进北大。裘先生想调三个人，一个是吴振武，一个是彭裕商，一个是我。他俩没调成，就我一人去了。裘先生给我写信（见文末附录），让我很感动。我没想到，我能"重归苏莲托"。我进北大，正好是俞伟超先生离开北大，我是参加完他的告别会，然后到北大报到。

我在考古所，最迷古文字。陈梦家死后，夏先生想把这块阵地恢复起来，先后请张政烺和孙贯文两先生为考古所带研究生。但孙先生被人扣上一顶"走金石学老路"的帽子，备受歧视，带完赵超，就去世了。赵超答辩那天，他连头都支不住，是我搬了一个沙发来，才能支撑到答辩结束。甲骨组、金文组都是临时拼凑，为了编书搭的草台班子，编完就解散。老同志教我，看铜器，先得把铭文摀起来，以免受铭文干扰。古文字是小道，在考古所根本不是东西。现在，我能调到北大，跟我非常佩服的两位学者一起工作，我当然求之不得。

有一年，在长岛开会，回来的船上，裘先生劝我心无旁骛，死心塌地，专干古文字，我说我还想学点历史。他说，他就是历史系出身，现在搞历史的，多悠谬之说。历史学，基础是什么，是古文字，你只有把古文字的底子打好了，才能把历史搞好。他说，他希望我多写《战国鸟书箴铭带钩考释》那样的文章。该文只是我生病在床没事干，随手写的小札记，不想得了吕叔湘奖。他说，如果不是熟人，他还不劝我。我对这点有保留，让他失望了。

后来，1993年，我去美国整理楚帛书。临走，系里报职称，教授职称，有人动员，我报了名。当时，年龄大的论资排辈，年龄小的破格提拔，分两个渠道，我报后一渠道，自以为并没挡了谁的道，万万没有想到，等我从国外回来，孙玉石主任给我写封信（见文末附录），说有人告我，真是想不到。我更没想到，我这么招人恨，让恨我的人化悲愤为学术。所以我想，什么教授、什么博导，不报不就得了。说实话，如果不是我的老领导倪其心教授（已经去世）反复劝我，叫我"放下臭架子"，如果不是费振刚主任和袁行霈先生为我说话，我恐怕就当不成教授了。

我是学考古的，很多人都以为，我调北大，不是在考古系，就是在历史系，来信经常寄错。我落脚中文系，本职工作是教古文献，但我一天也没有听过大学讲授的古文献课。俞伟超先生刚认识我，他问我，你怎么对版本、目录、校勘、辨伪这么熟，比北大学生都熟。我说，我是在农村学的。

我在北大教过《孙子兵法》《左传》《论语》《汉书·艺文志》《禹贡》，教过中国方术、简帛研究、海外汉学、中国文明史。我的很多书都来自课堂。

研究古文献，《孙子兵法》是我的入手处。我跟中华书局讲过，现在的古籍整理应该怎么整，应该有一套新的方法、新的规范。我的《吴孙子发微》，目的就是探索方法，探索规范。

上世纪90年代，我跑国外比较多，其实是不得已，因为老婆孩子在美国。其实我一点儿也不喜欢出国。现在，年纪大了，就更不想跑了。出国，看中国书，有时不太方便。我得想想，在国外干什么好。演讲，你也得想想，人家都乐意听什么。比如我的《中国方术考》，比如我的《论中国的有翼神兽》，就都是在国外写的。最近，吉德炜教授刚刚去世，1990年，我第一次在美国演讲，就是由他主持。当时，我讲马王堆帛书，后来写式盘，这些都是《中国方术考》的底子。有一年，何莫邪邀吉德炜、罗泰、夏含夷、高岛谦一、裘先生和我在挪威科学院搞研究。中国书，只能到奥斯陆大学借，太远，我就请他们把中国的三大杂志《文物》《考古》《考古学报》，各搬一套，放在我和罗泰的办公室，每天躺在门外的沙发上看。我的《论中国的有翼神兽》就是这么写出来的。

我为什么老窜行，道理很简单，我是跟着兴趣走，兴趣是跟着问题走。比如我研究方术，这事跟科技史有关，跟占卜和宗教有关，还涉及中国小说，我不是研究这些的。但我研究古文字，涉及简牍，简牍中有很多日书，马王堆帛书有很多数术书和医书，不找点有关的书学习一下，根本看不懂。人到医院看病，挂号要分科，什么病看什么大夫，但人的身体是个整体，不能分科。你觉得胳膊疼，可能问题在心脏，头疼医头、脚疼医脚,不一定解决问题。疑难杂症,还得请各个科室会诊。医生可能有职业病,你得小心,比如他是看青光眼的,让他一看,全是青光眼;换个看黄斑的,又全是黄斑出问题。为了研究,我可能窜行,但我得有自知之明。我不能就某个问题恶补一下,人家夸你几句,你就以为自己真成了内行。该撤就撤,打一枪就赶紧换地方。

我说这么多,讲到这儿,你该明白了吧。古人云,无恒产者无恒心。学术也有无产者。我是白劳,当然也就没有"恒心"。我不想老王卖瓜,自卖自夸,自己干过哪一行,就吹哪一行,简直万能,谁离开我都玩不转,我离开谁都行。学术乃天下公器,资源共享,谁也不能说,我读这一行的书,其他行不许读,或只读一种书才叫学者。我才不稀罕什么家不家,我是读者,这就够了。再大的学者,也不能不读书,对吧?

我在北大,跟裘先生干各种大项目,吭哧吭哧多少年,一样也没干成,我为自己惋惜,也替他惋惜。马承源先生让我帮他整上博楚简,也浪费了很多时间。《中华文明史》,头一卷,严文明先生是主编,我是副主编。其实主要靠严先生,我没做多少事。后来出英文本,我就彻底退出了。俗话说,一朝被蛇咬,十年怕井绳。我对修长城,非常怕,只好敬而远之。

今年,我快七十了,回头想想,有两个教训。第一,很多大项目,一沾手,一辈子就交待了,我无余命可换钱。各种项目,钱再多,不申请,不参加。朱凤瀚老师挑头的项目,北大秦简、北大汉简,算是例外。我跟朱老师说,作为朋友,帮点忙,可以，但我只能做一点儿，多了不行。第二，人生少不了磕磕绊绊。社会学的道理，有人的地方就有矛盾。我国人多，过去的说法是，小资产阶级如汪洋大海。"小人国里尽朝晖"，庞涓少不了。惹不起还躲不起？躲着点就是了。

曹峰：您治学领域那么广，这既和您的个人性格、个人爱好有很大关系，也跟机遇有关，命运让您不断窜行，学问越做越杂，越做越广。我感觉您的学问杂而不散，始终是有中心的，那就是从文物、文献走向思想，这是一条基本主线，您把文献、考古、历史、思想全都串在一起了。我想问，您最近出版的四卷本《我们的中国》，这书是属于地理方面的，为什么您的兴趣转到了地理上呢？

李零：说到地理，我一直很感兴趣，虽然我离开考古界了，但跟考古工作一直保持着密切联系。考古是读地书，离不开地理。史学，过去叫史地之学，同样离不开地理。早先，我在美国当卢斯学者，我写过一个大而无当的计划，说是探讨中国文明的大结构、大趋势等，后来我在北大还讲过这门课。我讲地理，跟我的很多研究一样，目的是向这个大目标逼近，归根结底是要悟道。

什么是悟道？《老子》说，为学日益，为道日损。学习知识，要越学越多，悟道是提炼、概括、简化。人不能光学学学，不知悟道。古书是读不完的，考古发现永无止境。你跟这些庞然大物拼命，就是再搭几条命，你也拼不过。更何况，已发现和未发现相比，不过九牛一毛，您老人家，活得再长，也只有一条命。学问是做不完的。年纪大了，精力不济，应扬长避短，少抠细节，多总结总结。

悟道不容易，你用三言两语提炼万语千言，这事不容易。前面铺垫不够，后面说不清楚。这书仍是铺垫。

曹峰：您经过考古、古文字、古文献这么一个长时间的学术准备、学术实践以后，现在转向了地理。可不可以说您现在对整个中国的历史、地理有了一个全局的了解、总体的把握？

李零：当然不能。我的准备还很不够。我一向强调"大道理管小道理"，什么意思呢？简单的比喻，就是一斤的瓶子装不下二斤醋，器量大，才能装得多，小的东西都是被大东西管着。做学问，你得有个控制局面的东西。很多人以为，大局观是学术领导的事儿，像我这样的散兵游勇，操这个心干什么。我说，不，不是这样。我讲大局观是为了求知，没有大局观，小东西你也讲不清。比如，古文字和考古，都有很多细节，有很多具体工作，要一点一滴去做。但小道可观，致远恐泥，离开家门口，没走几步，你就迈不开步子。

我的学术经历告诉我，各行各业都有自吹自擂的话，说自己这行如何万能。比如古文献招生，怕学生不安心，就跟他们吹一下，说古文献如何了不起。我在考古所，其实也这样。我们的系主任给我们讲课，一上来就讲划清界限。考古本来是综合性的学科，但老师说，第一要跟金石学、古文字学划清界限，第二要跟古物学、文物研究划清界限，第三要跟历史学、民族学划清界限，第四要跟艺术史划清界限。我国，考古是从历史分出，历史是人文学术。这跟国外不太一样。20世纪考古学，代表人物有"二德"：柴尔德是马克思主义考古学，前半世纪影响特别大；宾福德是过程考古学，后半世纪影响特别大。马克思主义考古学属于大历史学（文献历史学只是它的小尾巴）。过程考古学属于人类学，反对文化—历史考古学，也是非常宏观的考古学，不光挖，不光记录，还很强调读，强调阐释。前两年，北大考古文博学院开会，讨论"考古——与谁共享"。现在的考古学，最乐意接受两个共享，一是与科技共享，二是与人类学共享，其他就不那么重视，有些还不待见。

老王卖瓜，自卖自夸。你听这行自吹自擂，再听那行自吹自擂，见得多了，互相比比，迷信也就破了。

曹峰：您说的这个大局观，一方面要破除迷信、解散门户、超越壁垒，另一方面也与您说的为道日损有关。您早年涉猎的领域那么广，学术积累那么厚，所以这个大局观就自然地呈现出来了。现在学问越分越细，各打各的井，这的确不是一件好事。

李零：一个老师，四个学生，各得夫子之一体，学生当了老师，四分再四分，格局越来越小。古人说，程李将兵，程不识可学,李广不可学。老师也一样,裘先生可学,李先生不可学。现在的学生多属裘先生这一路,道理在这里。

古文字这行,现在多以为是纠错学。很多学生都以为,只要心无旁骛,发现错误多,就叫大师。消灭错误,就叫真理。写文章,口气都是这样,某字难认,甲说如此,乙说如此,丙说如此,丁说如此,案众说皆非,只有他取得发明权。他们把学术讨论当成了竞技体育,打擂,谁KO对手,谁厉害。学术史是发明注册的专利局。所以风气是"毁人不倦"。

曹峰:您对下一辈学生或学者有什么希望?

李零:现在的学生,条件非常好,比起我们,不知好多少。我跟我的学生讲,要把学问做好,首先你得爱。人这一生,很少有这么一段完整的时间,可以专心做学问。你不爱做学问,只为稻粱谋,只为混文凭,我也没辙。但你既然选择了到我这儿读书,总得有个交代,起码你得拿篇东西,毕业后,把它修改出版吧。以后干什么,我就不管了。

我不是好老师,对学生要求不严。不严的好处是有自由度,坏处是可以偷懒。我发现,真正聪明的学生,往往比较牛,觉得比老师都牛,这样的学生,你不用管他;不聪明的学生,你推都推不动。

论文答辩,现在对学术规范非常重视,学校也有这门课,但很多人并不懂学术规范,以为西方的一切都是好的。比如西人好辩，是不是要学。好辩不但跟法律文化（打官司）有关，也跟宗教文化（宗教辩论）有关，特别是与私有制有关。很多辩论，都是为了备案，注册发明权，书套书，文章套文章，有时太烦琐。书评也是，匿名评审，你请猫评老鼠，老鼠评猫，就公平了吗？学术乃天下公器，知识产权，讲得太过分也不行。你把土地、空气和水都变成私有，吸口气都要交呼吸费，就没劲了。还有引用，现在的学生，玩电脑都玩得很溜。但导论部分，讲研究概况和问题的部分，经常是有用没用全部Down下来，尽量大而全，自己什么看法，没有，好像会议纪要，张这么说，李这么说，众说纷纭。

电脑的好处，其实是改文章，便于板块移动，反复修改，反复覆盖。但学生写论文，经常写哪儿算哪儿，错字、多余的字，不读不改，直接就交上来了。

我经常说，你们的论文，严一点儿都不能毕业，不严都能毕业。大家都如此，集体造越位，只好降格以求，水准就无法保证了。

现在，我们的论文，很多都是样子货，一个人有没有学术功力，是看他的眼力和选择，而不是不分好坏堆一块儿，显得很渊博。特别是，很多学生以为，学术规范是用来防身，只要我没丢什么落什么，不让人觉得我有剽窃之嫌就得了。这样一来，文章当然写不好。写文章，除了为学日益，还得为道日损，你得学会损之又损，只写最该说的、最该提炼出来的东西，文章应该越写越精练。会写文章，是把复杂的东西写得简简单单、明明白白，不会写文章，才越写越绕，把简单的东西复杂化。

现代学术和商业社会是一样的，强调知识私有，不讲天下为公，过于看重资料垄断，过于看重第一发明权。写文章，不是想把问题搞清楚，首先是想，我怎么出人头地，言人所不能言。这样，反而助长剽窃之风。

曹峰：这样做反而不利于学术，甚至有害。

李零：当然，我们应该尊重同行的研究，千万不要把人家辛辛苦苦换来的真知灼见给漏掉了，但你也没必要把那些乱七八糟的东西一股脑全都放上去。古文字学界，最重发明权，为什么要在网上先发，就是发得快，说明我先"注册"了，这是我认出来的。如果发明太多，一个脚注三十种书，"专利局"就忙不过来了。而且再过一段时间的话，一个小发明，明明已被采用，大家都已知道了，每次都得挂你的"商标"，有必要吗？

跟西方的学生接触，你会马上感受到，他们比我们的学生好辩。他们非常强调学术竞争，千方百计要证明你是错的、他是对的，从小就这样。咱们中国文化，本来不是这样。

曹峰：一个相关的问题是，我觉得现在不少学问越做越僵化，没有灵动感，阅读感不好，但觉得您的论文特别生动，尤其是在细节方面，有一种现场感，好像是在跟古人对话，这种生动、这种现场感是怎么做到的？

李零：很多人喜欢卖弄理论，越卖弄，越面目可憎。你要说服人，打动人，关键要把理论化为生活中可以理解的东西。先秦诸子找工作，帝王缺乏耐心，没工夫听你长篇大论，他们的讲话技巧是逼出来的，一要简练，二要生动，他们的办法是取喻设譬讲故事，用生活常识讲大道理。好的作者，是用自己的生命体验来讲话，像太史公那样，像梁启超那样，像鲁迅那样，像毛泽东那样，而不是生搬硬套，搬个理论做帽子。他们的语言有穿透力，关键在这里。

国外的风气不是这样，尤其在美国。写论文，你必须先找个理论出来。美国强调理论，像人类学，理论一大堆，做学问，光是理论，你就得忙半天。老师说，没理论，免谈。我跟俞老师很熟，他从美国回来，判若两人，迷上新考古学。但张光直先生说，理论只是一种探索的方向，很多都是假设。新考古学，没过两天就成了旧考古学。西方喜欢讲前什么、后什么。过程考古学新，出来没多久，就有后过程考古学。你把理论当时装，换都换不过来。

我们的时代，特点是没有共识，"道术将为天下裂"。思想混乱，语言混乱。我们每天接触的语言，有古代的、有现代的，有中国的、有外国的。就是中国话，也有官话和方言，现在还有网络语言。你在写一篇文章的时候，如果没有驾驭语言的能力，就会显得非常混乱。甚至我想，会不会有一天，以后都像海外华裔学者那样，干脆用双语写作。我是说，双语混着写。

我是比较注意文字的。我们的很多表达受西方影响，讲究主谓宾语法结构，大句套小句，使文章离口语越来越远。其实口语表达才是原生态，你说唐诗好，"床前明月光"，就跟民歌差不多，"李白乘舟将欲行"，和刘三姐也差不多，这是原生态。我希望保持语言中的原生态。我并不是说只能用一种语言，任何语言的使用都是随机的。你应根据文章的需要，选择最合适的表达，就像艺术一样，最好的表达只有一个，你得找这个感觉。也许这个地方文一点儿好，那个地方白一点儿好，这个地方土一点儿好，那个地方洋一点儿好，全看感觉，一切要服务于你的写作目的。说话，根本目的，总得让人明白，而不是让人糊涂吧。你得首先把自己当第一读者。自己都没搞清楚，你怎么让别人明白呢？所以我要趴在电脑前反复倒腾，倒腾好了，再拿给别人。写作就是倒腾，谁能出口成章？我说我是"老改犯"。

曹峰：您的文章一定是倒腾了很长时间才拿出来的。您的文风有比较固定的个人色彩，但您的研究领域一直在变，比如前一段时间，您完成了关于四大经典（《我们的经典》）的新研究，您现在是否还有类似的计划？

李零：我非常喜欢转移阵地，不断转移。同一个问题做久了，我会烦。我在电脑上经常搁几个稿子，换着写。写完，我就没兴趣了。过一阵儿，人家再跟我谈我以前写的东西，我可能忘了。我甚至疑惑，这是不是我写的东西。

曹峰：去年美国选您做院士，他们可能觉得您学问做得很活。

李零：这当然是个荣誉，可惜是外国给的。我对美国批评最多。大家不要太把这事当回事。美国同行，什么人都有。有人看重我，很好，不看重，也没关系，跟国内一样。

我们新一代的学者应该了解汉学。现在很多人到国外留学，学了半天，并不知道西方汉学的真正背景，它的文化基因、文化心理，还有价值观。中国学者认为天经地义的事情，人家认为完全错误，你最好听听他们的批评，但我并不认为他们的说法都是天经地义。你最好把两边的天经地义比一比，想一想。最重要的是不要迷信。

曹峰：您对先秦诸子做过很多研究，现在社会上有儒家热，大学纷纷成立儒学院、国学院，而对（先秦诸子）其他各家的研究远没这么热。在这样的环境中，学者该如何生存？如何保持独立的学者姿态？

李零：复旦大学成立儒学院，裘先生发了个声明。我给刘钊发了封短信，请他转告裘先生，我完全支持。我知道，裘先生一贯反对这一套。我记得，《儒藏》立项，学校让中文系配合哲学系。这事，我不参加。汤一介先生约我到他家，要我帮他整理出土发现的资料，我婉言谢绝了。其实，即使不是《儒藏》，我也不会参加。后来，他把这事转给李学勤先生，李先生转给他学生，不知结果如何。裘先生跟李先生，在这类事上，态度不一样。我还记得，有一回，我们请李学勤先生来北大演讲。饭桌上，安平秋先生问裘先生，《儒藏》，咱们要不要参加。裘先生的回答很坚决，不能参加。李先生，态度不一样，上面提倡的，肯定拥护；上面交代的，肯定照办。他不喜欢拂别人的面子，跟别人戗着来，更别说领导了。

曹峰：最后，能否请您从学术传统出发谈谈今后的学术走向？

李零：世界文明史，主要在欧亚大陆。欧亚大陆，横长竖短，分东西两大块。欧洲史学有个文化基因，希腊代表民主，波斯代表专制。从这个古典对立引发的东西之辨和物我之辨，让我想起《庄子》的濠梁之辩。人怎么知鱼，你怎么知我，这是个认知论的大问题。赵树理的小说有句顺口溜："模范不模范，从西往东看，西头吃烙饼，东头喝稀饭。"我读波斯史，中国跟波斯比较像。所以我想，咱们能不能换个视角，从东往西看，反向校正一下。这种"校勘学"，中国是善本，非常好的标本。

讲考古，最近有人拿柴尔德与宾福德比高下。柴尔德讲两个革命：农业革命和城市革命。农业革命为什么重要？人类都是靠山吃山，靠海吃海，有什么样的生存环境，就有什么样的生存方式，农、林、牧、副、渔，你中有我，我中有你，形成互动圈。这些互动圈，为什么会四方辐辏，以农业为中心，人口、资源都往这个中心跑，形成大聚落，形成城市和郊野，这就是柴尔德讲的两个革命。生态考古、资源考古、聚落考古，都是围绕这两个革命。毛主席说,"以粮为纲,全面发展,农林牧副渔,五业并举",还是这么个局面。我在《我们的中国》探讨"中国"的概念。"中国"是个过程,前有头,后有尾,一直是个弹性的概念,不断变化的概念。整个新石器时代,七大块、八大块,所谓区系类型,都是为这个"中国"做铺垫。"中国"是什么?它得先要有个中心,然后有个四裔趋中的面,即所谓"域"。有"中"有"域"才有中国。这个历史很长,西周大一统和秦汉大一统是两个关节点。秦汉大一统的地盘是靠"夏商周三分归一统"。这以前是铺垫,这以后是延续。

宾福德的过程考古学是美洲人类学的考古学。它把旧石器时代和现代人类生活打通了看,视野更为广阔,可能对欧亚大陆以外,非洲和大洋洲的历史,对于更大时段的研究,很有启发性。但1万年以内,6000年以来,两个革命恐怕更重要。

西方研究中国,早期是传教士汉学,扎根中国,写报告回欧洲。法国汉学二百年,是从雷慕沙算起。他不会说汉语,研究汉学,是靠汉、满、蒙三语对读,就跟破译古文字一样,闭门造车。沙畹时代的汉学,偏重史地和语文。他们跟王国维、陈垣的研究有交叉。现在的"一带一路"研究,过去叫西域南海史地研究。王国维不光研究甲骨金文,更迷这类学问。战后的美国中国学是从战时的战略情报学发展而来。"苍天已死,黄天当立",有人宣告,老汉学已经死了。当年的法国汉学是汉、满、蒙三语教学,现在的中国学,汉、满、蒙改中、日、韩。他们研究中国,特别喜欢讲"想象的共同体","解构永恒中国"。什么是

nation，这是个大问题。中国学生到美国读书，首先洗脑，就是这个问题。他们说，中国人根本不知"中国"为何物，沉迷于民族主义的想象，非常糊涂。"中国是只说中国话的地方"。我们喜欢讲二重史证，他们最反对二重史证。《剑桥上古史》采用二元写法，考古自考古，文献自文献，有些作者连这么分都受不了。中国史学家，只有顾颉刚对他们口味。他们认为，中国史学还是传统史学，考古学是他们发明的学问，中国人把经念歪了，把好端端的考古学读成了传统史学。他们有他们的天经地义、政治正确性，我们也有我们的一套，牛头不对马嘴。两者恐怕也要搞一点"校勘学"。

汉学家往往有一个偏见，就是认为考古材料可信，传世文献不可信。其实，问题并不那么简单。我一直认为，考古有考古的读法，文献有文献的读法，关键在你怎么读。比如传说时代，世界各国都有，两河流域有《吉尔伽美什》，犹太民族有《圣经·创世记》，伊朗有《阿维斯塔》，传说分很多层次，自己有自己的研究方法。古书也不例外。比如影响顾先生的姚际恒、崔东壁、康有为、胡适，他们的方法论是什么，恐怕值得反省。我认为，传统辨伪学并不是纯粹的方法论，而是与卫道、争正统有关。汉学也有这个问题。文献年代学非常复杂，并不简单是个真伪问题。比如，现在有那么多出土文献，正在改变我们对文本的认识。我在这方面做过很多讨论，这里就不多说了。

[附录 珍贵历史文件]

信一（1977年4月11日）

仰峤同志：（77）古秘字第040号

您一月下旬转交给我所的李零同志写的《对〈银雀山汉墓竹简（壹）·孙子兵法〉上编整理工作的几点意见》一文，于一月廿四日转给文物出版社。

现送上文物出版社银雀山竹简整理小组四月八日给李零同志的信和他们送给李零同志的《孙子兵法》普及本一本，请您转交给李零同志。

此致

敬礼！

中国科学院考古研究所学术秘书室（章）
1977.4.11

信二（1977年4月8日）

李零同志：

你对银雀山《孙子兵法》的意见已由考古研究所转给我们。你仔细核对了大字本的释文和校注，指出了很多疏失，我们很感谢。

大字本印出后，我们对释文和校注作过一些修改，您指出的问题有一些已经解决，有一些仍然存在。例如你在"注释部分"意见中提出的〈虚实〉注的〔一三〕、〈行军〉注〔二七〕、〈九地〉注〈三三〉、〈火攻〉注〔一七〕和〈用间〉注〔五〕、注〔三〕的问题，我们都没有发现，你对〈势〉注〔三〕、〈军争〉注〔一三〕、〈九变〉注〔一〕的意见也有可供我们考虑的地方。修改过的《孙子兵法》通俗本现已发行，无法追改，精装本尚未付印，我们一定争取根据你的意见加以改正。寄上通俗本《孙子兵法》一本，聊表谢忱。

此致

敬礼！

银雀山竹简整理小组

1977年4月8日

信三（1985年4月25日）

李零同志：

最近，学校批准中文系成立古文字研究室，定员八人。我们很希望你能来，不知你愿意不愿意。我们的条件是很差的，无书无资料，现有的人只有我跟李家浩两个（家浩还因两地分居家庭问题不能及时解决而想走）。北大教学科研人员待遇之差，你也是知道的。此外，虽然不用天天上班，但毕竟离你家太远，即使在北大申请到一间房子，孩子上学爱人上班也都成问题。以上这些都是不利条件，有利条件是工作比较符合你的兴趣。研究室目前虽无书，但学校的书可以利用，最重要的一点是人事关系比较简单，我估计你跟我和家浩是能相处得不错的。

希望你把考虑结果尽快告诉我，如你觉得有可能来的话，请写一个履历（包括个人家庭情况）给我。

祝

好！

裘锡圭
4.25

信四（1993年7月8日）

李零同志：

  我六月外出开会几次，回校于廿三日看到你六月十四日的信。刚想写回信，细看你廿八日即回国，肯定无法收到，遂罢。从军校回来（六月卅日）又忙了几天，腹泻发烧。你来电话，亦未接。望谅解！

  关于职称、出书，均因有些学术上的原因而未能如愿。当时我读了李家浩的文章（裘先生给我的），一切只好回来再解决。书〔零案：即北京大学出版社1985年版《〈孙子〉古本研究》的书稿，后收入中华书局2014年版《吴孙子发微》（典藏本）〕，只要你考虑可否改动即可发。职称只能拖到今年再尽全力去实现。望你把此事看得轻些，继续努力。系里需要你这样的人才。

  颂
时安！

孙玉石
七月八日

有病不求药，无聊才读书

今天是我的生日，我该说点什么好？

首先，我想感谢我的父母。谢天谢地，他们死里逃生，全都活到了九十多岁，如果他们走得早，也就没有我。我的三个小哥哥都死在战争的年代中。

其次，今年是我从事学术研究四十年，我应该感谢很多人，我的老师、我的同学、我的学生和我经常请教的朋友，特别是远道前来的各位，没有你们的鼓励和帮助，同样没有我。

我还记得，我六十岁那天，罗泰送我一首诗：

  让我今天鼓励你
  随时像小孩
  希望在你的眼睛里
  将来也能看到童心

我一直说，我是上个世纪的人，我把心留在了那里。今天，我还能在这里讲话，只不过因为我多活了十七年，错误地生活在这个我很不喜欢的时代。所以我有一种算法，罗泰写诗那一年我才八岁，2000年以前是上一辈子的事。

我很怀念我的上一辈子。我经常在梦里，回到我从前住过的地方，我还是个小孩儿，爸爸妈妈都在。

我是两岁开始记事。十岁以前住城里，上学在白米斜街，张之洞的花园。那个花园很漂亮，但很憋屈，我常扒着后院的墙头，东张西望，看什刹海，岸边有算命的摊子，耍猴的班子。1958年，我家搬到西郊，不再住校，到处是荒草和坟冢，好像放虎归山，终于被解放。我喜欢读书，但不喜欢上学，更不喜欢住校。

二十岁，我在内蒙古插队，两年后回老家。等我回到北京，已经二十七岁。我没上大学，但在乡下读了不少书，读书是为了消愁解闷，治病疗伤，疗我心中的伤。鲁迅有一首诗，"有病不求药，无聊才读书"。我说，这是读书的最高境界。

我在乡下读书，琢磨过《孙子兵法》。1977年，我是凭一篇小文章，在中国社会科学院考古研究所找到工作，这篇文章是研究银雀山汉简《孙子兵法》。我跟学术结缘是靠银雀山汉简。那时的考古所，所长是夏鼐。

1977—1983年，我在考古所，前后共七年，三年读书，四年干活。读书，是跟张政烺先生读，在中国社会科学院研究生院考古系学殷周铜器，目的是为《殷周金文集成》做资料准备。我这七年，跑过很多博物馆，大部分时间花在拓铜器、对拓片上，活都白干了。我在宝鸡西高泉挖秦墓，在长安张家坡挖西周遗址，也都白干了。我请人刻过一方印，印文是"小字白劳"。我的名字是这个意思。但我的考古知识、古器物知识和古文字知识，全是在这一段打下基础。

过去，《文史》《文物》《考古》《考古学报》门槛很高，我当学生的三年里，居然在这四本杂志上全都发了文章。很多老师，如俞伟超、王世民、李学勤、裘锡圭，他们帮我改过文章，推荐过文章，让我终生难忘。1980年，我还写了《长沙子弹库战国楚帛书研究》，由张政烺先生推荐，五年后在中华书局出版。当时，所里给我定的题目是楚国铜器研究。我写得太长，图太多，所里不给印，让我删掉一半，只拿一半答辩。我的论文，好长时间，一直发不出来，干等别人做菜，发出来的一部分也印得很差。多亏罗泰把我的少作翻译成英文，后来发表在德国的考古杂志上。我写子弹库帛书，本来只是研究楚文字的副产品，属于练手。我万万没有想到，后来会反复研究它，被它诱惑，几次跑到美国，甚至引发了我对中国方术的研究，一发而不可收。

我进考古所是夏先生点头，离开考古所也是夏先生点头。

1983—1984年，离开考古所，我在中国社会科学院农业经济所干过一小段。调我去这个所的人是插队时的朋友，投身农村改革的年轻志士，我目睹了这一事件的前前后后，不是参与者，只是旁观者，中国土地制度史和西周金文中的土地制度才是我的研究重点。我在考古所时，上一届的六个研究生，一半没有通过。黄其煦的论文被枪毙，理由是"农业考古不算考古"。说实话，我是在农经所才关注农业考古和农史研究，过程考古学也是这一阵儿才有所了解。那时，我是个学术难民，无家可归。

1985年，我没想到，裘锡圭先生会写信给我，调我到北京大学中文系。他想调三个人到北大，只有我一个去了。我到北大那一天，正好是俞伟超老师离开北大的同一天。我在北大任教，已经三十二年。这段时间，占了我学术生涯的大部分。

我嘴笨，不喜欢教书，不喜欢演讲，更不喜欢辩论。我从未当选过优秀教师，也从未给学校编过任何教材。但我的书，十之八九都来自课堂。它逼我说话，逼我思考，逼我把思考过的东西一次次提炼，把这些提炼过的东西变成明白易懂的文字。我更喜欢写字，写字比较从容。电脑的好处是可以反复修改。我说我是"老改犯"。

如今的学校，老师和老板已分不清，什么都是项目，什么都是表演，评这评那，什么都是钱。有人会撒钱，有人会花钱，撒向人间都是怨。我在北大参加过几个大项目，感觉非常糟糕。等我退出大项目，已经年纪一大把。时间一年年过去，感到生命被洗劫。我吝惜的不是钱，而是时间。我无余命可换钱。

我到北大，本职工作是古文字和古文献。现在，研究甲骨、金文，远不如简帛热闹。我研究过银雀山汉简、包山楚简、郭店楚简、上博楚简、清华楚简、北大秦简和北大汉简，研究过子弹库帛书、马王堆帛书，写过不少文章和书，《简帛古书与学术源流》是我对这类研究的总结。研究简帛，我觉得，收获最大，不是文字，而是思想。说实话，我对中国兵法的研究，对中国方术的研究，很多都得益于简帛。我一向认为，兵书和方术，不仅是技术，也是思想。不研究这些，思想就架空了。苏荣誉知道，我跟军事院校、科技史界和医史界都有点儿来往。他们研究的是精华，我研究的是糟粕。

1990年代，因为探亲，经常去美国，无意中结识了很多汉学界的朋友。我在美国发过几篇文章，鲍则岳、苏芳淑、罗泰、马克梦、夏德安翻译过我的文章。英文我外行，我相信他们都翻译得很好。

法国汉学家喜欢住北京，来往更方便，来往更随便，我参加过法国远东学院的活动，参加过《法国汉学》的编辑工作，还到法国讲过课。吕敏、马克、杜德兰都是我的老朋友，我从他们学到很多东西。

日本去得不多。去年，应池田知久教授邀请，我在日本东方学会做演讲，讲春秋战国之际的"数术革命"，这是我和马克、夏德安经常讨论的问题。他们正在翻译我对子弹库帛书的介绍。东方学会把我的讲话稿翻译成日文和英文。日文已经出版，英文马上就会出来。大家都已认识到，数术、方技很重要。

研究楚帛书，前前后后、反反复复，多少年，多少遍。我的《子弹库帛书》是个复原性的报告，涉及的是湖南考古的史前史。这本书在出版社已经七年，本来我想把这部书带到会上，再次落空，希望月内能够问世。苏芳淑、夏德安、马克、罗泰，还有很多人，他们给我的帮助太大。罗泰已经把此书上卷翻译成英文。

现在，我在大学教古文献，但从未在大学学过古文献。我从一开始就是从出土文献研究古文献。传世文献和传世文物一样，要靠考古来激活。我写《吴孙子发微》，目的是探讨古代文本研究的范式。我把出土文献（简帛本、敦煌本）叫一级文本，古书引文叫二级文本（包括古书引文中的佚文），宋以来的古书叫三级文本。我认为，文本一条龙，传统研究，只管龙尾巴，不行，龙头龙身更重要。校书，关键是往上校，而不是往下校。研究文本，我不但用考古材料，而且用考古方法。这些年，我写过《兵以诈立》《丧家狗》《兰台万卷》《我们的经典》。《我们的经典》包括四本书，《论语》《老子》《孙子》《周易》各一本，这不仅是文献导读，也是我的中国思想史。

研究中国传统，我有我的立场。说实话，我写《论语》，那是我的抵抗，抵抗如今的尊孔复古之风。我想证明一下，什么叫"传统文化"，中国的古书应该怎么读。

有人说，我是个民族主义者，对西方持排斥态度，可是我很重视西方同行的研究呀。我在北大开过汉学课。世纪之交，我还向中国读者介绍过"学术科索沃"。如今时兴"国际接轨"，很多"接轨"是"抓壮丁"。我有很多汉学家朋友。我是拿他们当朋友，而不是当"外宾"，更不是当"壮丁"。我不会给他们拍马屁。在我看来，拍马屁是另一种歧视。

考古是我的本行。离开考古所，不做田野，不能算考古学家,但我始终是考古学的忠实读者。考古,发掘—记录—写报告,仅仅是开始,而不是结束,后面还有阅读和阐释。古人说,"无恒产者无恒心",我是学术无产者,当然没有恒心。孙悟空说,"超出三界外,不在五行中",我爱听的是这句话。我对任何一行的"老王卖瓜"都缺乏敬意。我才不稀罕什么家不家。我最喜欢的头衔是"读者"和"行者"。

多年来,我一直坚持大地行走,看山川,看遗址,看博物馆,看库房,读万卷书,行万里路,向各地的考古学家请教。我在《入山与出塞》中说过,我对中国古代的祭祀遗址特别有兴趣,如甘泉宫、后土祠、雍五畤、八主祠。这个题目太大,我只写过一点儿,给有志于此的学生开个头。我的学生,王睿、田天,她们做过很多工作,弥补了我的遗憾。《我们的中国》是这些年跑路的总结,属于历史地理研究。

小时候,我想当画家,没当成。我没想到,世上还有用考古讲艺术的一门学问,可以圆我的梦。2003年,苏芳淑教授请我到香港中文大学艺术系当客座教授,我写了一本讲复古艺术的小书,《铄古铸今》。2004年,《入山与出塞》是另一主题,一是山川祭祀,二是外来影响。2000年,何莫邪安排我去奥斯陆,我和罗泰一个办公室。我写有翼神兽,就是在那里写的。研究考古艺术史,我的最新著作是《万变》。封面有条鱼,象征"游于艺",李猛的设计,我很满意。孔子讲了,"艺"这个东西一定要"游"。曾诚知道,我还经常掺和封面设计。

小说史,我也有兴趣。我跟马克梦经常讨论这方面的问题。

我写《两次大一统》，给中国小说的"六大经典"写过一点读后感。《角帽考》就是利用小说。顾青说，他可以跟我研究这个题目，但年岁不饶人，我想我是做不成了。

近年，书还在读，路还在走，艺还在游。我两次跑伊朗，买了一些讲伊朗考古的书。我想，他生未卜此生休，外国的学问，这辈子是做不成了，但书总可以读吧。我正在写《波斯笔记》。

假如还有一个十年，我有一个愿望，写本《绝笔春秋》。我许过三个愿，《绝地天通》《礼坏乐崩》《兵不厌诈》，现在写不动了，只好压缩一下。中国，国家大一统，宗教多元化，僧侣没有地位，武士没有地位，"万般皆下品，唯有读书高"，读书人来自乡下。我想把这个历史总结一下。

老子说，"为学日益，为道日损"。最近，我写了一批文章，如《谁是仓颉》《西周的后院》《中国古代的知识结构》《数术革命》《帝系、族姓的历史还原》《〈孙子兵法〉与中国传统》，就是讲中国的特色。

最后，我还想写点回忆，叫《我的天地国亲师》，讲讲我见过的世界见过的人。我还想研究一下我爸爸，叫《古典共产党》。这是我心中的现代史。

上面讲了这么多，其实只是表达两个字：感谢。感谢给我生命，让我的生活变得丰富多彩的人。

人，活着就会思考。

书是笔记，行是日记，这些都是草稿。

毛主席教导我们说：深挖洞，广积粮，不称霸。

2017 年 6 月 12 日在浙江大学演讲

· 爱心树阅读指导手册 ·
《战马》专辑

爱心树童书　让每个孩子都成为爱书人

这是一匹传奇"战马"

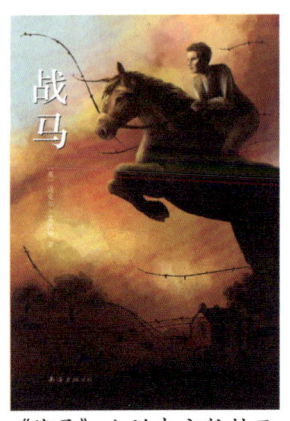

曾经有一位八十多岁参加过一战的老兵，跟小说《战马》的作者迈克尔·莫波格聊起当年那些故事。他讲述了在前线与战马一起的生活：如何与战马成为朋友，如何向马倾吐心声，诉说内心深深的恐惧与希望。他告诉莫波格，马会倾听，是真的倾听。莫波格被这个老兵的故事打动。那次交谈后，战马乔伊的故事激荡在作者脑中，渐渐成形。

莫波格一直都想写下一战给所有人带来的痛苦，而且他发现只有一种方式可以来讲述属于他的战争故事。它应该是一匹参战的马的故事，从一个无辜生命的视角来讲述这个全体人民遭受战争伤害的故事。

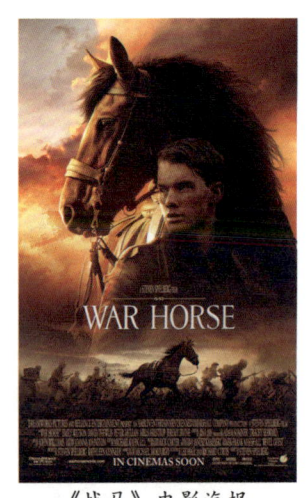

1982年，小说《战马》出版。2007年，它被改编成舞台剧在英国国家剧院上演，制作班底超凡的功力让一匹不会说话的木偶马在舞台上活了起来，震撼的视觉效果、精湛的品质彻底征服观众，成为英国当代著名的舞台剧经典，至今在全球演出已超过4000多场，观众总人数超过600万人次。

《战马》小说中文版封面

《战马》电影海报

在美国百老汇上演之后，于2011年包揽了美国话剧和音乐剧最高奖——托尼奖的"最佳话剧、最佳话剧导演、最佳话剧灯光、最佳话剧音效和最佳场景设计"多项大奖。

又是一系列巧合让这个故事走进了著名导演斯皮尔伯格的视线。曾跟他一起合作过《E.T.》和《辛德勒的名单》等的制片人凯瑟琳·肯尼迪，碰巧在伦敦国家剧院观看了《战马》的舞台剧。她被这出剧深深吸引，立即打电话给斯皮尔伯格，说《战马》值得考虑拍成他的下一部电影。斯皮尔伯格在读过原著后说"从我读的那一刻开始，我就知道这是梦工厂想要制作的电影。"这之后不到一年，斯皮尔伯格就开始在英格兰境内拍摄这部电影。且莫波格和他的妻子克莱尔在这部电影中充当了群众演员。电影《战马》还获得2012年第84届奥斯卡金像奖的6项提名。

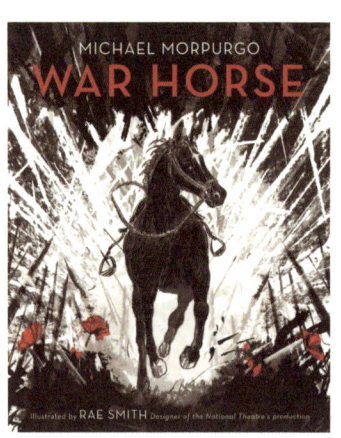

《战马》小说英文版封面

继英语、德语、荷兰语后，经典舞台剧《战马》推出了第4种语言版本——中文版，由中国国家话剧院和英国国家剧院联合制作推出，于2015年9月登陆中国国家话剧院剧场，给中国观众带来了不可多得的视听盛宴。

小说《战马》是一部优秀的儿童文学作品。作者莫波格的第一份工作正是教师。教书的时间越长，他越发现，很难与班里的每个孩子都处好，无论做什么，多么有热情，还是有很多孩子就是无法从教育中获益。经过许多的尝试，他发现，只有一种方法能让他们全部发自内心地集中精力，那就是给孩子们讲很棒的故事。

不论小说、电影，还是舞台剧，它们都是在用自己最擅长的方式去讲故事，借由不同的讲述方式，把不同的读者带进阅读的世界，让"战马"在三十多年之后依旧奔腾，让我们今天依然能够感受到战马传递出的温暖与希望。

目　录

创作《战马》的人——"儿童桂冠作家"迈克尔·莫波格 / 5

我的全部生命指引着我创作《战马》——迈克尔·莫波格谈创作 / 6

《战马》到底是一个什么样的故事? / 16

书、影、剧共读《战马》/ 19

大家眼里的战马 / 25

更多经典动物小说 / 27

第8、11、14、17、23页图选自《战马》小说中的插图，绘者王静。

创作《战马》的人
——"儿童桂冠作家"迈克尔·莫波格

迈克尔·莫波格获红房子奖

他是英国最受欢迎的儿童文学作家之一。1943年出生于英国的赫特福德郡,曾在伦敦、苏塞克斯和坎特伯雷等地求学,随后进入伦敦大学国王学院学习英语和法语。毕业后,他进入一所位于肯特郡的小学担任教师,在每天为孩子们讲故事的过程中发现了自己文学创作的天赋。

迄今为止,莫波格已创作了百余部儿童文学作品,获奖无数,多部作品被改编为电影、电视剧、舞台剧和歌剧。2003年,他被评为"儿童桂冠作家"。2006年,他凭借在文学领域的贡献被授予大英帝国军官勋章。

莫波格还热心于青少年公益事业。他与妻子共同创立了"城市儿童农场"计划,因积极推进儿童与青少年体验活动而获得大英帝国成员勋章。

莫波格现在居住在德文郡,时常与孩子们一起劳动,从中获得了很多创作灵感。"对我来说,写作最美妙的部分就是可以一直梦想。"正是因为保持着一颗童心、像孩子一样喜欢幻想,莫波格才能够写出无数感人且充满童趣的作品。人们评价迈克尔时一致认同:他的故事解救了众多渴望幻想的小小心灵。

我的全部生命指引着我创作《战马》
——迈克尔·莫波格谈创作

小说《战马》中文版出版后，获选新闻出版总署向全国青少年推荐的百种优秀图书，在校园中引发了强烈的反响。图书出版方就中国读者最关心的一些问题向作者迈克尔·莫波格提问，他在回答中谈到了他的创作灵感来源，以及对舞台剧和电影改编的看法。

> Q：几乎每一部作品的问世，都有一个故事。小说《战马》是在上世纪 80 年代出版的，我们身处一个和平世界。您是因为什么触发灵感，引发创作战争题材故事的呢？

A：有一次，我们从家中阁楼的一个箱子底翻出了四幅小画，我一度为这几幅画着迷，但同时又感到害怕。这四幅画描绘了第一次世界大战期间英国骑兵在前线的场景。一幅画中士兵在喂马，另一幅画中部队正整装待发，还有一幅描绘了一队骑兵向驻扎在雪山上的德国军队发起进攻，而德国士兵则隔着带倒钩的防护铁丝向他们开火。这些骇人的场景很长一段时间都在我的脑海中盘旋。而这之前，我只是从诗歌中了解一战的。

我想知道更多，尤其是战马在战争中扮演的角色。我打电话向伦敦的大英帝国战争博物馆咨询，发现一战时，有上百万匹马随骑兵队参战，但最终只有 65000 匹马活着回来，人死了多少，马就死了多少。据估计，1914 年至 1918 年间，有一千多万士兵死于战场，马也死了一千万匹。它们的死因和人一样,被炮弹、机关枪、步枪击中或因为身衰力竭而死在铁丝网、泥沼和沙滩上。

1982年的一个晚上,我在一个小镇上一家名叫"约克公爵"的酒吧遇到一位八十多岁的老人,当时他正坐在火炉边。我记得他年轻时曾参加过一战。一杯啤酒下肚后,我们俩聊了起来。我问他当年在哪个部队,他回答在"德文郡义勇骑兵队"。然后他说起"我在那里跟马待在一起"。他告诉我的一切让我感觉,一定要写一本关于一战中的战马的书。他向我讲述了在前线与战马一起的生活:如何与战马成为朋友,如何向马倾吐心声——不管是在喂马时、骑马时或是修整马匹时——诉说内心深深的恐惧与希望。他告诉我,马会倾听,是真的倾听。我被他的故事打动。我后来得知,他甚至从没对他的妻子或其他人讲过这些事,他一定是特别将这些故事讲给我听的。

那次交谈后,乔伊的故事开始在我脑中激荡:一匹原本生活在德文郡一个农场的马被卖掉,离开了跟它一起长大的小男孩艾伯特,成为英国骑兵队的一匹战马,然后被德军俘获,用来拉枪炮和运送伤员。这匹马见证

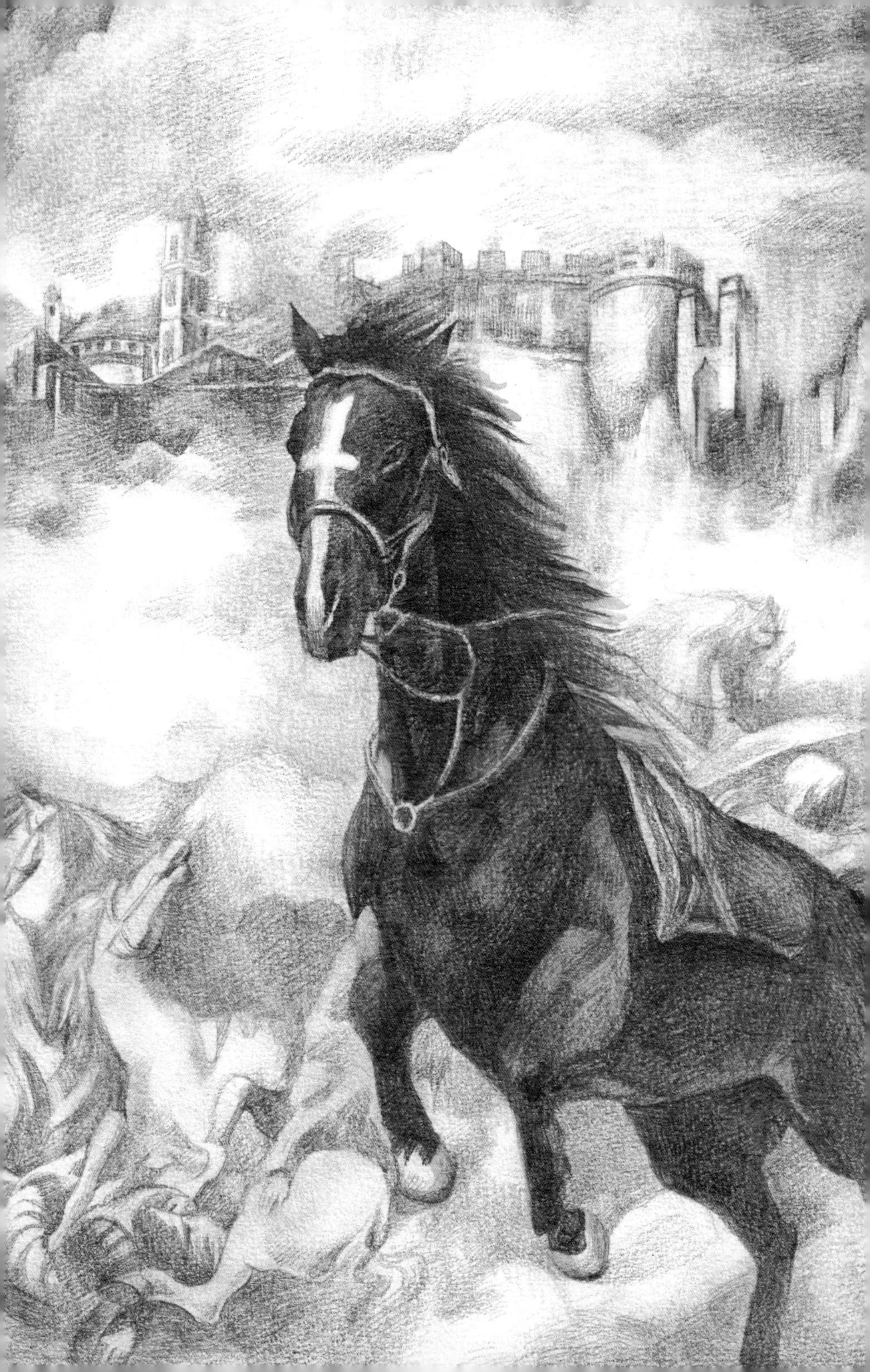

了这场战争的方方面面。这将是一匹马眼里的一战故事。

我只期望我的故事适合所有年龄段的人读，能传递对和平的祈求和对人性的希冀。

Q：反战题材的文学作品并不少见，但是以一匹马的经历来串联故事，书写战争及人性，这是一种十分独特的视角。您是怎么想到以这样一种独特的视角来讲述这样一个深刻的主题的呢？

A：我就是想写一战给所有人带来的痛苦，它应该是关于各方士兵的故事。我想到不站在参战任何一方——英国人、法国人、德国人、比利时人、美国人，等等——来写这个故事会非常有趣，而我发现只有一种方式可以来讲述属于我的战争故事。它应该是一匹参战的马的故事，这匹马一开始是在某一方，然后被对方捕获，它同那些人生活在一片战乱的地方。或许你能从中体悟到战争这种事情有多么恐怖，以至于我们根本无力制止它，即使到了今天，我们依然无能为力。因此我想到从一个无辜生命的视角来讲述这个全体人民遭受战争伤害的故事。

Q：乔伊原本是乡间小马，却因战争爆发被强行拉上战场。您用战马乔伊与男孩艾伯特的悲欢离合讲述了一个了不起的故事。很多读者认为，这是一部反战文学作品，也有人认为这是一部揭示人性的作品，还有的读者对于您的这部作品有着更多的思索。那么您真正想要告诉人们的是什么？

A：我希望自己写的是一个关于希望的故事——希望和平。这也是我看过舞台剧《战马》和斯皮尔伯格的电影之后的感受。我对人类与动物之间的关系也十分着迷。我从妻子和女儿与她们的马相处的过程中已经看到很多,还从那些由学校组织到我们农场来的孩子身上观察到很多。动物可以单纯倾听而不加评论,可以接受真实的我们,不带任何偏见。对一些人而言,这是一种最重要的关系,单纯而又充满爱的关系。

> Q:《战马》在英美被改编成舞台剧成功上演,还于2011年被导演斯皮尔伯格搬上大银幕,得到众多观众的欢迎。斯皮尔伯格先生是如何发现您的这部作品的?一般作家对于自己的作品被改编都有着自己的看法,您是怎么看的?

A:每次听到国家大剧院版《战马》舞台剧演出成功的消息,我都很激动。电影《战马》又获奥斯卡奖提名,我为此欢欣鼓舞,感到十分荣幸和骄傲。

一系列惊人的巧合让《战马》走进了斯皮尔伯格的视线。曾跟他一起合作过《E.T.》和《辛德勒的名单》等的制片人凯瑟琳·肯尼迪当时正跟女儿一起在伦敦,碰巧在国家剧院观看了《战马》舞台剧。她被这出剧深深吸引,立即打电话给斯皮尔伯格,说《战马》值得考虑拍成他的下一部电影,他应当立即过来看这出剧。那之后不到一年,斯皮尔伯格就开始在英格兰境内拍摄这部电影,剧本由李·霍尔和理查德·柯蒂斯编写,配乐则找来了约翰·威廉姆斯。我确实见过斯皮尔伯格几次,跟他谈论《战马》这本书和一战。我和妻子克莱尔还曾一起去剧组探班,而且还充当了群众演员。你能在电影开头的乡村场景中找到我们俩的身影。

电影非常棒,它忠实于原著。其中当然有些地方与原著不同,但都是

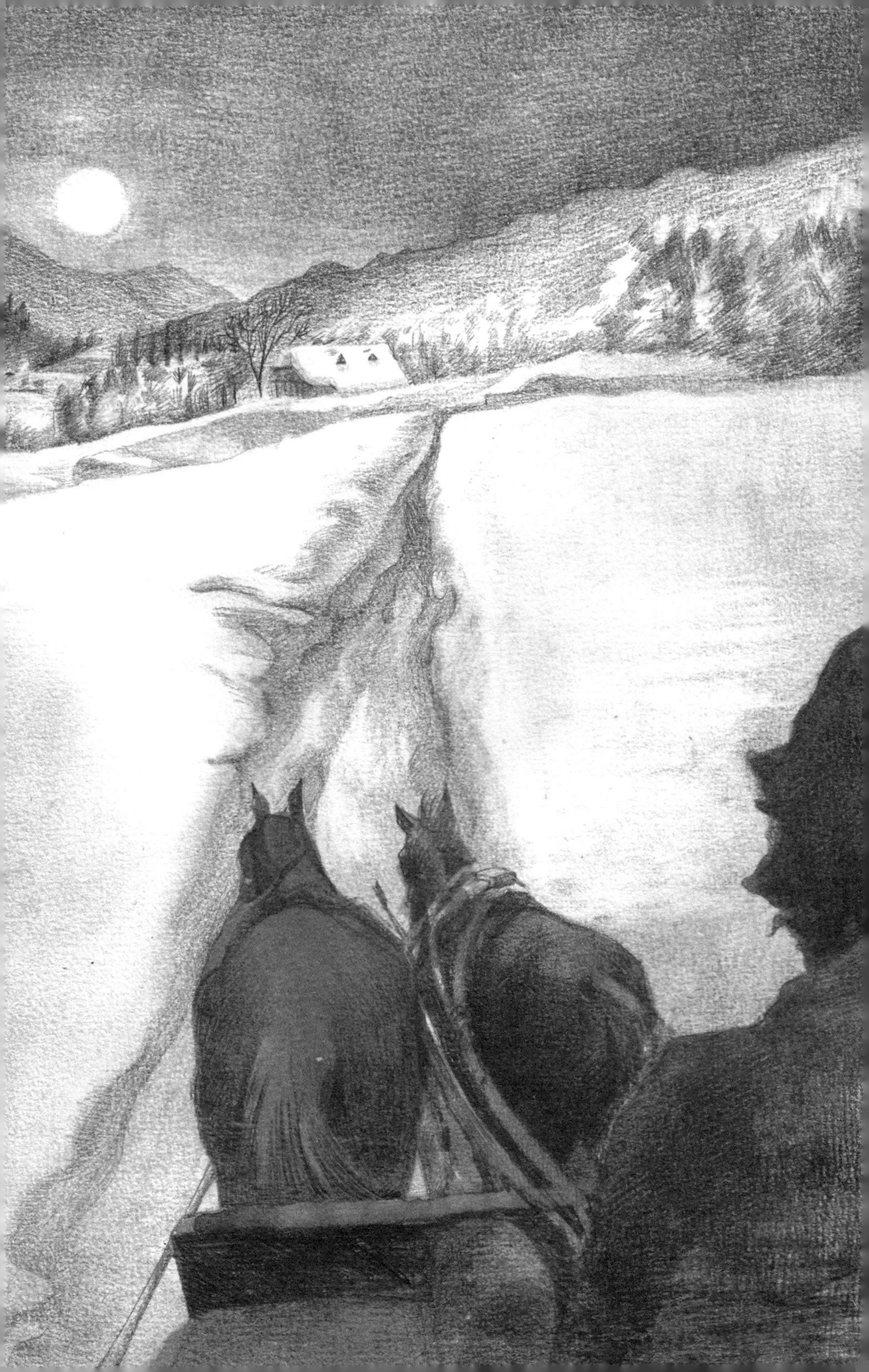

必要的修改。我曾全情投入到剧中，并被艾伯特和乔伊对彼此的忠诚以及德文郡的宁静美丽风光打动，同时也为战壕内炼狱般的景象以及士兵和战马遭受的痛苦感到难过。电影中有庄严的场景，也有妙趣横生的情节，但斯皮尔伯格从没有忘记展现战争的可怕。我们与乔伊和艾伯特同呼吸共命运，希望他们可以活下来，找到彼此。最后时刻我感觉好像是经历了一番生死轮回，从地狱回归人间。我觉得这是一部关于一个小男孩和一匹马之间的爱的电影，充满着对生命的肯定和对和平的礼赞。

Q：抛开舞台剧《战马》和斯皮尔伯格的电影《战马》不说，您觉得小说《战马》之所以能成为儿童文学经典之作，原因何在？

A：《战马》写于1981年，是很多年前的事了。当时卖得还不错，得到了一些好评，但绝不是一本畅销书。如果说它是一本经典之作，我希望是因为它所反映的主题——世界人民在战争中遭受的苦难和对和平的祈求。

Q：您做过教师，对于孩子的心理和生活，有着比常人更加深入的了解。这段经历对于您的创作有何影响？

A：教书是我的第一份工作，当时并没有太多崇高的理想，只是觉得我能胜任且会喜欢。这当然也可以维持生计，这点很重要。结果我非常喜欢教书，而且发现自己真的能跟班里的孩子深入交流。但教书时间越长，我越是发现，很难与班里的每个孩子都处好，无论我做什么，多么有热情，好些孩子就是无法从教育中获益。一段时间后，经过许多的尝试，我发现

迈克尔·莫波格给孩子讲故事

只有一种方法能让他们全部发自内心地集中精力，那就是给他们讲很棒的故事。有一天我给他们讲故事，但发现他们对我读的那本书不感兴趣。我的妻子建议我第二天给他们讲一个我自己的故事。我照做了，而他们看上去也很喜欢，所以我决定把故事写下来。孩子们也经常给我写东西，我在演讲和访问学校时，经常收到孩子们写的东西。我喜欢他们的诚实与坦率。

Q：您和妻子在英国建立了有着慈善性质的"城市儿童农场"，这是一种什么样的机构？您为什么会建立这样的机构呢？

A：当时我在肯特郡一所小学教六年级。我觉得一个班最多只有一半的学生能从教育中受益，能通过现有的教育发掘他们的潜能。作为他们的老师，跟他们的家长一样，我想让孩子在学校之外充分发挥在学校学到的能力，但是有一半的孩子却不行。我无法教育好他们，他们的家长也不能。

Q：如果用一句话向中国的读者们推荐《战马》，您会怎么说？

这些孩子前途迷茫，其中大部分孩子自己也意识到了这一点，他们开始憎恨学校，自暴自弃。我和妻子克莱尔开始尝试改变这种情况。我们觉得孩子们最需要的是那种被人需要的感觉，尤其是小的时候。他们需要感到自己的贡献是重要的，他们不是无关紧要的。自我价值的体现是关键。

因此，我们怀抱着单纯的理想从肯特郡搬到德文郡，用克莱尔的父亲留下的钱买下一个农场和一所巨大的维多利亚时期的庄园，开始慈善事业。大约一年后，第一批孩子被一个叫乔伊·帕尔默的老师从伯明翰的切维诺小学领来了。在她和她的团队以及农夫沃德一家的帮助下，我们启动了这样一个先锋项目，我们的目的是让孩子们在农场中得到身体、精神、情感和智力上的开拓。他们将变身农夫，与他们的老师、沃德一家以及我和克莱尔一起干活，他们可以在安全的前提下体验农场生活的方方面面。孩子们要在农场干整整一周农活。不论刮风下雨，他们都要挤奶、放羊并为小羊接生，同时还要喂猪、喂鸡、喂鹅、喂鸭子和火鸡，将动物们赶出农舍，为它们铺好草垫，悉心照顾它们。他们还要挖土豆、种树、采摘黑莓和苹果，以及制作苹果汁。他们还需要搬运干草、麦秸、修整小路，烧掉积存的枯叶，挖蓟，清理河边的垃圾，用小石子填整道路。这些都不是轻松的活儿，都是实实在在的劳动，这些工作对动物和农场都很重要，他们能感受到自己工作的必要性和重要性，更重要的是感受到自身的重要性。

A：《战马》写于三十多年前，那之后我还写了很多很多书，但每次我向妻子克莱尔展示新书的时候，她总会说同样的话：迈克尔，这本书不错，只是不如《战马》那么好。我希望越来越多的人都能喜欢《战马》。我愿意知道中国读者怎么看我的故事，也希望能收到世界各地读者的信。

15

《战马》到底是一个什么样的故事？

《战马》的故事为什么这样吸引人，它到底讲了什么呢？

1914年，英国德文郡乡间，十三岁男孩艾伯特第一次在马厩前见到了六个月大的小马驹乔伊。

乔伊是艾伯特身为农场主的父亲因为赌气买下的，不料却和艾伯特成了好朋友。艾伯特和乔伊相依相偎，一起快乐地长大。又因为父亲跟人打赌，艾伯特被逼在一周内，训练并非农用马的乔伊学会了犁地。没想到，这个本事在后来救了乔伊。

宁静芬芳的田园生活最终被战争的爆发打破了。农场主父亲为了保住濒临破产的农场，把乔伊卖给了军队，艾伯特伤心欲绝。买下乔伊的尼科尔斯上尉向艾伯特保证，会好好照顾乔伊。艾伯特和乔伊告别，并发誓"无论你在哪儿，我一定会找到你"。

乔伊来到军营参加训练，与另一匹叫托普桑的战马一同分到了法国战场。在战场上，英国骑兵队不敌德国军队新研制出的机关枪，尼科尔斯上尉在第一次战役中就阵亡了。尼科尔斯上尉的个人画簿被寄到了艾伯特家，艾伯特得知乔伊已经失去了保护。艾伯特想方设法到前线参军，成为兽医站的护工，辗转多个战场，期待着有一天能与乔伊重逢。

乔伊和托普桑被德军俘虏，被指派拉起了急救马车。战事吃紧，托普桑因疲劳过度死亡。正当乔伊为失去同伴悲伤时，突然遭到了坦克袭击，受惊的乔伊跑入了无人区并被密集的铁丝网缠住。德军与英军为了解救乔

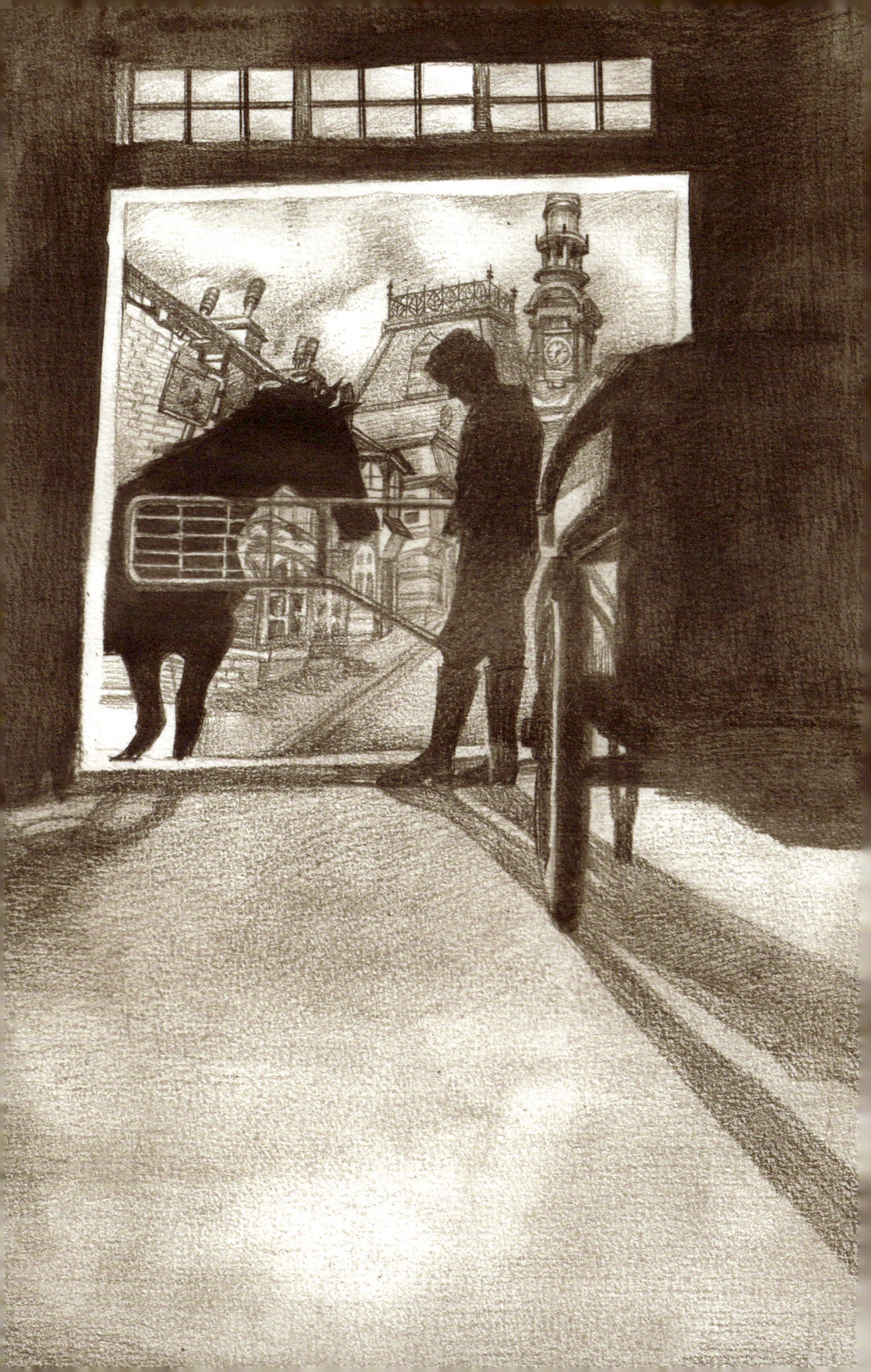

伊暂时停火，最后英国士兵在扔硬币中获胜赢得了乔伊。

历经无数次战火的洗礼，乔伊辗转来到了兽医站，不料竟与艾伯特意外重逢。在艾伯特无微不至的呵护下，乔伊迅速恢复了健康。

战争结束，英国部队要撤退，却决定卖掉包括乔伊在内的战马。艾伯特不舍得乔伊，在战友的帮助下设法筹钱，结果乔伊还是被以二十八英镑的高价卖给了一位法国老农夫……

悲欢离合、生死辗转之间，深情眷眷的男孩艾伯特与战马乔伊，看尽人情冷暖与战火之殇，他们能否再次相互守护与拥抱？

书、影、剧共读《战马》

读书、观影、看剧，难得有一个故事能给我们提供三种如此精彩的"阅读"方式，而且《战马》老少咸宜，不仅感动大人，更能激起孩子对阅读、历史的兴趣，对爱、忠诚、战争、死亡等主题的思考。所以，建议家长或老师可以带着孩子书、影、剧共读《战马》，立体地理解故事，并通过对比讨论的方式，引导孩子深入地思考。

书因为是原著，电影和舞台剧都是根据书改编而成的，所以作为基础，书是必读，观影和看剧可选其一。首先，不管是读书、观影，还是看剧，大人应事先为孩子讲一些关于一战的背景。除此之外，还可以让孩子了解，除了马，有很多别的动物也被用于战争。比如狗被用来救护、搜寻伤员；鸽子身装照相机、用于航拍，还有送信；甚至连动物园的大象也曾被征用排除阻挡道路的树干，等等。当然，战马作为骑兵队伍重要的成员，无疑是战争一线离危险最近的动物主角。

之后，我们可以跟孩子讨论这样的问题：

· 小说中描写的乔伊是什么样子？电影里的乔伊符合你的想象吗？舞台剧中的乔伊是人操纵的木偶，你对它的表现满意吗？为什么？（引导孩子注意观察马的习性。）

· 乔伊被卖了，和艾伯特就此分别。请从书中找出让你最感动的对于"分别"的描写。电影或舞台剧在分别的场景上，和书相比，哪个更感人呢？为什么？（探讨文字、影像不同的表现力）

· 小说的高潮情节是什么？电影和舞台剧的高潮情节也是一样的吗？你为什么觉得那就是故事的高潮？（研究故事的结构）

· 书中有哪些地方，电影或舞台剧没有表现？电影或舞台剧里有没有添加了书中没有的场景？你认为是什么原因？（理解小说的改编）

以上的问题只是参考，适当的引导，可以帮助孩子明白文学创作的各种手段之间的共同点和差异。如果没有条件做到书、影、剧共读，也没关系。仅是读书，深入文本，更能帮助孩子探究和想象。

为了深入理解小说内涵，我们可以让孩子以小组讨论的形式，就以下几个方面循序渐进地理解内容，讨论问题，从中学会并掌握阅读小说的基本方法：

一．通过对文本的整体把握作出基本判断：

让孩子们分享他们喜欢的角色、不喜欢的角色、对角色的疑惑，并把这些答案写下来，然后收集，引导孩子共同总结出答案之间的相似点。

1. 大家之前读过迈克尔·莫波格的作品吗？如果读过，你觉得他的作品基本上是什么类型或题材？

2. 你认为这场战争主要讲了什么？

3. 为什么会有这样一幅马的画（在"作者的话"里提到的）？你认为它的意义是什么？

4. 书是以什么人称形式写的？用这种人称写有什么好处？

二．引导孩子准确描述场景和感情：

组织孩子从第一章读到"你这只小斗鸡很快会服服帖帖"，随后讨论：

1. 这段场景描述的是一个什么样的地方？你是怎么知道的？

2. 这段场景描述的是一种怎样的情感？为什么乔伊会如此害怕？收集描写乔伊情感的词汇，比如困惑、恐惧、糟糕、激动、挣扎。

3. 讨论作者用这些积极或消极的词汇如何增强表达效果。识别哪个词用得最传神。

4. 以艾伯特的口吻描写第一次见到乔伊时的场景。体会在特定场景下选择正确词汇的重要性。

5. 阅读第一章剩下的部分，关注"命运"主题，体会艾伯特和乔伊是怎样被对方深深吸引？他们为什么如此需要对方？

三．理解怎样阐述论点，将句子组织成段：

阅读《战马》第二章至第四章。

1. 爸爸说"要是这马不能在一星期内把地犁得笔直笔直的，我就卖了它，我说到做到。"想想这样会带来什么后果，艾伯特应该怎么做。

2. 指导孩子写小短文来具体阐述为什么艾伯特让乔伊学会犁地很重要，如果乔伊不会犁地，后果是什么？对于整个家庭来说，乔伊意味着什么？从长远来看，如果艾伯特帮助乔伊赢得打赌，会有什么影响？

3. 分别围绕乔伊和艾伯特进行讨论（直至第四章结尾），为什么艾伯特的爸爸对待乔伊态度如此恶劣？

4. 模仿艾伯特的口吻写日记，关注艾伯特和乔伊之间的感情，艾伯特和父亲之间的感情。

四．利用五官的感受描写生动的细节：

阅读第五章至第七章。

1. 讨论在一个没有邮件、手机和电视的世界里书信的重要性。艾伯特和乔伊现在仍然分离。试想下如果艾伯特能回到家中，他会如何写信给乔伊描述现在的生活状况。

2. 阅读至74页"乔伊，好好表现，让我为你自豪"。以乔伊的口吻回复艾伯特，写下乔伊的所见所闻所感。在参战前夕，作者用了很大篇幅来描述场景，请画下有关描述。

3. 去前线的路上和到达前线之后，骑兵队的士兵有着怎样不同的表现？马又有着怎样的表现？尼科尔斯上尉害怕战争吗？从文中哪些描述能看出来？

4. "时不时地，骑兵沃伦会收到家信，他会小心翼翼地轻声念给我听，生怕别人听见。"为什么普通的家信，沃伦却怕别人听见？

5. "我"第一次见到的战场是什么样的？你想象中的战场是什么样的？请描绘一下。

五．推测角色信息及角色的情感变化：

阅读第八章至第十六章。

1. 体会"友谊"主题在这个时刻的作用，强调在战争严酷背景下善举的重要性。讨论是什么原因让人们互相残杀，怎样能避免发生这样的局面。

2. 列出自从乔伊参战后在文本中出现的各个角色，托普桑、霍普特曼、埃米莉等。让孩子挑其中一个角色，运用形容词来描述各个角色。

3. 回到文本，参考作者在描写行动、人物讲话时候的语句。一方面从文本收集角色信息，另一方面对这些信息作出推测。

4. 在乔伊的生活中，这些角色的相似点、不同点各是什么？国籍重要吗？讨论为什么乔伊和托普桑对于伤员是莫大安慰？在你的艰难时刻，什么能给你带来安慰？

5. 讨论被困无人区后，乔伊有何感受？当威尔士士兵和德国士兵一起尝试帮助乔伊，你认为谁更想赢得这匹马？为什么？双方战士对这场战争怎么看？

6. 整理乔伊在整个故事里的情感变化。书中乔伊和几个人都有感情——艾伯特、尼科尔斯上尉、沃伦和埃米莉。为什么这些人这么容易就对乔伊

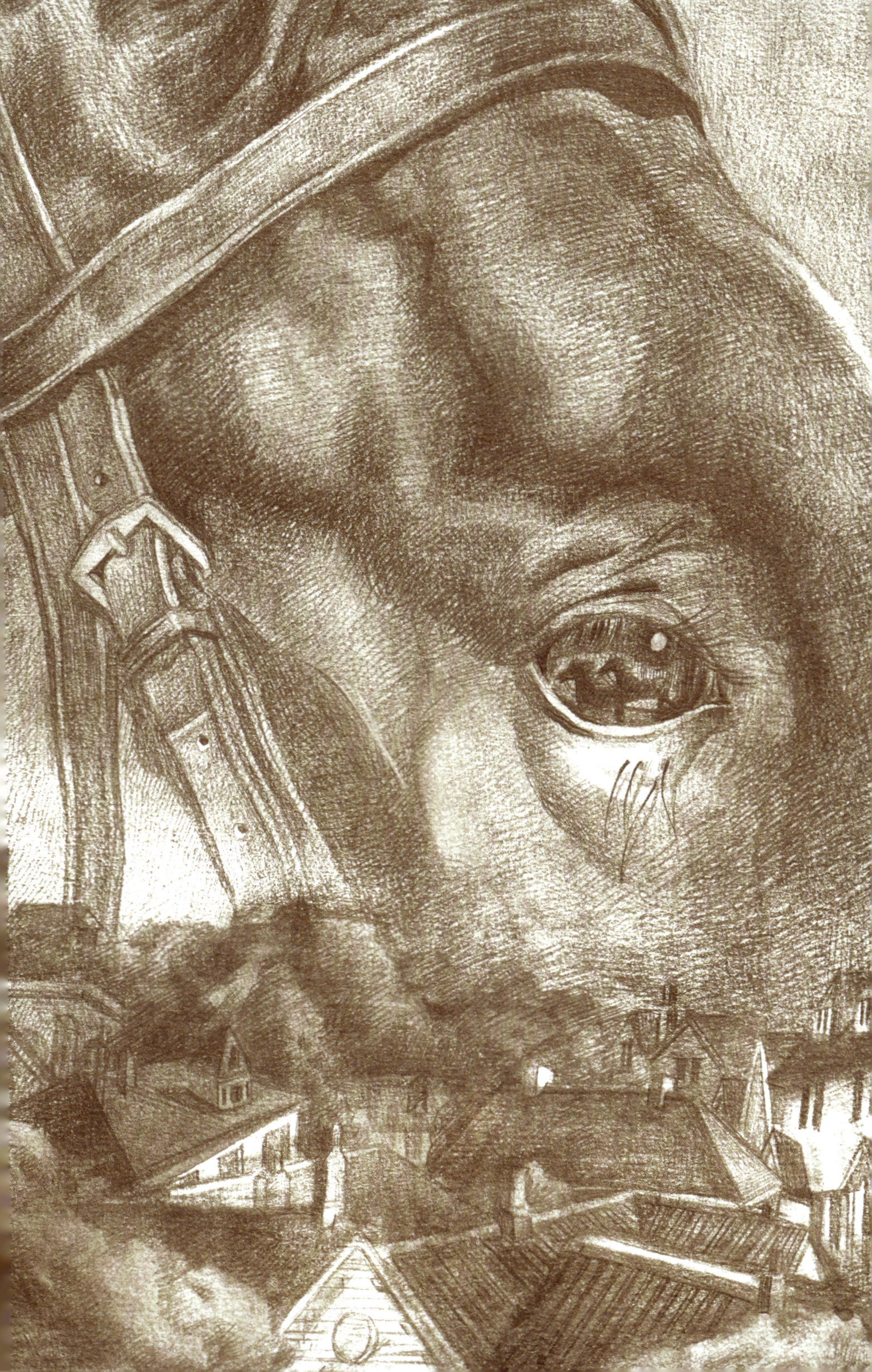

吐露心声？乔伊对他们来说是怎样一种安慰？

六．切换视角改写文章结尾，总结故事概况：

阅读第十七至第二十一章。

1．关于"我"和艾伯特的相认，书中是怎样描述的？请从艾伯特的角度写篇示范文章，具体到他第一次在什么时候看到并确定这就是乔伊。

2．战争结束了，但是战马能跟士兵一起回国吗？等待它们的是什么样的命运？如果你是长官，你会怎样对待这些战马？说说你这样做的原因。

3．让孩子分享关于《战马》的回顾，指出他们最喜欢的部分，为什么？确认孩子能够对一本书作概述（主要情节和角色）。

4．你认为什么作者要从一匹马的角度写这本书？

5．你会把这本书推荐给其他人吗？为什么？

大家眼里的战马

名人看战马

　　战马和男孩之间这种发自天然的亲近和忠诚,正是孩子们与小动物之间纯净友爱的体现,动物们有感情,懂智慧,敏锐而有趣,总能激发人类最优秀的品质。《战马》讲述的就是这样一个充满希望的感人动物故事。我很喜欢《战马》这本书,愿意推荐给孩子们。——动物小说大王 沈石溪

　　我一读到这本书,就想让梦工厂把它拍成电影,故事传达出的灵魂和感受在每个国家都会引起共鸣。——史蒂文·斯皮尔伯格(导演)

　　一段人与动物彼此信任的旷世情缘;有英式的幽默,有人类的温情,有动物的和谐,有信任和依赖。——贺超(主持人)

　　给孩子们讲故事的时候,一张张纯净的小脸特别安静地在听。打仗、战马、伙伴,想象的翅膀在宁静的眼神里铺展着。——王小柔(专栏作家)

　　叫乔伊的马用第一人称讲的故事,他跟主人艾伯特的感情,他经历的战争。非常主流的价值观,温暖的故事。——李晖(城市画报主编)

读者看战马

我想这是对马和战士们的一种美好的缅怀方式，正是因为他们牺牲了自己的生命，我们才能活下来。没有任何一本小说比这一本更能令我动容了。——英国亚马逊 读者

《战马》这本书的视角非常独特，通过一匹战马的眼睛去反射出被战争卷入旋涡的人们，男孩、女孩与马的友情很动人。这些都足以给孩子们足够的力量，来更好地生长。——当当网 溪溪妈妈

在儿童文学的世界，最基本的东西，毕竟是温暖和安全。人们给予了马最高的赞美，但又不惜让这些美丽到极致的生物牺牲在无谓的战争中……感叹良多。——当当网 苏山白月

媒体看战马

《战马》是一部绝对不能错过的感人作品……它让我们重新感受到活着的幸福。——《泰晤士报》

《战马》深刻地体现了迈克尔·莫波格一贯坚持的主题：人类与动物之间非凡的情感，孩子在逆境中所具有的勇气，以及大自然的力量和神奇之处。——《纽约时报》

更多经典动物小说

《红色羊齿草的故乡》

美国当代最经典青少年动物小说

作者：（美）威尔逊·罗尔斯（Wilson Rawls）
出版社：南海出版公司
适读年级：小学三年级及以上

★ 美国国家教育委员会评选孩子最喜欢的童书

★ 纽约公共图书馆公投最受欢迎儿童文学

★ 美国国家图书馆协会推荐童书

★ 影响中国教师的教育经典《朗读手册Ⅱ》推荐

★ 20世纪全球50本最佳童书

　　小男孩比利生长于美国奥沙克山区，家境贫寒，一家人却相亲相爱。他最大的心愿就是拥有一对猎犬，凭着顽强的毅力和艰苦的劳动，比利终于得到了小猎犬老丹和小安。他们一起度过很多美好的时光，结下生死与共的友谊。然而在一次出猎时，为了保护小主人，两只小猎犬力博凶恶的山狮，老丹失去了生命，小安也不愿再独活于世……

　　《红色羊齿草的故乡》出版于1961年，书中的故事发生在20世纪30年代的大萧条时期。它所描绘的艰辛、酸涩却充满快乐和惊喜的童年，引起所有读者的共鸣。

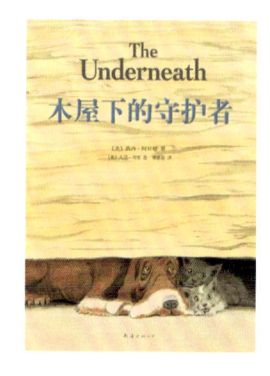

《木屋下的守护者》

首部荣获纽伯瑞奖的动物魔幻小说

作者：（美）凯西·阿贝特（Kathi Appelt）
插图：（美）大卫·司摩（David Small）
出版社：南海出版公司
适读年级：小学三年级及以上

★美国纽伯瑞儿童文学奖银奖作品
★美国图书馆协会优良图书奖
★美国铅笔文学奖
★美国国家图书奖入围作品
★台湾"中小学生优良课外读物"

一千年前，蛇妖莫卡辛祖奶奶为了夺回女儿，不惜毁掉女儿的家庭，并害女儿失去生命。她因此受到了惩罚，被关进坛子，深埋地底一千年。

一千年后，小猫帕克和妈妈一起被猎人针鱼脸丢进了河里，妈妈溺水而死，帕克独自踏上了营救姐姐和猎犬爸爸的漫漫长路。

帕克终于救出了姐姐和猎犬爸爸，莫卡辛祖奶奶也终于破坛而出；他们在老松树下相遇了。

被饥饿与背叛折磨了一千年的莫卡辛祖奶奶，这次能忘记仇恨与伤害，成全帕克一家吗？

《我爸爸的小飞龙》

充满爱与勇气的冒险故事

作者：（美）鲁思·斯泰尔斯·甘尼特
(Ruth Stiles Gannett)
出版社：南海出版公司
适读年级：小学一年级及以上

★幻想文学的最高峰　世界儿童文学史上长盛不衰的经典

★纽约公共图书馆100年最伟大的100部童书

★纽伯瑞儿童文学奖作品

★美国图书馆协会最佳童书

★美国教师推荐给孩子的100本书

★全美2-3年级最佳故事书范本

★英美小学暑期教师指定推荐阅读故事

　　你见过龙吗？长着金灿灿的翅膀、能在高空翱翔的飞龙？这样一条可怜的小飞龙被困在了野蛮岛，饱受动物们的虐待！我爸爸阿默决定去营救小飞龙，他带着装备出发了。

　　口香糖、棒棒糖、梳子、橡皮筋、牙刷牙膏、放大镜……这些匪夷所思的装备能帮他冲出凶猛动物的围追堵截，顺利救出小飞龙吗？

《流浪狗之家》

唤起孩子爱心的感人动物故事

作者：（美）路易斯·邓肯（Lois Duncan）
出版社：南海出版公司
适读年级：小学一年级及以上

★ **《读者》周刊童书俱乐部最佳图书**
★ **29种语言风靡全球、唤起孩子爱心的最佳读物**
★ **好莱坞大片《流浪狗之家》原著小说**

  一个风雨交加的夜晚，一只小流浪狗溜进了艾丽丝奶奶家，除了安迪外，谁也没发觉。怎样才能避开大人们的注意悄悄收留这个可怜的小家伙呢？安迪为此想破了脑袋。

  就在哥哥布鲁斯对妹妹安迪带来的麻烦无可奈何、愁眉不展之际，竟然发现一个绝妙的地方来安置狗狗……

  作为好莱坞同名大片的原著小说，《流浪狗之家》以温馨感人的故事和积极向上的正能量，深受孩子们喜欢，是唤起孩子爱心的最佳读物。《流浪狗之家》还是美国校园里最受欢迎的书，是幽默和冒险的绝配。

《流浪狗时报》

培养孩子独立能力的经典动物小说

作者：（美）路易斯·邓肯（Lois Duncan）
出版社：南海出版公司
适读年级：小学一年级及以上

★ 只有努力行动才能实现目标！
★ 爱德华终身成就奖得主 路易斯·邓肯 经典动物小说
★ 29 种语言风靡全球

十一岁的安迪一直有一个梦想，给流浪狗们办一份报纸。几经周折，报纸像模像样地发行了。可惜好景不长，上了头版头条的狗狗相继失踪。安迪和伙伴们觉得蹊跷，开始调查事情的真相。在神秘援手的帮助下，他们发现了失踪狗狗有一些共通点，于是，一个巧妙而大胆的计划开始实施……

《流浪狗时报》是美国著名青少年文学作家路易斯·邓肯的经典作品。学着自力更生、磕磕绊绊地解决问题，充分发挥自己的能量和创造性，是每个孩子独立成长的重要一步。

"爱心树"是新经典文化股份有限公司旗下全国著名的童书品牌，包括绘本馆、文学馆、亲子馆。

爱心树绘本馆以出版0—6岁儿童阅读的绘本为主，代表出版物有《爱心树》《小房子》《小黑鱼》等；爱心树文学馆以出版6—12岁文字类读物为主，代表出版物有《战马》《神奇的收费亭》等；爱心树亲子馆以出版亲子益智、家庭教育类读物为主，代表出版物有《西尔斯亲密育儿百科》《斯波克育儿经》等。

爱心树阅读指导手册旨在为老师、家长、图书馆员等各种关注儿童阅读的人提供切实可行的阅读指导方案。希望通过我们的努力，让越来越多的孩子从小养成良好的阅读习惯，成为终身爱书人。

爱心树童书
微博：http://weibo.com/aixinshuhb
博客：http://blog.sina.com.cn/aixinshuhb

申领本手册或更多阅读指导方案，请联系：
电邮：aixinshu2010@sina.cn
电话：010-68423599

爱心树童书　官方微信